W.S. Maugham

毛 姆 文 集
W. Somerset Maugham

圣诞假日

Christmas Holiday

〔英〕毛姆 著　赵奕 译

上海译文出版社

一

查理·梅森即将踏上一趟旅程,他的母亲最在意的是,得让儿子好好吃顿早饭,但他太兴奋了,顾不得吃饭。这天是圣诞夜,他要去巴黎。季度结账日多出许多工作,但他们已经顺利度过,他的父亲不必去办公室了,就开车送他去维多利亚站。他们在格罗夫纳花园堵了好几分钟,查理担心会赶不上火车,脸急得煞白。他的父亲笑了。

"你还有将近半个小时的时间。"

但到了之后,还是松了一口气。

"好了,再见,小伙子,"他的父亲道,"好好玩,别太淘气,小心害了自己。"

轮船倒退入港,一看到加来①灰色、肮脏、高大的屋宇,他就情绪激昂。这天天气湿冷,寒风刺骨。他在月台上徜徉,仿佛漫步于云端。"金箭号"②正等着他,这可不是一般的火车,它强大、奢华、气势非凡,象征的可是浪漫奇缘。天还亮着,他从窗户望出去,认出自己曾在美术馆里见过的画面,在心里笑出了声;沙丘上,一块块草地在铅色的天空下呈灰白色,穷苦人家的房子是石板屋顶,挤在一起成了座座村庄,接着是一片广阔而悲伤的风景,是耕地,是稀稀拉拉的光秃秃的树;不过,日光似乎忙着从这荒凉的风景中逃开,过了不多久，当他再往外看，就只能看到自己在窗户里的影子，和身后普尔曼车厢里光亮的红木。他想，还是应该坐飞机来的。他本来就想这样，可他的母亲心意已决；她说服他父亲，大冬天的，这么冒险有点傻，而他父亲，本来挺讲道理的一个人，却说，这次他出门玩耍的条件是，必须得坐火车去。

查理之前当然去过巴黎，至少五六次，但这是他第一次独自前往。这是他父亲给他的一次特殊奖励，原因也很特别：他已经在他父亲的办公室工作满一年，通过了必要的考试，能让他成功地在命定的职业里走下去。自查理记事起，每到圣诞节，他都是和父母、妹妹帕西与表亲特里-梅森一家在戈德尔明③度过的；如果要解释莱斯利·梅森为什么会在和妻子讨论之后，一天晚上，和善的脸上挂着笑，问自己的儿子想不想自己去巴黎过几天，我们就得把故事往回说说。我们非常有必要回到十九世纪中叶，一个勤勉聪慧的名叫希尔伯特·梅森的男子，原本在苏塞克斯郡一座辉煌的宅子里担当园丁总管，后来娶了一个厨娘，用两人的积蓄在伦敦北部买下几英亩土地，当起了蔬菜农场的园丁。尽管他那时四十岁了，他的妻子也接近四十，他们已有八个孩子。他发迹了，用赚到的钱在当时仍是一片开阔的田野上买了几小块土地。城市扩张，他的蔬菜农场作为建筑工地的价值上扬；他从银行贷了款，建起一排小别墅，很快就都租了出去。要细细讲述他这一路的过程会很无聊，只要说当他八

---

① 法国北部港市。
② 配合船期接送乘客的火车，乘客从伦敦乘火车到多佛尔，搭轮船至加来，再乘火车至巴黎。
③ 位于英格兰萨里郡。

十四岁离世时,他当初买来给考文特花园种蔬菜的几英亩地,加上后来看准时机持续购入的地产,上面已盖满房屋。希尔伯特·梅森确保让自己的孩子都能受到自己无缘接受的教育。他们的社会地位升级了。他创立了梅森地产,是他自己起了这么个气派的名字,并发展为家族企业,临死前,每个孩子都得到一部分股份,作为继承的遗产。梅森地产管理得当,虽然由于环境较为朴素,也早已失去作为住宅区的价值,是无法与威斯敏斯特或波特曼地产分庭抗礼的,但商店、库房、工厂、贫民区、一长排又一长排破旧的两层楼房,已经完全可以盈利,让这些业主不用有任何本事,几乎不必花什么力气,就可以像现在这样过上绅士和淑女的生活。确实,故去的希尔伯特的长子仅有一个儿子仍在世,作为一家之主的他,一个兄弟战死,一个姐妹在猎场摔下马背,也过世了,他就成了非常富有的人。他是议会议员,在乔治五世周年纪念时,被封准男爵。他把夫人的姓冠到自己的上面,现在人们都称呼他为威尔弗雷德·特里-梅森爵士。他的家族都希望,他对保守党的绝对忠诚,加上他拥有稳固席位的这一事实,最终会帮他晋升至贵族阶层。

莱斯利·梅森,希尔伯特众多孙辈里最小的一个,被送入公立学校和剑桥就读。他在梅森地产的股份每年可以带给他两千英镑的入账,不过除此之外,他还因担任公司秘书一职,多拿一千英镑。每年在英国,家里的这些成员都会聚起来开个会,因为这些第三代,有的在大英帝国遥远的疆土为国效忠,有的是悠闲绅士经常在国外,开会时,威尔弗雷德爵士主持会议,宣读由皇家特许会计师准备好的令人相当满意的年度报表。

莱斯利·梅森兴趣广泛。这时的他五十出头，高个子，身材不错，蓝眼睛，一头优雅的灰白色头发留得挺长，脸色红润，令人赏心悦目。他看起来不大像房地产商，倒更像个休假在家的士兵或殖民地总督。你绝不会猜到他的祖父曾是个园丁，祖母是个厨娘。他高尔夫打得不错，有足够的时间用来消遣，同时也是个很好的射手。但莱斯利·梅森不只是运动员；他对艺术也尤为热忱。家里其他人没有这些小毛病，对于莱斯利的这些偏好，他们抱持着一种觉得挺好笑却也容忍的态度，而出于这样那样的原因，他们有人想买一件家具或一幅画时，都会去找他要建议，并采纳。他自然知道自己在说什么，因为他娶了一个画家的女儿。约翰·裴纶，他的岳父，是皇家艺术院的成员，从八十年代①到世纪末，很长时间里都给身着十八世纪服装、与同样打扮的年轻男子调情的年轻女子作画，赚得还不少。画中人身处种植着古老世界花卉的公园，或在树叶构成的遮阴棚底下，或正确装饰有那个时代桌椅的会客室里。但当他的这些画出现在佳士得拍卖行时，每张只能卖到三十先令或两英镑。弗尼夏·梅森在父亲去世后继承了不少张，但都长期放在储藏室里，画面朝墙，蒙上了灰；因为到了此时，就算孝顺的爱，也无法让她相信这些画一点儿都不糟糕。莱斯利·梅森一家从未因他的祖母曾是厨娘而感到羞愧，毕竟在朋友面前，打个趣也就算了，但一提到约翰·裴纶，他们就尴尬。梅森的亲戚中间，仍有些人家里的墙上还挂着他的作品，这对弗尼夏而言是一种耻辱。

① 指十九世纪八十年代。

"我看到你这里还留着父亲的画,"她说,"你不觉得这画有点儿过时了吗?你为什么不把它放到空房间去?"

"我的岳父是个非常有魅力的老人,"莱斯利说,"举止优雅,但我想他恐怕不是一个非常好的画家。"

"唉呀,我爸为了买这画,还花了不少钱呢。把一张价值三百英镑的画放到空房间去,简直太荒唐了。不过,如果你真想这样,让我告诉你怎么办,我一百五十英镑卖给你好了。"

虽然三代人下来,梅森一家已经变成了绅士淑女,但他们并没有因此丧失商业头脑。

莱斯利·梅森夫妇自结婚以来,在艺术品位这件事上有了长足的进步,他们在波切斯特小院那恢弘的新家,墙上挂着威尔森·斯蒂尔、奥古斯塔斯·约翰、邓肯·格兰特和凡妮莎·贝尔的画。还有一幅郁特里罗和一幅维亚尔,都是在这两位大师还不大贵的时候购入的,还有一幅德兰、一幅马尔凯和一幅基里科。一走进他们家,尽管房子装修简约,你也可以第一时间意识到他们紧跟绘画潮流。他们很少会错过任何一种私人见解,而当他们去巴黎时,总会特意到罗森堡那儿和塞纳河大街的商贩处转转,看看有什么新鲜东西;他们是真的喜欢画,如果说他们在文艺界尚未对一些画作给出好评前从不轻举妄动,那也是因为他们对自己的判断还缺乏一些自信,同时也是因为有点担心会做一场亏本买卖。毕竟,约翰·裴纶的画曾得到过最好的评论家赞许,每幅都能卖出几百英镑,可他们现在得到什么了呢?两三英镑。你就会当心了。然而,他们感兴趣的可不只绘画。他们热爱音乐;整个冬天都会去听交响音乐会;他们有自己最喜欢的指挥家,不允许任何社交约会耽误自己看演出。他们每年都会去听一次《尼伯龙根的指环》。听音乐对他俩来说都是一种享受。他们品位高,鉴赏力强。他们经常去看首演,隶属的社交团体通常只会上演普通人难以理解的剧目。他们会及时阅读大家讨论的书。他们这么做不仅仅是出于喜欢,而是觉得人就应该与时俱进。他们是真心实意地对艺术感兴趣,所以如果你因他们的趣味不够大胆、品味不够独到而表现出一丝鄙夷,就不大公正了。或许他们的判断是有些传统,但他们的传统,也是那个时代最高雅的艺术所代表的传统。他们无法拥有新的发现,但很快就能喜欢上别人的发现。尽管他们自己很难看出塞尚的作品里究竟有多少值得仰慕的品质,但他们一旦意识到他是个伟大的艺术家,就会立即满怀诚意地自己来发现这个事实。他们不会因自己的品味感到骄傲,态度里也丝毫没有势利的成分。

"我们只是普罗大众里非常平凡的一员。"弗尼夏说。

"只是些艺术家看不上的人,我们只知道自己喜欢什么。"莱斯利补充道。

而相比亚瑟·沙利文和约翰·高尔斯华绥,他们更喜欢德彪西和弗吉尼亚·伍尔夫,就只是个可爱的巧合罢了。

如此这般对艺术的着迷令他们无暇社交;他们所追求的不是伟大便是杰出,他们的朋友也是非常友好的人,生活殷实却谈不上富有,对于心灵之事抱有兴致,却也不会丧失判断力。他们对晚宴不很关心,也不经常举办或参加派对,除非是礼节需要;不过,他们喜欢在周日夜晚邀朋友来家里吃晚餐,朋友想穿什么都行,只要他们

乐意,吃些奶油鱼蛋饭、香肠和土豆泥。他们总有好音乐相伴,还有
说得过去的桥牌戏。聊天也是机智的。这些聚会就和莱斯利·梅
森一家一样,毫无矫饰感,令人愉悦,而且尽管所有宾客都有自己的
车,年薪也很少在五千英镑以下,他们自诩这气氛还算是比较波希
米亚的。

然而,莱斯利·梅森最开心的时候,还是当没有音乐会或首演
要去听,他可以整晚和家人相拥而过的那些时间。他认为自己很幸
运。他的夫人曾美丽动人,如今,作为一位中年女性,也是清秀的。
她几乎和他一样高,蓝色的眼睛,柔软的棕色发丝里仅隐隐点缀着
几条灰。她很容易就变得粗壮,但她的身高可以令她在丰腴的同时
依旧保有尊严,严格控制饮食就可以避免走向不适。她的眉毛很
宽,面孔单纯,笑容羞怯。尽管她是在巴黎购置的衣服,不是从时尚
设计师手里买来的,而是"街角"的一个小妇人卖给她的,但她看起
来,还是彻彻底底的英国人。无论穿上什么,她都可以将其本土化,
而当她偶尔奢侈一下,去瑞邦的店里买一顶帽子,这帽子一戴到她
头上,就像是从陆海军百货买来的了。她看起来始终就是她自己,
一位生活在舒适环境中诚实的中产阶级女性。嫁给丈夫的时候,她
爱他,现在她依然爱他。鉴于两人趣味相投,生活在一起琴瑟和谐
也就不足为奇了。他们从婚姻生活一开始就商议好,她比他懂绘
画,而他比她懂音乐,这样,在此类事情当中,他们就会对另一位的
卓越判断俯首称臣。谈到毕加索的晚期作品,莱斯利会说:

"这个,我不得不承认,我是花了一些时间才学会欣赏的,可弗
尼夏从未有过片刻的犹豫;凭借她的天赋,她领悟这幅画的时间,就

如雷电一闪而过。"

而梅森夫人坦言,《西贝柳斯第二号交响曲》,她得听上三四遍,才能真正了解莱斯利所说的这首曲子以其自身的特质,和贝多芬一样好。

"但是当然了,他对音乐才谈得上真正理解。和他相比,我只是个俗人罢了。"

莱斯利和弗尼夏·梅森不仅庆幸拥有彼此,他们还有两个好孩子。他们觉得,两个孩子刚刚好,如果只有一个,可能会被宠坏,养三四个孩子的话,开销会不得了,那样他们就不能按自己的意愿活得舒舒服服了,也难以保证能给孩子一个美好的未来。他们把为人父母的职责看得庄重。他们没有在育儿室的墙上挂傻乎乎的幼稚儿童画,而是装点上了凡·高、高更和玛丽·洛朗桑的复制品,这样,孩子们的品味从早年就能养成。在挑选育儿唱片时,他们也很小心,结果便是,小朋友在学会骑车前,就很熟悉莫扎特和海顿、贝多芬和瓦格纳了。等孩子长大一些,就开始学习弹钢琴,请的老师很好,尤其是查理,表现出了极高的才华。两个小朋友都是音乐会的热情常客。他们会抢着进入一场礼拜天的音乐会,听一首乐曲的音乐,或者等上几小时,好在考文特花园的美术馆里得到一席之位;对于父母而言,如果孩子们能在不适中听音乐,就表明他们真的感兴趣,这样也就没必要给他们买昂贵的坐票了。莱斯利·梅森一家不大喜欢十八世纪前的欧洲大画家,所以很少去国家美术馆,除非美术馆刚购入一件作品,在各大报纸上造成了轰动,但他们又觉得,是应该让孩子们多熟悉过往的伟大画作,所以等两人足够大,他们就会经常带孩子去国家美术馆了,然而,他们很快发现,如果想给孩子一次奖励,就必须带他们去泰特美术馆,当他们发现能让自己的孩子真正感到激动的是最现代的作品时,他们很满意。

"人们看着这两个小东西爱上马蒂斯,就像小鸭子爱上水,"莱斯利对妻子说,温和的眼睛里闪烁着骄傲的笑容,"是会有点想法的。"

她看了他一眼,带着一丝喜悦,也夹杂着悲伤。

"他们觉得我古板得吓人,因为我还喜欢莫奈。他们说莫奈就是巧克力的包装盒。"

"唉,是我们培养了他们的趣味。如果他们往前走,超过了我们,我们也不该发牢骚。"

弗尼夏·梅森甜蜜地笑出了声,笑容里充满爱意。

"祝福他们的小小心灵,他们觉得我老土得不可救药,我也不会怪他们的。我就继续喜欢我的莫奈、马奈和德加,管他说什么呢。"

可莱斯利夫妇考虑的不仅仅是子女的艺术教育问题。他们特别担心孩子身上会出现婆婆妈妈的迹象,于是监督着让他们学会游戏。两个孩子都擅骑马,查理也完全不是个坏射手。帕西才十八岁,目前在皇家音乐学院就读。她五月可以进入社交界,他们会在凯莱奇酒店为她举办一场舞会。特里-梅森小姐会将她引荐给宫廷。帕西太漂亮了,蓝色眼睛,一头金发,身段纤细,笑容迷人,天性又活泼,她很快就会名花有主的。莱斯利想把她嫁给一个冉冉升起的年轻律师,得有政治抱负。若是嫁给这样一个人,加上帕西最终将从梅森地产继承的钱,以及她的教养,她会成为一个万人艳羡的妻子。可是,这将终结和睦、舒适又愉快的家庭生活,这种日子曾多让人开心。以后就不会有如此可爱的夜晚,一家四口,在家里陈设齐全的餐厅吃晚餐,餐厅里那幅斯特尔①悬在奇彭代尔式样的餐具柜上,桌上沃特福德玻璃器皿和乔治王朝风格的银餐具闪闪发光,穿着整洁制服、经过良好训练的侍女在边上照看;简单的英国食物烹调得无可指摘;晚餐后,将会是关于艺术、文学和戏剧的热烈讨论,一杯波尔图葡萄酒,接着是客厅里的一点音乐和一场桥牌戏。弗尼夏担心自己过于自私,可她想到,等查理有钱结婚还得有好几年的时间,她不由得感到愉快。

查理是在战争中出生的,现在二十三岁,莱斯利复员后,南下至戈德尔明,和已经成为议会议员、当时只是爵士的一家之长在一起时,威尔弗雷德爵士建议,该让查理去伊顿。莱斯利不愿听。他在意的不是财务牺牲,但他有足够的理智,知道不该让自己的孩子去学校后,学一身奢华品味,再习得一脑子不适合他终将会拥有之地位的想法。

"我自己去的是拉格比公学,我并不觉得我该把他送到比我的学校还要好的地方去。"

"我觉得你错了,莱斯利。我把我的儿子都送到了伊顿。感谢上帝,我不是个势利的人,但也不是傻子,你无法否认,这算是社会资产。"

---

① 或是指 Philip Wilson Steer(1860—1942),英国风景画家。

"我敢说确实如此,但我的情况和你很不一样。你很有钱,威尔弗雷德,如果万事顺利,你会进入贵族院。我觉得你让你的儿子这样开始人生,让他们将来在社会上占有应得的地位,是挺好的,但尽管名义上我是梅森地产的秘书,听起来很受人尊敬,可如果拿事实说话,我就是个卖房子的,我不想养一个儿子,将来成为了不起的绅士,我希望他跟我一样,就当个卖房子的。"

莱斯利这么说的时候,采用的是装傻的外交策略。根据老希尔伯特的遗嘱条款和刚刚已经叙述的事件发展状况,威尔弗雷德爵士如今拥有梅森地产八分之三的股份,这样就能给他带来相当可观的收入,再加上交来的租金、上升的房产价值和妥当的管理,收入肯定会涨得更高。他是个聪明且精力充沛的人,他的地位和财富让他在其他家人面前拥有了足够的影响力,无人质疑,而他意识到这点后,也并没有不满意。

"你的意思该不是,你儿子跟你做一样的工作,你就满意了吧?"

"对我来说,这就足够好了。为什么他就不能也觉得可以了呢?没人知道这世界将走向何方,说不定等他长大后,能进入一个轻松的行业,每年拿一千英镑就开心坏了呢。不过当然了,你才是老大。"

威尔弗雷德爵士做了个手势,像是在谦虚地打消对自己这样的描述。

"我和你们一样,都只是一个股东,但就我而言,如果你想让他那样,他就该那样。当然,这还是很远的未来,我那时可能都死了。"

"我们这家人都长寿，你会和老希尔伯特一样长寿。不过不管怎么说，让其他人知道，我退休后让儿子来做我的工作能被理解，也没什么坏处。"

为了让孩子们心怀开阔，莱斯利·梅森一家的假日是在海外度过的，冬天去滑雪的地方，夏天去法国南部的海边度假区；还有一两次，带着同样值得称赞的动机，他们远行至意大利和荷兰。查理从学校毕业后，他的父亲认为，去剑桥前，应该让孩子在图尔①待六个月学习法语。但儿子在那怡人小镇旅居的结果却出人意料，也可以说差点就惨不忍睹了，因为当他回来时，他宣布自己不想去剑桥了，他要去巴黎，而且他要做画家。他的父母惊呆了。他们喜爱艺术，他们经常说，这是他们生活中最重要的事；确实，对于莱斯利，他有时并不讨厌做些哲学思考，愿意相信只有艺术才能将人类的生存体验从无意义中救赎，对于艺术创作者，他怀有最深的敬意；然而，他从未预料到，他的一个家人，更别说自己的儿子了，会有可能从事这样一种不确定、从某种程度而言甚至不正规的行业，多数情况下还完全不赚钱。弗尼夏也无法忘记降临到她父亲头上的厄运。我们不能说莱斯利·梅森一家因为他们的儿子把他们喜爱艺术这件事看得比他们想象中严肃，他们就恼羞成怒了，这么说是不公平的；他们对艺术的喜爱不能再严肃了，但这是从赞助人的角度而言；尽管没有谁能比这两位对俗世陈规更不屑，可他们身后确实还有梅森地产，这一点，谁都看得出来，是会对他们产生影响的。他们对于查

① 法国西部城市。

理宣布的结论,反应颇为坚决,但他们知道,想要让自己的态度不表现出一丝不诚恳,还是挺困难的。

"我不知道他怎么会有这种念头的。"莱斯利和妻子讨论起这件事。

"遗传吧,我想。毕竟,我父亲是个艺术家。"

"一个画家,亲爱的。他是个伟大的绅士,非常会讲故事,但任何有理智的人,都不会说他是个艺术家。"

弗尼夏脸红了,莱斯利知道自己伤害了她的感情。他赶紧弥补。

"如果他是遗传了对艺术的感情,那更可能是从我祖母那儿来的。我知道老希尔伯特曾说,你要尝到她做的肚子和洋葱,才会知道那些究竟是什么。当她放弃自己的厨娘生涯,转而成为一个市集园丁的妻子时,这个世界就因此失去了一位伟大的艺术家。"

弗尼夏咯咯笑了,原谅了他。

他们对彼此太过了解,都不需要就此次困境展开讨论。他们的孩子爱他们,敬仰他们;他们都同意,一失足成千古恨,可不能让查理动摇了对父母智慧与正直的信任。年轻人易偏执,当你和他们说常识,他们很容易就把你当成老骗子。

"我不觉得太过强硬是明智的做法,"弗尼夏说,"反对可能只会让他顽固。"

"情况很微妙。这点我毫不怀疑。"

让事情更尴尬的是,查理从图尔带了好几张油画回来,当他给他们展示时,他们说出的话已是覆水难收。他们是作为疼爱孩子的父母加以评论的,而不是作为艺术鉴赏家。

"你哪天可以带查理到楼上储藏室看看你父亲的画。别煞有介事,你知道吧,要装作就是个巧合;然后我会见机行事,找他聊聊。"

机会来了。莱斯利待在专为孩子们设计的客厅里,这里是为了让他们拥有一处属于自己的地方。原本在育儿室的高更和凡·高的复制品,现在装点着这里的墙。查理正在画放在一只绿色花瓶里的一束各式各样的花。

"我觉得我们应该把你从法国带回来的画装裱起来,换下这些复制品。我们再来看看那些画吧。"

有一张画的是一个蓝白盘子上放的三只苹果。

14

"我觉得这简直太棒了,"莱斯利道,"我看过几百张蓝白盘子上的三只苹果,这张好到可以达到平均水平了。"他咯咯笑了,"可怜的老塞尚,我在想,要是他知道有几千个人画过他那幅画,他会作何感想。"

还有一张静物画,画上有一瓶红酒,一包蓝色包装纸的法国香烟,一对白手套,一张折起来的报纸和一把小提琴。这些物品放在一张铺着绿白方格布的桌子上。

"很好,非常有前途。"

"你真的这么觉得吗,爸爸?"

"我真的这么想。这幅画不算有创意,你明白的,每个交易商的储藏室里都有十几张这样的画,但你这辈子都没上过一堂课,这是一张十分值得嘉奖的作品。你显然继承了你外祖父的部分天赋。你见过他的画,对吧?"

"我好几年没看过了。妈妈想去储藏室找什么东西,就拿给我看了。那些画太可怕了。"

"我想也是。但在你外祖父的那个年代,人们可不这么想。人们非常看好这些画,会买下它们。你要记住,我们现在欣赏的很多东西,到了五十年后,也会被认为一样的糟糕。这就是艺术最糟的地方;二流作品是没有生存空间的。"

"一个人不尝试,是永远不会知道自己会变成什么样的。"

"当然,如果你想要当个职业画家,你的母亲和我会是最后阻拦你的人。你知道艺术对我们有多重要。"

"这世上,我最想做的事就是画画。"

"梅森地产最终分给你的那份,总能保你过上体面的生活,已经有好几个业余爱好者获得了不错的声誉。"

"啊,但我不想当个业余的。"

"一年只有一千或一千五百英镑,很难再往上走。不瞒你说,我稍微有些失望。我一直把地产秘书的这个职位给你留着,但我敢说,你好几个兄弟姐妹都对此虎视眈眈。我自己感觉,做个有能力的生意人,会比当中不溜的画家好,但非此即彼。好的方面是你能开心,我们只能希望,你会是个比你外祖父更好的艺术家。"

此处稍有停顿。莱斯利慈祥地看着自己的儿子。

"我对你只有一个要求。我的祖父从园丁起家,他的妻子是个厨娘。我只对他有依稀的记忆,但我有个印象,他是个相当坚韧的特别人。他们说,成为一个绅士要经过三代,不管怎么说,我是不会用刀吃豌豆的。你是第四代。你或许觉得我这个人很势利,但我不大希望你的社会地位有所下降。我希望你可以去剑桥拿到学位，之后，如果你想去巴黎学画画，我会祝福你。"

这个提议在查理看来非常大度，他带着感激接纳了。他在剑桥过得很开心。他没有多少机会作画，但他接触了一批爱戏剧的人，第一年，他写了几部独幕戏。剧在A.D.C.剧场上演，莱斯利·梅森夫妇前往剑桥看了演出。接着，他认识了一位老师，那是个杰出的音乐家。查理比很多本科生钢琴弹得都要好，他和那位老师一起弹二重奏。他学习了和声学和复调。考虑过后，他觉得自己更适合当一个音乐家，而不是画家。他的父亲脾气极好地答应了，但当查理拿到学位时，他带着他去挪威钓了两个星期的鱼。他们该回去的两三天前，弗尼夏收到一封莱斯利发给她的电报，上面只有一个词：Eureka。两人虽说很有教养，但都不知道这个词是什么意思，不过这个词的意思对于接受者而言是绝对清晰的，而语言的主要用途便在于此。她欣慰地舒了口气。九月，查理花了四个月的时间待在梅森地产雇用的会计小组里学习记账的相关知识，到了新年，他就去林肯菲尔兹①加入了他的父亲。正是为了奖励他在从商后第一年所展现出的勤奋，他的父亲这才送了口袋里装着二十五英镑的儿子去巴黎玩玩。查理下定决心，他一定要好好玩一把。

---

① 伦敦最大的公共广场。

二

他们快到了。乘务员把行李归拢到一处,堆在门内,这样待会儿方便递下去给行李搬运工。女士在往嘴唇上补最后一道口红,在旁人的帮助下穿上毛皮大衣。男士们艰难地套进厚重的长大衣,戴上帽子。坐了几个小时的这些人,感受着普尔曼车厢的温暖,彼此间相类似,仿佛已经合为一体,将这个车厢的乘客与那个车厢的分别开;但如今,他们四分五裂,每个人,或两人、三人一组,恢复了各自谨慎的独立性,这独立性原本是淹没在彼此的存在之中的。空气里尽是烟味,因污浊的烟草味发臭,混杂着强烈的香水味,人的体臭,暖气的闷热,身处其中的他们仿佛突然间染上了一股神秘气息。再次变为陌生人,他们看着彼此,眼睛里心事重重的样子,仿佛看不到眼前。每个人心里都对邻座怀有一种隐隐的敌意。有些人已经在过道排起队,这样他们就能很快下车。普尔曼车厢的温度让窗玻璃上蒙了一层水蒸气,查理用手擦干净一些,往外望。他什么也看不到。

火车进站了。查理把他的包递给搬运工,大步走上月台;他指望着朋友西蒙·菲尼莫来接他。没有立刻看见他,查理有些失落;不过在栏杆那儿围着一大群人,他估计西蒙会在那儿等着。他热切地扫视着那些同样热切的脸庞;他穿过人群;人们挤过人潮,握住来客的手;女士们亲吻彼此;他没看见他的朋友。他确信他一定在那儿,所以徘徊了片刻,可他的搬运工显然已经不耐烦,他有些发怵,就跟着他出来,到了庭院中。他暗暗有些沮丧。搬运工为他叫了一辆出租车,查理告诉司机西蒙为他预订了一间客房的酒店名称。莱斯利·梅森一家来巴黎,总是住在圣奥诺雷街上的一家酒店。那家店里的顾客都是英国人和美国人,但二十年过去了,他们依旧沉迷在这是他们自己的发现、这里全是法国人的幻觉中,而当他们看到楼梯平台上的美国行李,或者和除了英国人不可能是别国人的住客一起搭乘电梯时,他们从不会停止发出惊叹。

"我在想**他们**是怎么找到这儿的。"他们说。

对于自身,他们总是很小心,从不会在朋友面前提起这家酒店;当他们碰巧遇到了一点点古老的法国,他们也不会冒险糟蹋它。尽管经理和搬运工英语都说得很流利,他们也总是用自己结结巴巴的法语和他们说话,相信他们只懂这一门语言。但仅仅是他常和自己的家人住这家酒店,就足以让查理在独自来巴黎的时候避开它。他决计要去冒险,而一家富丽堂皇的家庭酒店,而且据他父母说,除了法国当地贵族,不会有人驾临,显然不会是他的理想选择。过去一个月,他的心思总是被想象牵着跑,为的就是能来体验辉煌、狂野、浪漫的奇遇。所以他写信给西蒙,让他在拉丁区什么地方帮他找间房间;他不是特别在意卫生舒适,也不关心地方有多邋遢,只要氛围是对的就好;西蒙之后便回信告诉他,他在蒙帕纳斯火车站附近为他预订了一间房。那是条安静的街道,就在雷恩街边上,而且离他住的第一田园大街也很近,挺方便的。

查理很快便不再因为西蒙没来见他而沮丧,他肯定不是在酒店,就是已经打过电话来说他立刻就会过来。车穿过拥挤的街道从巴黎北站开往塞纳河时,他的情绪变好了。晚上到巴黎真是太美好了。天上飘着毛毛细雨,街上因此蒙上一层令人兴奋的神秘。商店灯火通明。人行道上挤满雨伞,滴落在伞上的水珠在街灯下闪烁着昏暗的光。查理想起了雷诺阿的一幅画。有时,一阵劲风吹过,女士们在伞下弯下身子,裙摆在腿边飘扬。在他审慎的英国人的概念里,这出租车开得有些太猛了,每次突然刹车,以防撞到前面一辆而发出刺耳的声音时,他都要倒抽一口气。红灯让他们停在了十字路口,两边都有一大股人流涌过来,就像在警察命令下惊恐逃窜的暴民。在查理激动的注视下,他们看起来和英国人群很不一样,这里的人更机警,更焦急;当他的眼睛无意间落到一个独自行走的女孩身上时,想象这个完成了一天工作、正要回家去的裁缝或打字员,或许正忙着去见自己的爱人,查理满心愉快;当他看到一对情侣手挽着手走在伞下,年轻男子留着胡子,头戴宽檐帽,女孩脖颈上围着毛皮围巾,两人就这么走着,在一起似乎是一种福报,令他们可以无视雨水,也感觉不到身边推搡的人潮,他因强烈又同情的喜悦而亢奋。在街区的一个角落,他的车和一辆奢华的高级轿车肩并肩。那里面坐着一位身穿貂皮大衣的女士,脸颊抹了腮红,嘴上涂有口红,侧影非常鲜明。她或许是一位结束了茶话会,正要回到圣日耳曼大道家中的盖尔芒特公爵夫人①。在二十三岁的年纪独自来巴黎,真是太

---

① 普鲁斯特《追忆似水年华》中的人物。

美妙了。

"上帝作证,接下来的时光,我该多开心呀。"

酒店比他想象中辉煌。酒店的门面、建筑装饰都展现了已故的奥斯曼男爵①的奢华品味。他发现已经有一间房是为他预订好了的,但西蒙既没有留下信件,也没有留下便条。带他上楼的,不是如他所想的一个穿着脏围裙的邋遢杂役,没刮好的脸上一副恶毒表情,而是一个讨喜的身着常燕尾服的主管,讲一口流利英语。房间布置得干净素雅,里面有两张床,但主管让他放心,他只收他一张床的费用。他骄傲地向查理展示与房间相连的浴室。只剩他一个人的时候,查理环视四周。他原本以为房间里会挂着厚重呆板的棱纹平布窗帘,放一张铺有大鸭绒被的木床,一个带大镜子的古老红木衣橱;他想象着会在梳妆台上发现用过的发夹,床头柜抽屉里留下半截口红,还有一把依旧缠绕着几根染发丝的破损梳子。这就是他对拉丁区学生房间的浪漫幻想。一间浴室!他从未想过还要这东西。眼下的房间,说是他有时和父母去瑞典住的那种便宜酒店的房间,都不为过。房间干净、陈旧、破烂。就连查理这燃烧的想象力,也无法让它带上神秘。他郁郁地拿出行李,洗了澡。他觉得西蒙还是有些太随意了,哪怕他不想见他,也不该一条口信都不留。如果西蒙没动静,他就得自己一个人吃饭了。他的父母和帕西现在肯定已经南下到戈德尔明了;肯定会有一场欢乐的派对,威尔弗雷德爵士的两个儿子和他们的妻子,以及特里-梅森小姐的两个侄女都会

① 奥斯曼男爵(Baron Haussmann, 1809—1891),法国城市规划师,因获拿破仑三世重用,主持了1852年至1870年的巴黎城市规划而闻名。当今巴黎的辐射状街道网络的形态即是其代表作。现今巴黎的奥斯曼大道即以其命名。

在。会有音乐、游戏、舞会。他现在有点希望当初父亲提议让他在巴黎度假，他没有那么快就答应了他。他突然想到，西蒙为了报道可能必须得去别的地方，因为突然离开太匆忙，就忘了告诉他。他的心沉了下去。

西蒙·菲尼莫是查理时间最久的朋友，他急着来巴黎，就是想和他一起待上几天的。他们上的同一所私立学校，一起去的拉格比公学；他们也一起念了剑桥，但西蒙没有拿到学位就离开了，其实那是在第二年末，因为他已经得出结论，他是在浪费时间；是查理的父亲帮他在伦敦一家报纸找到份工作，过去一年，他都在为这家报纸做派驻巴黎的记者。西蒙在这世上孤身一人。他的父亲在印度林业部就职，当西蒙还是个孩子时，他父亲就因他母亲那淫乱通奸的罪名和她离了婚。她离开印度、离开西蒙，法院宣判，抚养权归他父亲所有，西蒙被送到英格兰，寄养在一个牧师家庭，直到他到了上学的年龄。他的母亲消失无踪了。他不知道她还活着，还是已经死了。他十二岁的时候，父亲因肝硬化去世了。他有个依稀的记忆，他父亲瘦弱，身板不算结实，土黄色的脸上线条分明，嘴唇总是紧闭着。他留下的钱只够儿子接受良好的教育。莱斯利·梅森一家被这个可怜男孩的孤单触动了，总是留意让这孩子的假日时光大多都和他们一起度过。作为一个男孩，他瘦削无力，苍白的脸上两只黑色大眼睛显得尤为突出，一头长直发，发量很多，总是欠打理，一张大嘴尤为性感。他挺健谈，对于他的年纪而言有些早熟，阅读面广，也聪明。查理身上明显的怯懦，在他身上完全没有。弗尼夏·梅森虽说从责任的角度也努力过，但她还是无法喜欢这个男孩。她不明

白,查理怎么会喜欢一个和他完全不同的人。她觉得西蒙唐突且自
负。他对仁慈无感,认为别人为他做的一切都是理所应当。她怀
疑,他对她和莱斯利都不大看得上。有时,当莱斯利以平常的理智
与聪慧谈论一件有趣的事时,西蒙看着他的那双黑色大眼睛里会闪
烁起讽刺的光,性感的嘴唇噘着,仿佛也在挖苦人。你还以为莱斯
利废话太多,还有些愚蠢呢。他们时不时会一同度过美好而安静的
夜晚,就这件或那件事聊聊天,这时,他会走进一间棕色书房;他会
坐着发呆,仿佛他的思绪在千里之外,也许过了一会儿,他就会拿起
一本书来看,仿佛这屋子里就只有他一个人。这会让你觉得,他们
的聊天不值得听。这行为甚至称不上懂礼貌。但弗尼夏·梅森责

怪的是自己。

"可怜的小羊羔,他都没机会学学礼仪。我**会**对他好的。我**会**
喜欢他的。"

她看着查理,多么英俊,身材瘦长,("他又长大了,衣服又嫌小
了,真讨厌,他小礼服的袖子已经太短了,")棕色的鬈发,长睫毛、
蓝眼睛,皮肤干干净净。尽管他不像西蒙一样有招摇的才华,他也
很好,全身上下都充满艺术细胞。可谁又能知道,如果她离开莱斯
利,而莱斯利也酗酒,他会变成什么样呢? 如果没法享受这样蕴含
文化气息的氛围,没法受到他所拥有的这个美好家庭的影响,变得
和西蒙一样,那他又可以靠什么生活呢? 可怜的西蒙! 第二天,她
出门给他买了六条领带。他看起来很高兴。

"我得说,您真是太周到了。我这辈子还从没有一次拥有过两
条以上的领带。"

弗尼夏为自己这一美妙举动里那自发的慷慨感动了,突然一波同情抓住了她的心。

"你这个可怜的孤单男孩,"她大声道,"丧失双亲对你而言实在太可怕了。"

"这个嘛,我妈是个娼妇,我爸是个酒鬼,我敢说我也没什么好怀念的。"

他说这话的时候才十七岁。

没用的,弗尼夏就是没法喜欢他。他粗暴,愤世嫉俗,做事鲁莽。她一看到查理多敬佩他,就火冒三丈;查理觉得他很厉害,预测他会有一个伟大的前程。就连莱斯利,都为他阅读面之广叹服,何况这个男孩还小的时候,表达能力就不是一般的清晰。在学校,他就已经是个坚定的社会主义者,到了剑桥,他成了共产主义者。莱斯利温和而容忍地听他讲述那些疯狂的理论。对他而言,这只是谈谈而已,而谈论,他凭直觉知道,就只是谈论而已;它触碰不到生活这件事的本质。

"如果他成为一名知名记者,或者进入议院,我们在敌营有个朋友,也没什么不好。"

莱斯利的想法非常自由主义,太过自由主义了,导致他都不会介意承认社会主义者的一些观点是任何有理智的人都无法反对的;理论上而言,他非常坚持煤矿国有化,他不明白为什么在公共服务这件事上,国家不能像私有企业一样着手运营;但他觉得他们也不能太过分。比如说地租,这件事就和国家无关;还有贫民窟地产;在一座大城市,你就得有贫民窟,就事实而言,下等阶级就是更偏爱贫民窟,而不是标准住宅,你并不能说梅森地产没在这方面使力;但你也不能指望一个房东让人免费住他的房子,只有让他在资产上得到不错的回报,这事才算公平。

西蒙·菲尼莫决定当外国记者很多年了,他是想了解一下大陆政治,这样等他进入下议院,就能在工党成员必然无知的话题上做个行家;不过当莱斯利带他去见准备给这个杰出青年一个机会的报业老板时,他警告他,老板是个非常富有的人,如果他表现出自己的革命情绪,是很难给对方留下一个好印象的。然而,西蒙给这大亨留下了非常好的印象,因为他举止谦恭,活力四射,谈吐随和。

"他真是一个宝藏男孩,"莱斯利后来和他的妻子说,"他脑子没长歪,那个小伙子。这就是我一直在跟你强调的,说说而已,没什么所谓。碰到要找一份关系到生存、需要拿工资的工作时,他和任何有理智的人一样,会把自己的理论藏在口袋里的。"

弗尼夏同意他的话。根据他们自身的经验,一个人在真正爱美的同时,也是可能意识到物质的重要性的。看看洛伦佐·德·美第奇;他是个成功的银行家,也是个完完全全的艺术家。她觉得莱斯利费这么大劲,去帮助一个不知感恩的人,是非常善良的。不过不管怎样,他帮他找到的工作会把西蒙送到维也纳,这样就能让查理离开她一直颇感忧虑的影响。就是他在小男孩的脑子里装入的野蛮想法,才让他想当艺术家的。对西蒙而言,这很好,因为他在这世上一分钱没有,也没有亲戚;但查理可是有个殷实的职位在等着他的。世界上的艺术家够多了。她的安慰是,查理的灵魂如此诚挚,性情这等温和,没有什么邪恶的交往能污染他得体的礼仪。

这时，查理正在穿衣服，怪愁苦地想着，他晚上该做些什么。等他穿好裤子，他打电话给西蒙所在报业的办公室，是西蒙自己接的电话。

"西蒙。"

"好呀，你出现啦？你在哪儿啊？"

西蒙听起来这么放松，查理有些惊讶。

"在酒店。"

"哦，是吗？今晚有什么安排？"

"没安排。"

"我们一起吃个饭吧，怎么样？我晃过去接你。"

他挂了电话。查理遭受了打击。他指望西蒙会和他一样，急切地想见到对方，但从西蒙说的话和他说话的方式看，你还以为他俩只是泛泛之交，他们俩见不见面，他也毫不在意的样子。当然，距离两人上次见面，已经有两年的时间了，这段时间里，西蒙可能都变得别人都不认得他了。查理突然感到一阵恐惧，他到巴黎的这趟旅行可能是个大失败，而他紧张地等待西蒙到来时的感觉，也让他不舒服。但当他走进房间时，至少从外表看，他没有什么不同。他现在二十三岁，还是瘦削的身材，尽管身高只是中等，他一直都是这样的。他穿得邋遢，一件棕色夹克，灰色法兰绒裤子，没有戴帽子，也没有穿长大衣。那张长脸比以往更瘦、更苍白了，他的黑眼睛也显得大多了。那双眼睛从不会静止不动。它们坚毅，闪耀，探寻着，怀疑着，好像揭示了眼睛后面的大脑的特质。他的嘴巴大而讽刺，不规则的小牙齿会隐隐让你想起小小的猛兽。他的下巴太尖，颧骨太突出，所以他并不算英俊，但他的神情是如此紧张敏感，里面有一种独特的不安分，让你就算在街上偶然碰到他，也会注意到他。他的脸上会有一种转瞬即逝的饱受折磨的美，这种美不是指长相，而是一种不肯停息、永远拼搏的精神。他身上令人不安的一点在于，他的笑容里没有喜悦，那是一种冷眼的嘲笑，而当他哈哈大笑时，他的脸完全扭曲了，仿佛在承受疼痛的折磨。他的嗓音音调高；似乎不在他的控制范围内，一旦激动起来，音调通常会尖得刺耳。

查理天然的反应是冲到门口，抓住他的手，像他的欢乐本性那样表现出热切的友好，但他克制住了，冷淡地接待了他。听到敲门声时，他说了声"请进"，就继续锉他的指甲了。西蒙也没要握手的样子。他点点头，就仿佛他们白天已经见过。

"好呀！"他说，"房间还好吗？"

"嗯，不错。这酒店比我想象的要豪华一点。"

"这里方便，你也可以随便带人进来。我饿死了。我们要不要去吃饭？"

"好。"

"我们去穹顶餐厅吧。"

他们在楼上的一张桌子前面对面坐下，点了晚餐。西蒙打量着查理。

"我看你还是一如既往帅气，查理。"他一脸怪笑地说。

查理有一点害羞。就此刻而言，两人的分离无论如何还是打破了长久以来建立的亲密关系。查理是很好的听众，他的确从很小的时候就被训练出了这个能力，当西蒙将自己的想法滔滔不绝、乱七八糟地倾吐出来时,他从来不会不愿安静坐着。查理总是无偏见地仰慕他,他确信他是个天才,所以在他面前充当次要角色也挺自然的。他喜欢西蒙,因为他独自一人在这个世界上,没有人真正喜欢他,而他自己有个快乐的家庭,生活舒适;而且像西蒙这样,从来不在乎什么人,却可以在乎他,这让查理很舒服。西蒙经常恶语对人,暗含讽刺,但在他面前,他也可以温和得近乎神奇。他很少敞开自己,但有次说过他是这个世界上他唯一在意的人。可如今查理抑郁地感到他们俩之间有一层障碍。西蒙那不安定的眼神从他的脸扫到他的手,在他的新西装上停顿一会儿,接着迅速瞄到他的领口和领带上;他感觉西蒙不像以往那样独独对他坦诚了,而是很拘束,批判着,疏远着;他仿佛在打量一个陌生人,在考虑眼前的这个到底是什么样的人。这让查理很不舒服,也很心痛。

"当个商人,感觉如何?"西蒙问。

查理微微脸红了。根据过往两人的聊天内容,他已经预料到西蒙会看不起他,因为他最终还是依从了父亲的心愿,但他还是太诚实,所以没有隐瞒真相。

"我比想象中喜欢这份工作。这工作还挺有意思的,也不难。我有足够的时间留给自己。"

"我觉得你这么说非常理智,"西蒙回答道,让他很惊讶,"你想当个画家,当个钢琴家,有什么用呢?这世上的艺术多了去了。反正艺术就是一堆该死的腐烂货。"

"啊,西蒙!"

"你现在还相信你那对杰出父母喜爱艺术的假象吗?你得长大

啊,查理。艺术!就是给无聊的有钱人拿来消遣的玩具。我们的世界,我们所生活的这个世界,没时间用在这些没用的东西上。"

"我原本以为……"

"我知道你原本以为什么;你原本以为艺术往存在里注入一种美,一种意义;你原本以为艺术会给疲倦的、心事重重的人带来慰藉,启发人类过上更高尚、更美满的生活。扯淡!在未来,我们也许会重新需要艺术,但那不会是你们的艺术,那会是属于大家的艺术。"

"啊,上帝!"

"人们需要麻醉剂,也许艺术就是我们能给他们的最好形式。但他们还没准备好。当下,他们需要的是另一种形式。"

"什么形式?"

"词。"

太神奇了,在这一个字里,他用上了多少嘲讽之活力。但他笑了,尽管他的嘴唇歪咧着,可有一瞬间,查理在他的眼睛里看到他所熟悉的善意的温存。

"不,我的孩子,"他接着说,"你好好享受,每天去办公室,度过美好时光。不会还有太久的时间了,而你呢,或许也可以从中得到不少乐趣。"

"你这么说是什么意思?"

"别在意。我们下次再聊。告诉我,你这次来巴黎是干什么来的?"

"这个嘛,主要是来看你。"

西蒙脸色阴沉地红了。你或许也猜到了,这样一句善意的话,当从查理口中说出来,那一定也是发自真心的,会让西蒙感到尤为尴尬。

"除了这个呢?"

"我想看些画,如果剧院里有什么好戏,我也愿意去。总而言之,是想好好玩玩。"

"我想你这么说的意思,是想找个女人吧。"

"你知道的,我在伦敦没什么机会。"

"我之后会带你去赛雷尔①。"

"那是什么?"

"你会知道的。不会难玩。"

他们聊起西蒙在维也纳的经历,但他颇为沉默。

"我花了好些时间才站稳脚跟。你知道的,我从来没出过英国。我学了德语。我读了很多书。我思考。我遇到很多感兴趣的人。"

"那之后在巴黎呢?"

"差不多还是这些;我在整理思绪。我年轻,时间多。巴黎结束后,我也许会去罗马、柏林或莫斯科。如果报纸这行我找不到工作,我就做些别的;我总可以教英语,赚到的钱足以让我灵肉合一。我并非出身显贵,没什么东西,我也能活下去。在维也纳,作为自我否定的练习,我一个月靠面包、牛奶过活。甚至都不会感到痛苦。我训练自己,一天只吃一顿饭。"

---

① 原文为 Sérail,亦作 seraglio,旧时土耳其苏丹的宫廷,此处是一个娱乐场所的名字。

"你的意思是,这是你今天吃的第一顿饭?"

"我起床喝了一杯咖啡,一点钟的时候喝了杯牛奶。"

"可这么做的目的是什么呢? 你的工资足够啊,不是吗?"

"我是在拿谋生的工资。显然够我一日三餐了。如果一个人都不能掌控自己,又何谈掌控别人呢?"

查理咧嘴笑了。他感觉自在些了。

"这句话听起来像是从名人名言集子里引用出来的"

"也许吧,"西蒙的回答很冷漠,"je prends mon bien où je le trouve.①这是多少年凝聚下来的谚语,只有傻瓜才会对常识嗤之以鼻。你不会以为我指望一辈子为份伦敦报纸当个外国记者,或者永远教英语吧。这些都是我的 Wanderjahre②。我会用这些时间来学习我和你一起去的那些呆子学校,或是他们称为'剑桥'的那个坟墓从未教给过我的东西。不过,我想要获取的不只是人类和书本上的知识;那只是个工具;我想要获取的东西更难获得,也更重要;一种无法战胜的意志。我想要锻造自己,就像耶稣会新信徒被修道会那铁一般的纪律所锻造一样。我觉得我总是很了解自己的;没有什么可以教会你你是谁,就像独自一人在这个世界上,到哪里都是个陌生人,一辈子都要和你对他什么也不是的人生活在一起。但我的知识是来自直觉。在国外的这两年,我已经学会了解自己,就像我了解欧几里得平行公理一样。我知道自己的强项,了解自己的弱点,我准备在接下来的五六年时间里锻炼自己的长处,改掉自己的

---

① 法文,意为"我找到的财富就要带着走"。有人质疑莫里哀的小说人物和事件来自别的作家,莫里哀如此回复。
② 德文,意为"漫游岁月"。

弱点。我会像教练对运动员的冠军训练计划一样来训练自己。我脑子不错。这世上没人能如我这般机智,对自己这么了解,而且相信我,在我们居住的这个世界上,这是一股很重要的力量。我会说话。你如果要说服别人行动,靠讲道理是不行的,要靠雄辩的本事。人类普遍的愚蠢已经到达词语就可以让他们摇摆的地步,而且无论多丢人,现在你都得承认这个事实,就像你得承认,票房好看的电影就必须得有个美好的结局。我现在对待词语,已经是游刃有余了;我完蛋前,简直可以无所不能。"

西蒙长饮了一口两人在喝的白葡萄酒,仰坐在椅子上开始大笑。他的脸扭曲成疼痛难忍的丑相。

"我必须告诉你几个月前在这里发生的事。他们在开一个英国皇家军团的会议还是之类的,我忘了是为了什么,关于现役军人墓或类似的;我的头头要发言的,但他感冒了,就派我去了。你知道我们的报纸是什么样的,只要能帮助发行,要多爱国就有多他妈的爱国,所有我们能搞到的破烂玩意儿都放里面,道德情操是吹得很高的。我的头头就是坐这位子的最佳人选。他脑子里已经有二十年没有过一个想法了。他一张口,从来不会不说那些显而易见的东西,而当他想讲一个肮脏下流的故事时,这故事已经老掉牙,甚至都散发不出臭味了。但他狡猾机灵,就是他们要的人。他知道老板要什么,他就给他。我呢,就做了他会做的那种演讲。陈词滥调从我口中流出。我让苍穹中回荡着我那哗众取宠的空话。我说的笑话古老到连法官都耻于说出口,他们却笑得前仰后合。我跟他们说些哀婉动人的话,那种措辞简直太让人羞愧了,你可能会以为他们都要吐了。泪水从他们的脸颊上滚落。我敲响爱国主义的大鼓,就像救世军女成员让她们那被压抑的性别升华了一般。他们为我喝彩。那是晚上的演讲。结束时,那些大亨攥紧我的手,情绪仍旧激动到不能自已。我把他们弄得好好的。而且你要知道,我说的每个字,我不是不知道它们全是令人厌弃的空话。空话,空话,空话!可怜的老哈姆雷特啊。"

"你这么做实在太欠考虑了,"查理道,"毕竟,我敢说他们都只是些体面的普通人,他们也只是想做他们认为是对的事情,不仅如此,他们也许还准备好了把钱捐出去,来证明他们的信念是虔诚的。"

32

"你确实会这么想。而事实上,不管他们在为什么狗屁原因筹款,这次筹到的钱比之前哪次会上筹到的都要多,主办方跟我的头头说,这完全是因为我做了个精彩演讲。"

直率又诚恳的查理感到痛苦。这不是他认识了很久的西蒙。之前,无论他的理论多么疯狂,不管他表达的口吻多么具有挑衅意味,那些话里都还有一丝高贵。他是公正的。他的义愤直指压迫和残忍。非正义激起他的愤怒。不过,西蒙没有意识到他对查理造成的影响,或者说他选择了无视。他沉浸在自我当中。

"不过脑子还不够,而健谈,就算是必要的,也总归是一种遭人唾弃的天赋。克伦斯基①两者皆有,可这又帮了他多少呢?重要的是性格。我所要锻造的,就是自己的性格。我坚信,一个人只要尝

① 克伦斯基(Alexander Kerensky, 1881—1970),俄国律师和革命家,是1917年俄国大革命中重要政治人物。

试，就会无所不能。这只是意愿的问题。我必须得训练自己，这样我就会对攻击、忽视和嘲讽无感。我必须得拥有一种完全的精神疏离，这样就算他们把我扔进监狱，我也会感觉自己就像空中的鸟儿一样自由。我必须得让自己强大起来，这样当我犯错时，我也不会动摇，而是从中获取教训，去做正确的事。我得让自己强硬起来，这样我不仅会忍住诱惑，不让别人可怜我，我也不会去可怜别人。我必须得把爱的可能性从我的心里强扭出来。"

"为什么呢？"

"我不能让我的判断被我可能对另一个人产生的感情所蒙蔽。你是这世上我唯一在乎的人，查理。除非我能确信，当我必须把你按在墙上，亲手开枪毙了你时，我都可以一刻不犹豫，否则，我不会善罢甘休。"

西蒙的眼睛上笼罩着一层浓厚的阴翳，会让你联想起废弃房子里的一扇古老镜子，上面的水银已经剥落，这样，当你望向镜子，你看到的不是自己，而是肃穆的深处，仿佛里面潜伏着早已远去的事件与早已逝去的激情的投影，可这些映像，却以某种可怖的方式震颤着，依旧拥有从别处借来的、神秘的生命。

"你想过我为什么没去车站接你吗？"

"你要是来了，那当真再好不过了。但我想，你可能无法抽身。"

"我知道你会失望的。我们办公室那个时间点是很忙的，我们必须随时待命，打电话给伦敦汇报一天之内发生的新闻，但这是圣诞夜，明天报纸不用出刊，所以我其实很容易就可以脱身。我之所以没去找你，是因为我太想去了。我一收到你说你要来的信，我就苦苦地想要见到你。当火车快要到达的时候，我知道你会在月台上徘徊，寻找我的身影，你甚至会在拥挤的人潮中颇感迷失，但我拿起一本书，开始阅读。我坐在那里，逼着自己专注在书上，不让自己去听随时可能会响起的电话铃，可我正每时每刻期盼铃声响起。等电话真响了，我知道那就是你，我太过喜悦，甚至触怒了自己。我差点就没去接电话了。到现在为止，两年多的时间，我一直想让自己摆脱对你的感情。我能告诉你我为什么想让你过来吗？对于离去的人，人们通常会将其理想化，确实，小别胜新婚，而他们再次相遇，则通常会好奇居然会对对方抱持过这样的感情。我在想，倘若我真的还对你留有旧情，你在这里的几天则足以让这份感情死去。"

"我想你可能会觉得我很笨，"查理道，笑容迷人，"但我实在搞不懂你为何会有这样的想法。"

"我确实觉得你很笨。"

"好吧，这是理所当然的，但原因是什么？"

西蒙微微皱眉，那双不安的眼睛这里那里地扫视着，仿佛一只在逃离猎捕者的野兔。

"你是唯一在意我的人。"

"不是的。我的父母也一直很喜欢你。"

"别说这种废话。你父亲对我，就像他对艺术一样漠然，只不过他这样友善地对待一个身无分文的孤儿，给他施舍和影响，会获得一种温暖舒适的仁慈的感觉罢了。你的母亲觉得我草率、自私。她讨厌她以为我会对你产生的影响，她感觉自己被冒犯了，因为她发

现我觉得你的父亲是个老骗子,最糟糕的那种老骗子,自己骗自己
的那种;我唯一让她感到满意的地方在于,她每次看到我,都会因为
你是这样地与我不同而感到欣慰。"

"你对我的父母不大善于恭维。"查理温和地说。

西蒙没有注意到查理插进来的这一句。

"我们俩一拍即合。那个无聊的老歌德会称之为'亲和力'。
你给了我我从未拥有过的一切。我从未有过做一个男孩子的感觉,
但和你在一起的时候,我就是个小男孩。在你面前,我可以忘了自
己。我欺负你,作弄你,嘲笑你,无视你,但我一直都崇拜你。我和
你在一起感觉特别自在。和你在一起,我可以就做自己。你是如此
谦逊,如此轻易地就感到满足,如此快乐,本性如此善良,只要和你
待在一起,我就可以让我那饱受折磨的神经安静下来,将自己从那
股一直迫使我向前、向前的驱动力中解脱出来片刻。但我不希望安
静,我不需要解脱。当我看到你那甜美羞怯的笑容,我的意志就动
摇了。我承受不起柔和,我承受不起温情。当我看到你那双蓝眼
睛,如此友善,如此信任人的本性,我就动摇了,而我不敢动摇。你
是我的敌人,我恨你。"

西蒙和查理说这番话的时候,查理时不时地尴尬脸红,但现在
他愉快地咯咯笑了。

"啊,西蒙,你这说的什么胡话呀。"

西蒙没有在意。他用那双闪烁的、炽热的眼睛盯着查理,仿佛
在试图看到他存在的深处。

"那里有什么吗?"他说,仿佛在自言自语,"还是说,只是偶然

的表达方式让人产生了灵魂也有某种特质的幻觉?"接着,他对查理说:"我经常自问,我在你身上看到的是什么。不是你好看的外表,尽管我敢说和外表有些关联;也不是你的智力,足够高却也谈不上惊人;不是你老实的本性或是你的好脾气。是什么让人一看到你就喜欢你呢?你还没上战场,就已经打赢了一半的仗。魅力吗?魅力是什么?这种词我们都知道是什么意思,但我们却无法定义。可我知道,如果我有你的天赋,加上我的脑子和决心,这世上就没有我无法逾越的障碍。你有活力,这是魅力的一部分。但我和你一样有活力;我可以一连几天每天只睡四小时,我可以一天工作十六个小时而不感觉到疲惫。人们第一次见到我,都会充满敌意,我必须纯靠脑力征服他们,我得利用他们的弱点,我得让他们觉得我有用,我得奉承他们。我来巴黎的时候,我的主管觉得我是最不讨人喜欢的年轻人,还是他见过最自负的一个。当然了,他是个傻子。当一个人像我这样了解自身的缺陷时,怎么可能还自负呢?他现在对我俯首称臣。我得拼命工作得像条狗,才能得到你一闪长睫毛就能得到的东西。魅力是必要的。过去两年,我结识了不少显要的政客,他们都有这种魅力。有些人魅力大些,有些人差一点。但他们不可能全都天生就自带这种魅力。这也就说明,这种魅力是可以习得的。这没什么,但它却也会让他们的追随者忠诚,这样他们被命令做什么,都会盲目去做,一句善意的话作为回报,他们就心满意足。我在工作中观察过他们。他们发散这种魅力,就像打开水龙头放出水。快速、友善的笑容;随时准备握住你的手的手。嗓音里的温度似乎预示着偏爱,展示出的兴趣让你感觉你在意的东西占据了你老板心上最重要的位置,亲密的举动虽然无法告诉你什么,却也骗得你以为你主人是信任你的。那些老生常谈,那上百种变着花样的话,有影响力的人说出来,是那么鼓舞人心。那种随意与自然,那精湛得堪比纯天然的演技,那察觉出蠢人的虚荣心却也小心不要冒犯到它的敏感。这些我都可以学会,只不过要多一些努力,多一些自控。当然,有时候他们会做得太过,那些行家,他们的魅力变得太过机械化,就失效了;人们看穿了,发现自己被骗了之后,便愤恨不已。"他瞥了一眼查理,眼神是一如既往的穿透人心,"你的魅力是纯天然的,所以才会这么带有杀伤力。一道浅浅的皱纹就能让你的生活变得如此轻松,这件事本身难道不就很荒唐吗?"

"你到底想说什么?"

"我之所以想让你过来,有一个原因是想知道你的魅力是由什么构成的。就我而言,我觉得是因为你下眼窝的肌肉构成很奇特。我想你的魅力来源于你一笑,眼睛下方就会形成一些褶皱。"

查理被这么一解剖,感到有些尴尬,为了把话题从他自己身上岔开去,他问:

"可你费这么大劲,是想得到什么呢?"

"谁知道呢? 我们走吧,去多摩咖啡馆喝咖啡吧。"

"好的。我来叫个服务员。"

"晚饭我来请。我们一起吃过这么多回饭,我还是头一次出钱。"

他从口袋里拿出几张钞票数钱的时候,也顺带找到了几张卡。

"啊,看呀,我给你买了张圣犹士坦堂午夜弥撒的票。这应该是全巴黎最好的教堂音乐了,我觉得你会想去听听的。"

"啊,西蒙,你太好了。我很想去。你会和我一起去的,对吧?"

"到时看吧,看我心情如何。不管这些,你先把票拿着。"

查理把票放到了口袋里。他们往多摩咖啡馆走去。雨停了,但人行道还湿着,当橱窗或街灯的光落在上面,闪烁起暗淡的光。许多人来来回回地徜徉。他们从光秃秃的树的阴影下走出,仿佛走出了剧院舞台的侧景,走过灯光,再度融入一小片黑夜中。蜷缩着却不放弃的阿尔及利亚小贩,眼睛充满警觉,物色着可能的买家,胳膊上挂着一堆东方地毯和便宜皮毛走过身旁。皮肤粗糙的男孩,头戴土耳其帽,挎着装有落花生的篮子,嗓音粗嘎地单调重复着那句叫唤:cacaouettes①,cacaouettes!街角站着两个黑人,深色的脸颊因为寒冷绷紧,仿佛时间停止了,而他们之所以在等待,是因为这世上没有别的事情可以做了,除了等待。这对好朋友到了多摩咖啡馆。夏天顾客坐的露天座位已经用玻璃隔起来了。每张桌子上都有人,但他们进去的时候,正好有一对恋人起来,他们就坐了那张空桌。天气完全不算暖和,而西蒙没有穿大衣。

"你不会冷吗?"查理问他,"你不想坐到里面去吗?"

"不用,我已经教会自己不要怕冷。"

"那你要是感冒了怎么办?"

"我就无视它。"

查理一直听人提起多摩咖啡馆,但从来没去过,他充满渴望与

---

① 法文,意为"花生"。

好奇地看着坐在身边的人。有穿着高领毛衣的年轻男子,有的留着短胡须,还有光头女郎,身上穿着雨衣;他猜想这些估计是画家和作家,看着他们,他感受到一阵微微的悸动。

"英国人或美国人,"西蒙说,两肩一耸,表示不屑,"饭桶,无赖,他们大多都是,可怜地为一场不再上演的戏穿上戏服。"

远处是一群高个儿的金发年轻人,看起来像斯堪的纳维亚人,另一桌是一群手上动作多、话也很多的黑皮肤黎凡特人。但大多数还是安静的法国人,身着尊贵华服,以及这个街坊里的小店老板,他们来多摩是因为方便,还有些零零落落的外省人,像查理一样,还以为这里是艺术家和学生的聚集地。

"可怜的野蛮人,他们已经没有钱再过拉丁区的生活了。他们生活在饥饿的边缘,像划桨的奴隶一样工作。我想你读过《波希米亚人的生活情景》的吧?鲁道夫如今穿着的整洁蓝色西装是赊账买来的,每晚都把裤子放在床垫下让它依旧有型有样。他花出去的每分钱都算得清清楚楚,小心着不做任何有损他前程的事。咪咪和缪赛特都是勤勉的姑娘,工会运动积极分子,晚上空余的时间都用来参加党员会议,就算她们失去了贞操,依旧镇静自若。"

"你不和女孩一起住吗?"

"不啊。"

"为什么不呢?我以为会很有意思的。你在巴黎的这一年肯定有不少机会可以勾搭上姑娘的。"

"是啊,我有过一两个女孩。真去想这件事,还蛮奇怪的。你知道我那地方都有些什么吗?一间工作室,一间厨房。没有浴室。看门人理应每天都来清扫房间的,但她的腿有静脉曲张,讨厌爬楼。我就这么点东西,但还是有三个姑娘愿意来和我分享我的邂逅。有一个是英国人,她在这里的共产国际办事处工作,还有一个是挪威人,她在索邦大学工作,一个法国人——你可能会以为这个会有点脑子;她是个裁缝,失业中。我是有天晚上出去吃饭的时候搭上她的,她告诉我她已经一天没有吃饭了,我就请她吃了一顿。那是个周六晚上,她待到了礼拜一。她还想继续待下去,但我让她出去,她就走了。挪威人是个麻烦。她想帮我补袜子,帮我烧饭擦地板。当我告诉她都不用的时候,她就开始在街角等我,告诉我如果我不从了她,她就自杀。她给我上了一课,我铭记在心。最后我只能对她强硬些。"

"你这么说是什么意思?"

"是这样,有一天我跟她说,我受够了她这样纠缠我。我告诉她,下次她再在街上跟我说话,我就把她打翻在地。她这人挺蠢的,不知道我说得到做得到。第二天,我走出家门,差不多十二点吧,我正要去办公室,她就站在街对面。她朝我走过来,一副卑微的样子,开始说话。我没等她说出两三个词,就击中她的下巴,她就像根九柱戏里的柱子倒在地上了。"

西蒙的眼睛闪烁出颇感趣味的光。

"接下来呢?"

"我不知道。我想她站起来了吧。我继续往前走,没有回头看。总之她知道我的意思了,那是我最后一次见到她。"

这故事让查理非常不适,同时又让他想笑。但他为此感到耻辱,还是没有说话。

"好玩的是那个英国女人。我的天,她的父亲是个院长。她去过牛津,拿的是经济学学位。她太有教养了,啊,一个完美的淑女,但是她把乱交私通看成一项神圣的职责。每次和她的同志上床,她就觉得自己在为大业效力。我们要成为好伙伴,一同打一场胜仗,肩并肩,诸如此类的东西。院长给了她一笔津贴,要我们把资源集中起来,把我的工作室变成一个中心,邀请同志们来喝下午茶,讨论当日颇有争议的话题。我告诉了她几句逆耳之言,就结束了她。"

他又点燃了烟斗,安静地一个人笑,依旧是他那种受伤的笑容,仿佛他正在享受一个伤害他的笑话。查理想说好几件事,但他不知道该如何开口,生怕听起来很造作,招致西蒙的冷嘲。

"但你真的希望把所有的人际关系都从你的生活中斩断吗?"他问道,语气不是很确定。

"全部。我必须得是自由的。我不敢让其他人对我拥有掌控权。所以我才拒绝了那个小裁缝。她是最危险的那种人。她温柔可人,充满爱意。她拥有穷人的温顺,好像从来都没梦想过生活可以不艰辛。我不可能真的爱过她,但我知道她的感激、她的爱慕、她讨好人的渴望、她无辜的欢乐,都是危险的。我可以预见到,她很容易就会变成一种我戒不掉的习惯。这世上没有比女人的吹捧更有诱惑性的了;我们太需要它了,结果我们反倒成了她的奴隶。我对虐待行为有多无感,面对吹捧就得有多坚定。对一个女人施恩,最能把人绑在那女人身上。她就会欠我一切,那个女孩儿,我将再也不可能逃离她。"

"可是,西蒙,你和我们其他人一样,都有人类的激情。你二十三岁。"

"所以我的性欲就很急切？没有你想象的那么急切。当你一天工作十二到十六个小时,平均每天睡六个小时,当你满足于一天只吃一顿饭,你的欲望就会大幅衰减。巴黎在满足性冲动这方面做得尤其好,价格不高,浪费的时间降到最低,当我发现我的胃口已经影响我工作了,我就去找个女人,就跟我便秘的时候吃泻药一样。"

查理清亮的蓝眼睛闪烁着消遣的光,迷人的笑容让他嘴唇微张,露出强健的白色牙齿。

"那你岂不是丧失了很多快乐？你知道的,一个人年轻的时光很有限。"

"有可能。我知道,一个人只有专心一意,否则在世上就会一事无成。切斯特菲尔德①对于性交有一句总结发言:快乐是短暂的,体位是荒谬的,费用是可鄙的。这也许是人类无法逾越的一种本能,但如果人让这本能影响,从自己选择的路上岔到别处去,那这人就真是个可怜的笨蛋了。我对它已不再畏惧。再过几年,我就能彻底摆脱它的诱惑。"

"你确信你那个时候就不会某一天突然爱上谁？这种事是会发生的,你知道的,就算是最审慎的人。"

西蒙给他摆了一张奇怪、也有人甚至会觉得是充满敌意的脸。

"我会把它从我的心上撕下来,就像我会从嘴巴里拔出一颗腐

---

① 当是指英国外交家、作家 Philip Chesterfield(1694—1773)。

烂的牙。"

"说得简单做起来难。"

"我知道。值得去做的事,做起来都不容易,但人有一点很奇怪,如果这事关乎他对自我的保护,如果他要做的事关乎他生存的根基,他就能从自身找到力量去做这件事。"

查理安静了。如果其他任何人像那天晚上的西蒙那样和他说话,他都会觉得那人是在装,只是为了博得他的欣赏。查理在剑桥待了三年,对于此类夸夸其谈听得够多了,他有常识,性格沉静,已经不会在这些言语上投放它本就不该拥有的重要性了。但他知道,西蒙说话,从来就不是为了做样子。他对同龄人的观点嗤之以鼻,是不可能假装出一种他并不相信的态度,来夺取那些人的仰慕的。他无畏,真诚。当他说他觉得这样或那样,你可以确信他真的是这么想的,当他说了他做了这个那个,你也不用怀疑,他肯定是做了的。可正因为西蒙所描述的那种生活方式对查理而言是病态的、不自然的,所以当他如此流畅地阐释这些想法,表明这是他深思熟虑的结果时,才会让查理觉得这太疯狂、太可怕了。他发现西蒙并没有说他这么严格地规范自己行为究竟是为了什么目的;但在剑桥的时候,他就是个激烈的共产主义者,所以自然会让人觉得他这是在训练自己,这样的话,等到当时他们所有人都以为在不远的未来就会发生的革命真正到来时,西蒙就能出自己的一份力了。查理更在意的是文艺,在西蒙房间里,面对他所听到的这些激烈争论,他听的时候是有点兴趣,却不会觉得这事和他有什么特别的关系。如果他必须得在他从没有仔细思考过的事情上发表观点,他就会同意他父亲的观点：不论在欧洲大陆发生什么，英国都没有共产主义的可能性；他们在苏联搞得一团乱，说明这就不可行；这世上本来就有富人和穷人，以后也会一直都有；英国的工人阶级很精明，是不会让自己被一群不负责任的挑事者带偏的；而且毕竟，他日子过得也不是很糟。

西蒙继续说。他急着把自己憋了好几个月的想法都卸下来，他一直习惯向查理倾诉，已经很久了。尽管他反思过，非常强烈地反思过，这也是他的伟大天赋之一，但他发现，当有这个完美听众作为倾吐对象时，他的想法会变得更清晰也更有说服力。

"关于爱，人们说过太多蠢话了，你知道的。人们给爱赋予的重要性和事实相悖。人们讨论爱，就仿佛它不言自明地就是最伟大的人类价值。没有什么比这更不需要证明了。在柏拉图用蛊惑人心的文学形式装点他多情的纵欲前，古代世界对它的强调都还是很理智的；穆斯林健康的现实主义都仅仅把它看成一种生理需要；是基督教和新柏拉图主义一道支撑起关于情感的论断，才将爱变成了生命的目的与目标、理由和意义。但基督教是奴隶的宗教。为了补偿贫苦的、负重的人在这个世界的悲惨生活，就为他们提供一个天堂，爱的鸦片让他们能够承受当下。而就像任何一种毒品一样，它会让那些承受对象虚弱，并摧毁他们。两千年了，基督教让我们窒息。它让我们意志薄弱，缺乏勇气。我们现在居住的这个现代世界里，我们知道对我们而言几乎所有事都比爱重要，我们知道只有头脑简单的蠢货会让爱影响他们的行动，但我们还是会傻乎乎地空口称赞爱。在书里，在舞台上，在布道坛前，在讲台上，这古老的、多愁善感的同样的废话被不断说起,而这些话是被用来糊弄亚历山大的奴隶们的。"

"可是,西蒙,古代世界的奴隶人口就是当今的工人阶级。"

西蒙笑了,嘴唇因此颤抖,他盯着查理看的样子让他感觉他说了件很愚蠢的事。

"我知道。"西蒙轻轻地说。

他游移的眼神停下来了一会儿,但尽管他是在看着查理,他的眼神似乎固定在了远处的某件东西上。查理不知道他在想什么,不过他意识到了一种隐隐的不自在。

"也许两千年的习惯已经把爱变成了人的必需品,如果是这样的话,这点就必须得考虑进来。不过如果必须要施行毒品,那么最适合的执行者肯定不是瘾君子。如果爱能被用到一些有益的地方,那么也只能由自身对爱有免疫力的人来做这件事。"

"你好像并不愿意告诉我,你这样把让生命变得快乐的东西都戒掉,是希望达到什么目的。我不知道哪种目的能值得你这么做。"

"你去年都在忙什么,查理?"

这突然的问题好像不相关,但他还是以他一贯的诚实坦然回答了。

"没做什么,我想。我几乎每天都去办公室;在公司花了一段时间去了解房地产这类东西;我和父亲打高尔夫。他一个礼拜会想打两三天的球。我还在继续弹钢琴。我去听了很多演奏会。画展大多也看了。看了一些歌剧,还有几场戏吧。"

"你日子过得很开心咯?"

"还不错。我自己蛮开心的。"

"那你明年想做什么?"

"也差不多吧,我感觉。"

"后年呢,大后年呢?"

"我想几年后我就会结婚,然后我父亲就退休了,把工作交给我。一年能赚一千块,这年头已经不错了,当然,最终我会得到父亲在梅森地产股份中我应得的那一半。"

"所以你就会过上你父亲在你之前过的那种生活?"

"除非工党把梅森地产没收。那样的话,我就完蛋了。不过,在那之前,我已经准备好做我那份小工作,赚多少钱,就尽可能用来享受。"

"那等你死了,你活没活过会有一点点影响吗?"

一段时间内,这出人意料的问题让查理窘迫,他脸红了。

"我感觉应该不会。"

"你对此感到满意吗?"

"和你说实话,我从没考虑过这个问题。不过,如果你这么直截了当地问我,我想如果我说我不满意,那我就成了傻瓜了。我不可能成为一个伟大的艺术家的。那年夏天我和父亲去挪威钓鱼,我宣布这件事的时候,和父亲讨论过。他讲得太好了。可怜的老父亲,他很怕伤害我的感情,但我不得不承认,他说的是对的。对于做事,我天生熟练,我能画点东西,写点东西,玩点乐器,如果我只有本事就做一件事,也许我还会有点机会;然而,这只是一种技能。父亲说这还不够的时候,还挺有道理的,而且当他说做个不错的生意人比当个二流艺术家要好点,也没毛病。毕竟,老希尔伯特·梅森娶了个厨娘,开始在一小块土地上种蔬菜,随着伦敦城的发展,那里变成一块有价值的地产,对我而言,这是需要点运气的。你难道不觉得,我在天命或者说机遇——如果你愿意这么相信——指引我的位子上履行我的职责,在那种状态下生活,就已经足够了吗?"

西蒙朝他笑了笑,是比那晚扭曲他脸部肌肉的其他笑容更宠爱的笑。

"我觉得可能是这样,查理。但对我而言不是。比起期待过上你这样的日子,我倒宁愿在过马路的时候被公交车撞成一摊肉泥。"

查理平静地看着他。

"你瞧,西蒙,我天性乐观,而你不是。"

西蒙笑了。

"我们必须得看看,我们能不能改变这一点。我们去散会儿步吧。我带你去赛雷尔。"

三

面貌庄严的房子有扇体面的前门,由一个身着土耳其长裙的黑人为他们打开,当他们步入光线晦暗的狭长走廊,一个女人从前厅出来了。她快速而冷漠地扫了他们一眼,便带他们进去,不过后来认出了西蒙,立刻做出一副亲切的样子。他们热烈地握手。

"这是欧内斯廷小姐。"他对查理说,接着对她道,"我的朋友今晚从伦敦来的。他想见见生活是什么样子。"

"你把他带对地方了。"

她打量了查理一下。查理见到是一个也许已年近四十的女人,好看,但冰冷、强硬,直挺挺的鼻子,上了口红的薄嘴唇,下巴坚挺;她衣着整洁,深色套装,颇有点男性的剪裁。她竖着衣领,佩戴领带,用作领带夹的是著名的英国军团徽章。

"他长得挺好看,"她说,"这些小姐们看到他会很高兴的。"

"夫人今晚在哪?"

"她回家和家人过节去了。我做主。"

"我们进去吧,好吗?"

"请便。"

这两位年轻男子沿着走廊而下,打开一扇门,发现他们来到一间宽敞的房间,里面装饰花哨,一副土耳其浴室的廉价风格。四周墙壁前都放有小沙发,沙发前是小桌子小椅子。四周稀稀拉拉地坐着一些人,大多穿着便装,也有一些穿了晚礼服;三三两两的男人;一张桌前男女都有,女士们礼服长裙打扮,显然是来看巴黎景致的。一身土耳其服饰的服务生立在四周,等候服务。一处台子上是一个管弦乐队,其中有一位钢琴乐手,一位小提琴手,还有位男子吹萨克斯风。面对面的两张长椅伸到舞池中来,上面坐着十到十二个年轻女子。她们穿着土耳其拖鞋,却是高跟,宽大的裤子是某种闪闪发光的材料制成,直垂脚踝,脑袋上包着头巾。上半身是裸着的。其他同样打扮的姑娘都坐在男人边上,由他们买酒喝。西蒙和查理坐下来,点了一瓶香槟。乐队开始演奏。三四个男人起身到长椅那儿选择舞伴。剩下的姑娘百无聊赖地一起跳着。她们胡乱地聊着天,用审视的眼光打量坐在各张桌前的男人。显然这群观光客,其中还有来自一个完全不同世界的聪明女人,激起了她们的好奇。从表面上来看,除了这些姑娘半裸,这里和任何夜店不同的地方就在于,这里有足够空间供人舒适地跳舞。查理注意到,在他们桌子旁边,有两个带公文包的男子,他俩交谈过程中还会从包里掏出文件,就这么毫无挂碍地讨论公事,就好像这里只是一家咖啡馆。不一会儿,那群游客中的一个男子去和两个在一起跳舞的姑娘说话,这时,两个女孩停下舞步,走到他那桌;其中一个打扮得很漂亮的黑衣女人,脖子上还戴了一串翡翠,起身开始和其中一个姑娘跳舞。另一个姑娘走回长椅处坐下。代理女主人,身着大衣短裙的女子,走到西蒙和查理这边。

"你的朋友看中哪个姑娘了吗?"

"和我们坐一会儿吧,喝点东西。他还在看呢。夜晚还早。"

她坐下来,当西蒙喊服务生过来,点了一杯橘子水。

"我很抱歉,他第一次来就碰上这么个安静的晚上。你瞧,圣诞夜,很多人都得待在家里。不过很快就会热闹起来的。一群英国人来巴黎过圣诞了。我在报纸上看到他们的'金箭号'有三个舱位。真是个伟大的民族,英国人;他们有钱。"

查理感觉有点害羞,默默不语,她问西蒙他懂不懂法语。

"他当然懂了。他在都兰①花了六个月的时间学法语。"

"那个地方多美啊! 去年夏天我休假的时候,开车走遍了波尔多的种植园。安吉尔是从图尔来的。也许你的朋友会想和她跳支舞。"她转向查理:"你会跳舞的,是吧?"

"是的,我喜欢跳舞。"

"她接受过很好的教育,出身于一个很好的家庭。我在图尔的时候去看过他们,他们因我为他们女儿所做的一切而心怀感激。他们是最受尊敬的那类人。你可不要觉得任何人我们都会带来。夫人是很挑剔的。我们有我们的名声,我们对此很爱惜。这里所有的姑娘在当地都出自名门。这也是她们为什么会想在巴黎工作的原因。自然,她们不会希望给亲戚蒙羞。生活艰难,人总得尽力谋生。当然,我不会谎称她们出身贵族世家,但法国的贵族阶级彻底腐朽了,对我个人而言,我更看重善良的法国中产阶级的价值。那群人才是国之栋梁。"

---

① 法国西部地区。

欧内斯廷给你的感觉是,她是个原则明确、有理智的女人。你只会感觉她对当今社会问题的看法是值得聆听的。她拍拍西蒙的手,再次对查理说:

"我每次见到西蒙先生都感觉很愉快。他是这里的好朋友。他不常来,但他来了之后,举手投足间都是个绅士。他从不会像你们一些同志那样喝得烂醉,人们也可以和他聊些有趣的话题。我们这里总是乐意见到记者的。有时我觉得我们过的这种生活有些狭隘,能和处于世界中心的人说说话,对我们有好处。可以让人走出常轨。他有同情心。"

在那样的环境中,就好像西蒙奇妙地感觉回到了家,他随和而友善。如果他是在演戏,那么他演得非常好。你也许会觉得在他和妓院代班女主人之间有某种古怪的亲近感。

"有一次他带我去了弗朗斯西大酒店的带妆彩排。全巴黎都在那儿。学者、大臣、将军。我目不暇接。"

"而且我得多说一句,那边的女人没有一个看起来比你更惊艳。能被别人看到和你在一起,对我自己的名声也大有好处。"

"你应该看看有些大亨的脸的,当他们看到我挽着西蒙先生的胳膊从门厅走出来。"

查理知道,和这样一位女伴出席重大社交宴会对西蒙那爱讽刺的性情而言极具吸引力。他们又聊了一会儿,然后西蒙说:

"听着,我亲爱的,我想我们该给我们这位朋友点面子,毕竟他第一次来这儿。我们把他介绍给公主怎么样?你不觉得他会喜欢她吗?"

欧内斯廷小姐强硬的面容放松了，化作一个微笑，她颇觉好笑地看了查理一眼。

"这个想法不错。至少会给他一种从未有过的体验。她身段很漂亮。"

"我们让她过来吧，请她喝杯酒。"

欧内斯廷小姐叫了位服务生。

"让奥尔加公主过来。"接着对查理："她是俄国人。当然了，革命后，我们这里都是俄国人，看到她们我们都受够了，还有她们那斯拉夫性格；有段时间，顾客们觉得她们很有意思，但现在都厌倦了。而且她们不严肃。她们很吵，爱吵架。事实就是，她们是野蛮人，她们不知道仪态两个字怎么写。但奥尔加公主不一样。她有原则。你能看得出来，她家教很好。她有些与众不同，无人可以否认。"

当她在说话时，查理看到那个服务生走到坐在长椅上的一个姑娘面前，和她说话。他的眼睛一直在环视四处，之前注意过她。她很奇怪，静坐着不动，你会以为她对自己的周遭毫无知觉。她现在站起身，往他们的方向看过来，慢慢地朝他们走来。她的步态中有一种独特的无动于衷。走到近前，她朝西蒙淡淡一笑，他们握了手。

"我刚刚看到你进来了。"她坐下来时说。

西蒙问她要不要来一杯香槟。

"我不介意。"

"这位是我的朋友，他想认识你。"

"我很荣幸。"她转头看了查理一眼，没有笑。她看了他一会儿，这段时间对查理而言显得尤为长，让他很尴尬，可是她的眼神里既没有欢迎也没有邀请之意;那种完完全全的冷漠甚至让人有些恼火。"他很帅。"查理害羞地笑了,接着,一点点微弱的笑意在她的唇边颤动。"他看起来人很好。"

她的头巾、她宽大的裤子是薄纱质地,淡蓝色,洒满了小小的银色星星。她不是很高;脸上妆很浓,脸颊扑着厚厚的腮红,嘴唇猩红色,眼影蓝色;眉毛和睫毛涂上了浓重的睫毛膏。她显然并不很美,只是有点漂亮,颧骨挺高,肉肉的小鼻子,眼眶不很深邃,眼球也不算突出,而是和她的脸在同一平面,就像窗户安在了墙里。她那蓝色的大眼睛,那种蓝因为头巾和睫毛膏的颜色映衬如同烈焰。她身材匀称、修长、轻盈,身体皮肤是淡淡的琥珀色,看起来有种丝绸般的柔软感觉。她的乳房小而圆,纤尘未染,乳头形状完美,是玫瑰色的。

"你为什么不邀请公主和你共舞一曲呢,查理?"西蒙问。

"你愿意吗?"他说。

她的一边肩膀微微一耸,一言未发站起身。这时,欧内斯廷小姐说她有事要办,离开他们走了。和一个腰部以上未着一件衣物的女孩跳舞,对查理而言是一种全新而又刺激的体验。他把手放到她的裸体上,感受她赤裸的乳房贴在他身上,查理有些呼吸困难。他握在手里的她的手又小又软。但他是个教养良好的年轻人,举止得体,认为只有礼貌地说说话才合乎体统,他说话的方式就和在伦敦一场舞会上同任何一个不认识的姑娘说话一样。她的回答也彬彬有礼,但他有个感觉,她并没有太在意他说了什么。她的眼睛在室内四周若有似无地徜徉,但也没有迹象表明有什么东西让她产生了兴趣。当他把她抱紧一些,她接受了这更亲密的拥抱,没有流露出她注意到了这种改变。她默许了。乐队的演奏停下来,他们回到桌边。西蒙一个人坐在那儿。

"所以,她跳得好吗?"他问。

"不是特别好。"

突然间,她笑了。这是她第一次有反应,而且她的笑是坦诚且愉快的。

"我很抱歉,"她道,用英语,"我没用心。我能跳得更好的,下次我会的。"

查理脸红了。

"我不知道你会说英语。不然我就不会那么说了。"

"但你说得挺对的。而且你跳得真好,你值得拥有一位会跳舞的舞伴。"

这时起,他们说起了法语。查理不是非常准确,但也足够流畅,而且他的口音很漂亮。她说得也很好,但带着节奏单调的俄国口音,让法语拥有了一种罕见的乏味。她的英语也不赖。

"公主是在英国接受教育的。"西蒙道。

"我两岁去的那里,一直待到十四岁。从那时起,我就没怎么说过英语,已经忘记了。"

"你住在哪里?"

"伦敦。拉德布罗克路。夏洛特街。哪里便宜住在哪里。"

"我要离开你们这些小朋友了,"西蒙道,"查理,我们明天见。"

"你不去望弥撒了吗?"

"不去了。"

他随意地点点头，离开他们走了。

"你认识西蒙先生很久了吗?"公主问。

"他是我时间最久的朋友。"

"你喜欢他吗?"

"当然。"

"他和你很不一样。我还以为他会是你最后喜欢上的人。"

"他非常聪慧。是我很好的朋友。"

她张口想说什么，但还是没有说出口，一直沉默着。音乐再次响起。

"你愿意再和我跳一次舞吗?"她问，"我想让你知道，我想跳的时候是很会跳的。"

也许是因为西蒙离开他们了，她不再感觉那么受拘束，也许是因为查理的举止中的某种东西，又或许是他意识到她会说英文后的疑惑，让她注意到了他，她的态度发生了转变。现在有一种出乎意料、颇为迷人的友善。他们跳舞时，她说话甚至有一丝欢快的意味。她回顾了自己的童年，谈到她和父母住在伦敦廉价公寓里有多脏的时候，带着一种严酷的幽默感。而现在，费心跟着查理的舞步，她跳得非常好。他们再次坐下，查理瞄了一下表;快到午夜了。他无所适从。他在家就经常听他们说到圣犹士坦堂的音乐，而圣诞夜在那儿望弥撒是他不愿错失的机会。抵达巴黎的激动，和西蒙的对话，赛雷尔的全新体验，以及他喝下的香槟，叠加起来让他充盈着一种独特的兴奋感，他急切地想听到音乐;这种感觉，简直和对刚刚一起跳舞的女孩的生理欲望一样强烈。在这样一个特殊的节点为这样一种目的离开显得有些傻；可就是这样，他想去，而且毕竟，没人需要知道。

"瞧，"他说着，带着迷人的笑容，"我有个约会。我现在必须得走了，但我一个小时后就能回来。我在这里还是可以找到你的，是不是？"

"我整晚都在这儿。"

"可你不会被安排和别人在一起？"

"你为什么一定要走？"

他有点不好意思地笑了。

"我恐怕这听起来有点荒谬，但我的朋友给了我圣犹士坦堂两张望弥撒的票，而我可能再没有机会去听了。"

"你要和谁一起去？"

"我自己去。"

"你可以带我去吗？"

"你？可是你能出去吗？"

"我可以和小姐商量一下。给我两百法郎，我就能搞定。"

他怀疑地扫视了她一眼。她这赤身裸体的样子，粉蓝色的头巾和裤子，化了浓妆的脸，看起来实在不像可以带去教堂的女伴。她看到他的眼神，笑了。

"我不管怎样都想去。快，快。我十分钟就能换好衣服。我会很开心的。"

"好吧。"

他把钱给她，她告诉他在门口等她，就跑开了。他结了酒钱，看着表，十分钟后出去了。

当他走到门廊，看到一个姑娘朝他走来。

"我没让你等我，你看是不是。我和小姐说过了。反正她觉得俄国人都是疯子。"

她说话前，他都没有认出是她。她穿着棕色大衣、短裙，戴着一顶毛毡帽。她已经卸了妆，甚至嘴唇上的口红都擦去了，她修过的细长眉毛下的眼睛看起来既不很大，也不很蓝。穿着整洁却廉价的棕色衣服的她有些难以归类。她可能就是个女工，是那种在午餐时分你看到从一家百货商店的后门涌向偏街陋巷的人流中的一个。她甚至不算漂亮，但她看起来很年轻；而且举止中有一种谦卑，让查理的心一阵剧痛。

"你喜欢音乐吗，公主?"他们上了出租车后，他问。

他不大知道要怎么称呼她。就算她是个妓女，他感觉以她的高贵，见面这么短时间就喊她奥尔加有些鲁莽，而且如果她因为境遇的重压而沦落到此等饱受凌辱的境地，他就更有责任敬重地对待她。

"我不是公主，你知道吧，我也不叫奥尔加。他们在赛雷尔这么叫我，是因为如果客人知道要跟公主上床，就会感觉受到了款待，而他们叫我奥尔加，是因为这是他们除了萨沙以外所知道的唯一的俄国人名。我的父亲是列宁格勒大学的经济学教授，我的母亲是一位海关官员的女儿。"

"那你叫什么?"

"莉迪亚。"

他们到的时候，弥撒刚刚开始。人很多，他们不可能找到座位。天气冷到刺骨，查理问她要不要他的大衣。她摇摇头，没有回答。走道被光秃秃的电光球照亮，在拱顶、圆柱和黑压压的朝圣人群上投射下强烈的光。合唱团身上的灯光耀眼。他们在一根柱子边找到位子，有影子保护，他们感觉不受侵扰。上升的台上有一个管弦乐队。圣坛处是衣着华丽的牧师。音乐在查理听来有些过于华丽，他就这么听着，微微有些沮丧。这音乐没有他意想中的打动他，而独唱演员刺耳如歌剧般的嗓音，让他感觉冷漠。他有一种感受，他正在听一场表演，而不是参加一场宗教仪式，他也没有被激起一股崇敬之情。但尽管这样，他还是很高兴自己来了。电光球发出的光如一把明亮的利刃刺透黑暗，让哥特的线条更显阴森；圣坛因众多蜡烛，温柔地明亮着，牧师的动作在他眼里并无意义；安静的人群似乎并未参与其中，而是像正站在车站栏杆后焦急等待大门打开；潮湿衣物的臭味混杂着燃香散发出的香气；刺骨的寒冷像一种具有威慑力的看不见的存在降落；从这些当中，他获得的不是一种宗教情感，而是一种神秘感，其根基一直要回溯到人类起源。他的神经紧绷，当突然之间，合唱团在整个管弦乐队的陪伴下一道进入《齐来崇拜歌》，他被一阵狂喜攫住，至于为何狂喜，他也不清楚。接着，一个男孩子唱起了圣歌；单薄、银铃般的声音在寂静中扬起，音符流淌着，一开始有些古怪的迟疑，仿佛这位歌者对自己不是很确信，音符流淌着，就像水晶般澄澈的水流过小溪里的白色石头；然后，歌者信心增强，声音也跟上，仿佛被巨大的黑手提起，输送到拱廊复杂的曲线,直升入拱顶的夜空之中。突然,查理发现他身边的女孩,莉迪亚,在哭。这让他吓了一跳,但以他那英国人特有的礼貌拘谨,他假装没有看见;他以为是这黑漆漆的教堂和男孩纯洁的嗓音让她被一阵羞耻感攫住了。他是个想象力丰富的年轻人,他读过很多小说。他可以猜测——他自己是这么认为的——她现在是什么感觉,因此被一种对她怀有的巨大同情裹挟。不过,他觉得很奇怪,她竟然会被这样并非一流水准的音乐感动到如此地步。可现在她开始因猛烈的啜泣而身体颤抖,他不能再假装他不知道她出事了。他伸出一只手,握住她的手,想以此用自己的同情安慰她,她却近乎粗鲁地抽走了她的手。他开始感到尴尬。她现在哭得太凶猛,旁观者也不得不侧目。她在丢人现眼,他因羞愧满脸通红。

“你想出去吗?”他轻声道。

她气愤地摇摇头。她的啜泣变得越来越狂暴,突然间,她跪倒在地,脸埋在双手里,开始放肆地哭起来。她古怪地瘫在自己身上,就像一捆被遗弃的衣物,若不是她的肩膀还在颤抖,你会以为她已昏死过去。她蹲在一根高耸的石柱边,查理有着悲惨的自觉,站在她前面,想要保护她不被别人看见。他看到许多人用好奇的眼神看向她,再看向他。一想到这些人会怎么想,他就生气。演奏者安静下来,合唱团一声不响,寂静带来一种颇为刺激的敬畏感。教友一排挤着一排,拥到圣坛台阶边领牧师分给他们的圣餐饼。查理的敏感让他无法看向莉迪亚,他的眼睛一直盯着光亮的高坛。不过,当她稍稍抬起一点身体,他能感觉到她的动作。她转向石柱,用胳膊抵住柱子,把脸埋进胳膊肘里。哭泣的激情让她精疲力竭,可她这样伸展着倚靠在坚硬的石头上，双腿跪在石板路面，传递出的那种哀恸是如此无助，甚至比看到她被碾压、蜷着身子躺在地板上，仿佛因暴死而做出如此不自然的姿态，更让人无法接受。

仪式快要结束了。仪式终结曲响起，管风琴加入交响乐队，越来越多的人流急着到自己的车上或者去叫出租车，朝门口涌去。然后，仪式结束了，一大拨人在教堂走廊往外走。查理一直等到周围都没人，最后一小拨人也朝门口逼近。他把手放到她的肩膀上。

"来，我们必须得走了。"

他一只胳膊搂住她，扶她站起来。毫无生气的她任他做他想做的。她的两眼是看向别处的。他用手臂挽着她，带她沿过道走下去，又等了一会儿，等大多数人都已走出去。

"你想走走吗？"

"不了，我很累。我们叫辆车吧。"

但他们还是得先走一段，因为他们没能立刻就叫上一辆。走到一盏街灯下时，她停下来，从包里拿出一面镜子，看了看自己的脸。她的眼睛很肿。她拿出粉扑，在脸上补了几下。

"没什么可以补的，"他温柔地笑着说，"我们还是走吧，找个地方喝点东西。你不能就这么回赛雷尔。"

"我一哭，眼睛总要肿。几个小时才能消掉。"

就在这时，一辆出租车开过，查理叫住了它。

"我们去哪儿呢？"

"我无所谓。西莱科特餐厅。蒙帕纳斯大道。"

他给了地址，他们开到河对岸。到的时候，他有些犹豫，因为她选的这个地方好像人挺多的,但她还是下了车,他跟上她。尽管天很冷,还是有很多人坐在外面。他们找了个里面的位子。

"我去个洗手间,把眼睛洗一下。"

几分钟后,她回来了,坐在他旁边。她把帽子尽量往下压,好遮住肿胀的眼睑,也已经又上了一层粉,可她没有上腮红,整张脸很白。她挺平静,只字未提刚刚她那突如其来的恸哭,你会以为在她眼里,这种事很正常,无需解释。

"我好饿,"她说,"你肯定也饿了吧。"

查理饿极了,他等她的时候,还在想这样的情况下,他如果给自己叫上一份培根鸡蛋,会不会显得太没教养了。她的话让他放了心。好像培根鸡蛋正是她想要的。他还想点一瓶香槟,觉得她会需要这样的刺激,但她不让他点。

61

"你为什么要浪费自己的钱呢?我们喝点啤酒好了。"

他们津津有味地吃了这简单一餐。他们聊了一会儿。举止文雅的查理试着说了些礼貌的话,但她也没有鼓励他往下说,不久,两人就都沉默了。吃完饭也喝过咖啡后,他问莉迪亚想做什么。

"我就想坐在这里。我喜欢这个地方。舒服,惬意。我喜欢观察来这里的人。"

"好的,我们就在这里坐坐吧。"

这不是他想要的在巴黎的第一夜。他真希望自己没这么傻,竟然带她来看午夜弥撒。他无心对她残忍。不过也许他回答的声调里透露了什么,触动了她,因为她把头转过来一些,看着他的脸。她又朝他笑了笑,这笑容他已经在她身上看过两三次了。这是一种古怪的笑容。嘴唇几乎不动；也没有一丝愉悦，却也不是友善尽失；其中蕴藏的反讽比快乐还多些；它是罕见而不情愿的，是耐心而无望的。

"你肯定觉得这挺没劲的。你为什么不回赛雷尔，就把我留在这里呢？"

"不，我不会这么做的。"

"我不介意一个人的，你知道吧。我有时会一个人来这里坐上几个小时。你来巴黎是来玩的。不去玩可太傻了。"

"如果你不会觉得无聊，我就想在这里和你坐坐。"

"为什么？"她突然鄙夷地扫了他一眼，"你是不是觉得自己很高贵，是在自我牺牲？还是说你很可怜我，或者纯粹好奇？"

查理无法想象她怎么会这么生他的气，也不明白她为何会说出这么伤人的话。

"我为什么要可怜你？又为什么要好奇？"

他是想让她知道，她不是他这辈子见的第一个妓女，他是不会被一个也许肮脏，很有可能也并非真实的人生故事所惊动。莉迪亚盯着他，那表情在他看来是这样不敢相信的惊讶。

"你的朋友西蒙是怎么和你说我的？"

"什么都没说。"

"你说这话的时候怎么脸红了？"

"我不知道我脸红了。"他笑了。

事实是，西蒙和他说，她那方面不差，会让他物有所值，可这时候，他并不觉得自己能和她说出这种话。她这苍白的脸，肿胀的眼睛,一条可怜的棕色裙子,一顶黑色毛毡帽,是根本无法让人想起那个赤身裸体、只着一条蓝色土耳其长裤的尤物的,那个人是神秘的,有一种异域的迷人。这里的则完全是另一个人,沉默,庄重,娴静,查理绝不会想和她上床,就像他不会想和帕西原来学校里瘦小的女老师上床一样。莉迪亚重又陷入沉默。她仿佛沉浸在幻想中。当她终于开口,就好像她在继续自己的思绪,而不是和他说话。

"如果我刚刚在教堂里哭了,不是因为你以为的那样。为此我已经哭够了,老天知道,但刚刚,我是为不一样的事哭。我感觉太孤单了。那里的所有人,他们有一个国家,在那个国家里,有家;明天,他们将一起过圣诞节,父亲、母亲、孩子;有些人,比如你,去那儿只是为了听音乐,有一些并没有信仰,可就在刚刚,所有那些人,他们是因一种共同的感受聚在了一起;那场仪式,他们从出生就知道,它的意义就在他们的血液里,说的每个字,牧师的每个动作,对他们而言都再熟悉不过,而且就算他们的理智不相信,那种敬畏感,那种神秘,是在他们的身体里的,他们的心是相信的;那是他们童年记忆的一部分,他们玩耍过的花园、乡间、小镇上的街道。他们因此被捆绑在一起,成为一体,某种深层的直觉告诉他们,他们属于彼此。但我是个陌生人。我没有国家,我没有家,我没有语言。我不属于任何地方。我是被遗弃的人。"

她苦笑了一下。

"我是俄国人,对俄国的所有了解都是从书里读来的。我对书里读到的那辽阔的金色玉米地、那银色的山毛榉森林充满渴望,尽管无论我怎么努力，我的心里也无法浮现它们的模样。我所知道的莫斯科，是从电影院里看来的。我有时绞尽脑汁，想为自己想象出一座俄国村庄，契诃夫故事里的村庄，那里四散着茅草顶的原木木屋，可并没有用，我知道我看到的根本不是它的样子。我是俄国人，说起母语比说英语和法语还差。当我阅读托尔斯泰和陀思妥耶夫斯基，译本对我会更容易些。对于我自己国家的人，我就是个外国人，就像我对英国人和法国人一样。你呢，你有家，有国家，有爱你的人，那些人的生活方式就是你的生活方式，你不用认识他们就了解他们——你怎么会知道无家可归的人是怎样的感觉呢？"

"可你就一个亲人都没有吗？"

"一个都没有。我的父亲是社会主义者，但他是个沉浸在自己研究中的安静、平和的人，并没有积极参与政治活动。他欢迎革命，认为这将带领俄国进入一个新时代。他接受了布尔什维克。他只希望能继续在大学工作。可他们辞退了他，有一天，他得到消息，他即将被捕。我们通过芬兰逃亡，我的父亲、母亲和我。我那时两岁。我们在英国生活了十二年。怎么活下来的，我不知道。有时，我的父亲能找到一些活儿干，有时，人们会帮助我们，但我的父亲思乡情切。以前，除了在柏林念书，他从来没有出过俄国；他无法适应英式生活，最终，他感觉自己必须要回去了。他毫无办法，他只得回去，这种欲望对他而言太过强烈；他与位于伦敦的俄国大使馆的人取得联系，说他愿意做布尔什维克给他的任何工作；他在俄国声名卓著，他的书得到广泛好评，他是自己研究领域的权威。他们向他承诺了一切，他就起航了。等船入港，他被契卡①人员带下船。我们听说他被带到一间监狱的四楼，从窗户扔了下来。他们说他自杀了。"

她微微叹了口气，又点了一根烟。他们吃完晚饭后，她就一直在抽烟。

"他是个温和又绅士的人。他从来不伤害任何人。我的母亲跟我说，她和他结婚这么多年，他从未对她恶语相向。因为他已经与布尔什维克和解，以前帮过我们的人都不愿再帮助我们。我的母亲认为我们在巴黎会活得更好些。她在这儿有朋友。他们给她找了份工作，帮人在信上写姓名地址。我去给一个裁缝当学徒了。母亲去世，是因为食物不够我们两个人吃，她自己不吃，这样我就不会挨饿了。我在一个裁缝处找到一份工，工资减半，因为我是俄国人。倘若不是母亲的那些朋友，阿历克西和伊芙吉尼亚给了我一张床睡觉，我肯定也要饿肚子了。阿历克西在一间俄国餐厅的管弦乐队拉小提琴，伊芙吉尼亚看管女子衣帽间。他们有三个孩子，我们六个人住在两间房间里。阿历克西的职业是律师，大学里是我父亲的学生。"

"你还和他们在一起？"

"是，我还和他们在一起。他们现在非常贫困。你瞧，每个人都讨厌俄国人，他们讨厌俄国餐厅，讨厌俄国管弦乐队。阿历克西失业已经四年了。他变得苦闷，好争吵，还酗酒。一个女儿被住在尼斯的姨妈照管，另一个去做女仆了，儿子成了舞男，在蒙马特的夜总

①　Cheka，即全俄肃清反革命及怠工特设委员会，1917—1922。

会工作;他经常在这儿,我不知道他今晚为何不在,也许被人带走了。他的父亲喝醉酒就会骂他,打他,但他找到一个朋友带回家的一百法郎,能让这个家继续下去。我还住在那里。"

"是吗?"查理惊讶地问。

"我总得有个地方住。我晚上才要去赛雷尔,生意不好的时候,我四五点就回家了。但那地方真的太远了。"

他们沉默了一会儿。

"你刚刚说你哭的原因不是我以为的那样,是什么意思?"查理终于问道。

她再次用好奇又怀疑的目光看向他。

"你是真的不知道我是谁?我以为你朋友带你过来就是因为这个呢。"

"他什么都没和我说,除了——除了你会让我很开心。"

"我是罗伯特·贝尔热的妻子。这就是为什么,尽管我是个俄国人,赛雷尔还是收留了我。这会让顾客觉得兴奋。"

"我恐怕你会觉得我很蠢,但我真的不知道你在说什么。"

她短促地大笑一声。

"名声就是这样。一天之后,每个人都提到的名字就什么都不是了。罗伯特·贝尔热杀了一个叫泰迪·乔丹的英国赌注登记经纪人。被判十五年劳役刑。现在人在法属圭亚那的圣劳伦特。"

她说话的语气实事求是,查理几乎不敢相信他的耳朵。他受到了惊吓,感到害怕又刺激。

"所以你是真的不知道?"

"我和你发誓我并不知道。现在你说到这件事，我想起来了，我在英国报纸上看到过这个案子。造成了不小的轰动，因为那——受害者是个英国人，但我忘记那——你丈夫的名字了。"

"这事在法国也引起了轰动。审判持续了三天。人们抢着报道。报纸给了整个头版的版面。啊，确实是个不小的轰动。那是我第一次见到你的朋友西蒙，至少那是他第一次见到我，他为他们报纸来做报道，而我在法庭上。那个审判激动人心，让记者有了充分的发挥机会。你一定要找他和你说说。他以自己写的报道为荣。那些文章写得很聪明，有一些还被翻译，发到了法国报纸上。对他有不少好处。"

查理不知道该说什么。他在生西蒙的气；他意识到他把自己放在现在这个局面当中，暗含了多少恶作剧的幽默。

"你肯定觉得很难受吧。"他没底气地说。

她转了点身，看着他的眼睛。他，这样一个一辈子都在美好环境中生长的人，从来没在谁的脸上看到过这样一种令人惊骇的绝望。这简直就不像人类的脸，倒是有点像那种日本面具，是艺术家做来描绘一种特定情绪的。他颤抖了。莉迪亚因为查理的缘故，直到现在，大多数时候都在说英语，只有时不时因为无法用陌生语言传达她想说的东西时，才会蹦出一些法语，可现在，她却直接用法语说下去了。她俄语口音的单调节奏让这些话带上一股奇特的悲伤，可同时又让她说的东西显得缺乏真实感。让你感觉这是一个人在说梦话。

"那时我才结婚六个月。我怀孕了。也许就是因为这个原因，他才保住了命。我怀孕了，他又还年轻。他才二十二岁。孩子一出生就死了。我受了很多苦。你瞧，我爱他。他是我的初恋，也是我最后一个恋人。当他被判刑后，他们都让我和他离婚，法国的法律里，流放是足够的理由了；他们告诉我，犯人的妻子都会和丈夫离婚的，当我说我不离，他们很生我的气。为他辩护的律师对我很好。他说我已经做了所有我能做的，我受苦了，不过我一直守护他，现在也该为自己考虑考虑了，我必须重新开始生活，我这样和一个罪犯牵扯在一起，让一切都更难了。我说我爱罗伯特，罗伯特是这世上我唯一在意的人，无论他做了什么，我都会爱他，如果我有机会去找他，而他又要我，我会去的，非常开心地去，听到这话，他有些不耐烦。最后，他耸耸肩，说拿我们这些俄国人真的毫无办法，但如果我改变心意，想离婚了，可以去找他，他会帮我的。而伊芙吉尼亚和阿历克西，可怜的醉鬼、一文不值的阿历克西，也没有给我好日子过。他们说罗伯特是个恶棍，他们说他很邪恶，他们说我居然爱他，实在毫无廉耻。好像就因为去爱是很羞耻的，一个人就可以停止爱了一样！说一个男人是恶棍太容易了。什么意思呢？他杀了人，他因为自己的罪行接受惩罚。他们都不知道我所认识的他是什么样。你瞧，他爱我。他们不知道他有多温柔，多迷人，多快乐，多像个小男孩。他们说他差点就像杀了泰迪·乔丹一样杀了我；他们不明白，这只是让我更爱他了。"

查理这样不知前因后果的，真是几乎不可能从她说的话中听出个所以然来。

"他为什么会想杀了你？"

"他到家的时候——杀了乔丹之后，已经很晚了，我已经睡觉了，但他的母亲还在等他。我们和她住在一起。他心情很好，但她看到他，就知道他做了什么可怕的事。你瞧，她等了几个礼拜，因为焦虑变得紧张。

"'你这么长时间都跑哪去了?'她问他。

"'我? 哪儿都没去,'他说,'和那群小子在一起。'他呵呵一笑,轻轻地拍拍她的脸。'杀一个人真的太容易了,妈妈,'他说,'太荒唐了,这么简单。'

"所以她就知道他做了什么,大哭起来。

"'你可怜的妻子,'她说,'你该会让她多绝望,多悲伤啊。'

"他低下头,叹了口气。

"'也许我把她杀了会更好。'他说。

"'罗伯特!'她尖叫道。

"他摇了摇头。

"'别害怕,我没那勇气,'他说,'但如果我是在她睡着的时候杀她,她就什么都不知道了。'

"'我的上帝啊,你为什么要杀人?'她哭喊着。

"他突然笑了。他非常喜悦地笑了,笑得很有感染力。你听到那笑声而感受不到快乐,是不可能的。

"'别傻了,妈妈,我只是开个玩笑,'他说,'我什么都没做。上床睡觉去吧。'

"她知道他在撒谎。可他只肯说这么多。最终,她回到了自己的房间。房子很小,在纳伊区,但是有个小花园,一端还有个小亭子。我们结婚的时候,她把房子交给我们,搬到那里面,这样她就可以和她儿子在一起,也不至于对我们的生活指手画脚。罗伯特来到我们的房间,亲了我的嘴唇,我醒了。他的眼睛亮闪闪的。他的眼睛是蓝色的,没有你的蓝,有点灰,但他的眼睛很大,很漂亮。里面几乎总是含着笑意。那双眼睛非常机灵。"

可莉迪亚说到这几句的时候,语速渐渐放缓了。就好像她突然想到了什么,说话的时候,她心里正在琢磨着。她用古怪的深情看着查理。

"你的眼睛里**有**一种东西让我想到了他,你的脸型和他也一样。他没有你高,没有你这样英国人的肤色。他非常好看。"她沉默了片刻,"你那个西蒙真是个可恨的傻瓜。"

"你是什么意思?"

"没什么。"

她身子前倾,胳膊肘放在桌子上,脸埋在双手里,继续说,嗓音有些呆板,就像是在催眠的作用下,把空洞的眼前飘过的东西念出来。

"我醒来的时候,笑了。

"'你好晚哦,'我说,'快点,上床来。'

"'我现在不能睡,'他说,'我太激动了。我饿了。厨房里有鸡蛋吗?'

"这时我已经完全醒了。你无法想象,当他一身灰色新西装坐在床边的时候,样子有多迷人。他总是穿得很得体,穿的衣服也都非常好。他的头发很漂亮,深棕色鬈发,留得挺长的,梳到脑袋后面。

"'我穿个睡裙,我们去看看吧。'我说。

"我们到了厨房,我找到了鸡蛋和洋葱。我煎了洋葱,又煎了蛋。我做了些吐司。有时,我们去剧院或者演奏会,回到家之后会做点东西吃。他喜欢煎蛋煎洋葱,我就按他喜欢的那样给他做。我们那时很喜欢自己在厨房做的简单晚餐。他去酒窖拿出一瓶香槟。我知道他母亲会生气,这已经是罗伯特那个赛马朋友送他的六瓶香槟的最后一瓶了,可他说他那个时候就想喝点香槟,于是就开瓶了。他狼吞虎咽地吃了鸡蛋,一口就干杯。他兴致极高。我们刚进厨房我就发现,虽然他的眼睛亮晶晶的,可他的脸很苍白,如果不是知道根本不可能,我会以为他喝醉了,可现在他的脸颊又有了气色。我以为他只是累了,又很饿。他一整天都在外面,四处奔忙,也许他只是一口饭都没吃。尽管我们才分开几个小时,他又和我在一起时,都要快乐疯了。他无法停止亲吻我,而当我在煎蛋时,不得不把他推开,因为他想抱我,而我怕他毁了饭菜。不过我忍不住地笑。我们肩并肩坐在厨房餐桌边,坐得要多靠近有多靠近。他用能想到的任何甜蜜的爱称叫我,他的手一直在我身上逡巡,你会以为我们结婚才一个礼拜,而不是六个月。我们吃完后,我想把东西都洗了,这样他的母亲来吃早饭时,就不会看到这里一团乱了,可他不让。他就想赶紧上床。

"他就像是拥有神性的人。我从来没想过,一个男人爱一个女人,可以像那晚他爱我那样。我从来不知道,一个女人可以像我这样充溢了爱的情感。他不知餍足。好像根本不可能平息他的激情。

没有哪个女人像我那晚那样拥有过这样的爱人。而他是我的丈夫。我的！我的！我崇拜他。如果他允许的话，我会亲吻他的脚。当他终于精力耗尽，睡着时，晨光已经从窗帘间的缝隙透了进来。可我无法入睡。我看着他的脸庞，天越发亮了；这是张还未被皱纹侵袭的男孩的脸。他睡着了，我在他的怀中，他的唇间有一丝幸福的微笑。后来，我也睡着了。

"我醒来的时候，他还在睡，我轻轻地起来，不想吵醒他。我到厨房给他做咖啡。我们很穷。罗伯特曾在一个经纪人的办公室工作，但他和老板吵了一架，抛弃了他，后来，就没有找到什么正经的工作了。他着迷于赛马，有时能借此弄到点钱，尽管他的母亲很讨厌他这样，偶尔也会靠卖二手车抽成赚点钱，但我们真正能够依靠的是他母亲的抚恤金和她存的一点点钱。她的丈夫是军医，殉职了。我们没有请女仆，我和婆婆两人做家务。我看到她在厨房里为了准备午饭，正在削土豆。

"'罗伯特怎么样了？'她问我。

"'他还在睡觉。我希望你能去看看他。他头发蓬乱的样子就好像才十六岁。'

"咖啡在壁炉搁架上，牛奶是温的。我放到炉子上煮后喝了一杯，然后蹑手蹑脚地爬上楼去拿罗伯特的衣服。他对穿很讲究，我已经学会了怎么熨烫衣服。我想把衣服都准备好，等他起来的时候就已经整齐地叠放在椅子上了。我把衣服拿下来到厨房里，用刷子刷了一下，预热熨斗。当我把裤子放到厨房桌子上时，我发现一条裤腿上有污痕。

"'这到底是什么呀?'我尖叫道,'罗伯特把他裤子给**毁**了。'

"贝尔热夫人急着从椅子上站起来,碰翻了土豆。她一把抓过裤子去看。她颤抖起来。

"'我在想这是什么,'我说,'罗伯特会气死的。他的新西装。'

"我看得出她很伤心,但你知道吗,法国人在有些方面很好笑的,他们遇到事情不会像我们俄国人这样放轻松。我不记得罗伯特买这西装用了几百法郎,她会因为浪费的这些钱一个礼拜睡不着觉。

"'能洗掉的。'我说。

"'把咖啡给罗伯特端上去,'她严厉地道,'已经十一点多了,罗伯特该醒了。裤子交给我。我知道怎么处理。'

"我给他倒了一杯,刚准备给他送上去,就听到罗伯特踢踏着拖鞋下来了。他朝母亲点了点头,问她要报纸。

"'咖啡趁热喝。'我对他说。

"他没理我。他展开报纸,翻去看最新的新闻报道。

"'什么都没有。'他的母亲道。

"我不知道她是什么意思。他的眼睛扫了下专栏,然后喝了一大口咖啡。他安静得有些不同寻常。我拿起他的外套,开始用刷子刷。

"'你昨晚把裤子搞得一团糟,'我说,'你今天得穿蓝色那套了。'

"贝尔热夫人把裤子搭在椅背上了。她拿给他看污痕。他看了有一分钟,夫人就看着他看,不说话。你会以为他没法把眼睛移开。

我不明白他们为什么不说话。有点奇怪。我感觉他们把一件非常
小的意外看得很悲剧，这是有些荒谬的。不过，当然了，法国人骨子
里就节俭。

"'家里有点汽油，'我说，'用汽油能把污渍去掉。或者我们可
以送去清洗店。'

"他们没有回答。罗伯特皱着眉，低下头。他的母亲翻过裤子，
我猜是想看背面有没有污渍，接着，我想，他是感觉到裤子口袋里有
什么东西。

"'你这里放了什么?'

"他跳了起来。

"'别动。我不允许你看我的口袋。'

"他试着从她手里把裤子抢过来，但还没抢到，她就把手伸到了
屁股口袋，掏出了一叠钞票。他看到她拿出钱就定住了。她任由裤
子掉在地上，哀号着用手捂住胸口，就好像她被人刺中了。我突然
想到一件事；罗伯特经常跟我说，他肯定他母亲在这个家里的某个
地方藏了钱。我们最近特别缺钱。罗伯特特别想去里维埃拉①；我
从来没去过，他说了好几周了，只要他能有点钱，我们就可以南下，
终于度个蜜月了。你瞧，我们结婚的时候，他在经纪人办公室工作，
抽不开身。我脑子里闪过的是，他拿了他母亲的私房钱。想到他偷
了钱，我脸红到了耳朵根，但我也不惊讶。我都和他一起生活六个
月了，知道他会觉得这只是个小玩笑。我知道她手里拿的都是千元

---

① 假日休憩胜地，南欧沿地中海一地区，位于法国东南部和意大利西北部。

钞票。之后我知道一共有七张。她看着他,眼睛都好像要从脑袋里瞪出来了。

"'这钱你什么时候拿到的,罗伯特?'她问。

"他笑了一下,但我看得出他很紧张。

"'昨天走运,赌赢了。'他回答道。

"'哦,罗伯特,'我叫道,'你答应过你的母亲,再也不赌马了。'

"'这场稳赢,'他说,'我没法抗拒。我们就要去里维埃拉啦,亲爱的。你把钱拿着放好,不然会被我花掉的。'

"'不,不,她不能拿。'贝尔热夫人叫道。她给了罗伯特一张极为恐惧的脸,我震惊了,接着她转向我。'去打扫你们的房间吧。我不能看着房间一整天都没人收拾。'

"我明白她是想把我支开,我觉得如果他们俩要吵架,我还是赶紧走开比较好。儿媳的位子很微妙的。罗伯特的母亲很宠他,可她儿子又很铺张浪费,让她担心死了。她时不时会闹一下。有时他们会把自己关在花园一角的小亭子里,我就会听到他们的声音因激烈的讨论越来越高。等他离开时,人是阴郁的,又暴躁,而当我看到她,我就知道她刚哭过。我上楼了。等我下来时,他们立刻不说话了,贝尔热夫人就让我出去买些鸡蛋。通常情况下,罗伯特大概中午的时候出门,回来的时候都午夜了,经常很晚,可那天他待在了家里。我问他他和母亲怎么了,但他不肯跟我说,让我别多管闲事。我记得他们两个人这天没怎么说话,各自都不超过十句。我以为这样的情况会持续下去。上床之后,我靠到罗伯特身上,搂住他的脖子,因为我当然知道他很担忧,我想安慰他,可他把我推开了。

"'上帝，你别烦我，'他说，'我今晚不想做爱。我有别的事
要想。'

"我感到极为受伤，但我没有说。我从他身上移开。他知道他
伤了我，因为没多久，他就伸出手，抚摸我的脸。

"'睡觉吧，亲爱的，'他道，'别伤心，我只是今天心情不大好。
我昨晚喝太多了。明天就会好的。'

"'那是你母亲的钱吗？'我轻声道。

"他没有立刻回答。

"'是的。'他终于开口了。

"'哦，罗伯特，你怎么可以？'我尖叫。

"再开口前，他又停顿了一下。我太难受了。我想我开始哭了。

"'如果有任何人问你，你都说你没看过那钱。你从来不知道
我有钱。'

"'你怎么能觉得我会背叛你？'我叫道。

"'至于裤子。妈妈没法把污渍弄掉。她把它扔了。'

"我突然想起，那天下午罗伯特在玩，我就坐他边上，闻到什么
东西燃烧的味道。我站起来去看是什么。

"'待在这儿。'他道。

"'但厨房里有什么东西在烧。'我说。

"'妈妈可能在烧用旧了的破布吧。她今天情绪非常糟，你要
是去打扰她，她会骂死你的。'

"我现在知道了，她烧的可不是什么破布；她没把裤子扔掉，她
把裤子烧了。我开始感到非常害怕，但我什么都没有说。他握住我

的手。

"'如果有任何人问到,'他道,'你得说,我洗车的时候把裤子搞得太脏了,不得不给别人。我的母亲前天送给一个流浪汉了。你可以跟我保证吗?'

"'好的。'我说,但我几乎说不出话来。

"接着,他说了一件让人害怕的事。

"'这可能关系到我的脑袋。'

"我太震惊,太恐惧了,导致我一句话都说不出来。我的脑袋开始疼,我都觉得我的脑子要爆炸了。我觉得我整晚都没合眼。罗伯特睡睡醒醒。就算睡着的时候,他也不安稳,辗转反侧。我们一早就下楼了,但婆婆已经在厨房里了。通常她都会穿戴非常得体,出门的时候看起来还挺漂亮。她是医生的寡妇,是参谋的女儿;她知道自己的地位,去拜访以前的军队朋友时,是不会让人知道她为了那样作秀,经济状况已经窘迫到了何种程度。她的头发卷曲,做了指甲,涂上腮红后,看起来不超过四十岁;不过现在,她的头发蓬乱,没有化妆,穿着条睡裙,看起来就像个退休后靠存款过活的老鸨。她没有和罗伯特说早安。她一句话没说就把报纸递给他。他看报的时候我看着他,发现他的表情变了。他感觉到我在看他,抬起头。他笑了。

"'哦,小不点,'他快活地说,'这杯咖啡怎么样? 你是打算一整个早上都站在那儿看着你的王,你的主人,还是说你要来服侍一下他?'

"我知道报纸里会有我想要知道的东西。罗伯特吃完早餐,上楼换衣服。等他下来准备出去时,我吓了一跳,因为他穿着两天前穿过的浅灰色西装,西裤也是配套的一条。不过,我当然知道他定做西服的时候,做了两条裤子。当时讨论了好久。贝尔热夫人抱怨贵,但他坚持说如果穿得寒酸,他是不可能找到工作的,最终,他的母亲妥协了,她向来是妥协的那一个,不过她也很坚决,只给做第二条裤子,她说总是裤子先穿旧,如果有两条的话,最后还能省钱。罗伯特出门了,说他不回来吃午餐了。我的婆婆很快就出去逛市场了,只剩我一个人的时候,我立刻拿了报纸来看。我看到一个名为泰迪·乔丹的英国赌注登记经纪人被人发现在自己的公寓身亡。他被人从后背刺中。我经常听罗伯特提到他。我知道是他杀了他。我的心猛地疼起来,我以为我要死了。我害怕极了。我不知道我在那里坐了多久。我无法动弹。最终,我听到钥匙开门的声音。我把报纸放到婆婆之前放的地方,上楼干我的活。"

莉迪亚沉沉地叹了一口气。他们一点多才到餐厅,吃完晚餐的时候已经两点了。他们进来的时候,桌子是满的,吧台人也非常多。莉迪亚说了很久,一点点地,人都走了。吧台的人群也散了。现在只有两个人坐在那边,他们旁边只有一桌有人。服务生有些不耐烦了。

"我想我们该走了,"查理道,"他们想让我们赶紧走,我很确定。"

这时,旁边那桌的人起身准备走了。从衣帽间拿衣服过来的女士把查理的也拿了来,放在他旁边的桌子上。他叫人来买单。

"我想我们现在应该有地方可以去吧?"

"我们可以去蒙马特。格拉夫整晚都开。我太累了。"

"这样，如果你想的话，我可以开车送你回家。"

"开到阿历克西和伊芙吉尼亚的家？我今晚不能去那里。他肯定喝醉了。整晚都会虐待伊芙吉尼亚，抱怨她把孩子养成了现在这样，为自己的痛苦哭泣。我不去赛雷尔。我们还是去格拉夫吧。那边至少暖和。"

她看起来太过悲伤，也是真的很累了，所以查理犹豫着做了一个提议。他记得西蒙告诉过他，他可以带任何人去酒店。

"瞧，我的房间有两张床。你为什么不跟我回去呢？"

她怀疑地看着他，但他笑着摇摇头。

"就去睡一觉，我的意思是，"他说，"你知道的，我一天都在路上，因为激动还有一些别的原因，我已经快累坏了。"

"好吧。"

他们到街上的时候没有看到出租车，但那儿离酒店不远，他们就走回去了。一个睡眼惺忪的守夜人给他们开了门，陪他们乘电梯上楼。莉迪亚摘掉帽子。她的额头宽而白皙。他之前没有见到过她的头发。是短发，脖颈处卷曲，浅棕色。她踢掉鞋，脱下裙子。等查理从洗手间出来时，她不仅已经在床上了，而且也已睡着。他上了自己的床，关了灯。他们离开餐馆后，彼此一句话都没有说。

查理就这样度过了他在巴黎的第一夜。

四

他醒来的时候已经晚了。一瞬间他都没有意识到自己身在何方。接着,他看到了莉迪亚。他们没有拉窗帘,有一丝灰色的光从百叶窗间透进来。屋子里的北美油松木家具让这里看起来很邋遢。她眼睛睁着躺在单人床上,盯着暗淡的天花板。查理瞥了一眼他的表。隔壁床躺了个奇怪女人,让他有些害羞。

"快十二点了,"他说,"我们最好就喝个咖啡,待会儿我带你去你想去的地方吃午餐。"

她用沉重但并非恶意的眼神看向他。

"你睡觉的时候我一直看着你。你睡得很平静,又沉,像个孩子似的。你的脸上有这样一种天真感,让人难受。"

"我的脸该刮了。"他说。

他打电话给办公室要咖啡,一位结实的中年女服务员送了上来,她瞄了莉迪亚一眼,可她的表情又实在没有说明任何问题。查理抽着雪茄,莉迪亚一根一根地吸着香烟。他们不怎么说话。查理不知道该怎么应对他所身处的罕见情境,而莉迪亚好像深陷与查理无关的思绪中。不久后,他进了卫生间,刮脸、洗澡。等他回来,他看到莉迪亚穿着他的睡袍坐在床边的扶手椅上。窗户面对庭院,能看到的也只有对面一层又一层的窗户。在这样一个灰色的圣诞节早晨,这一切看起来太过凄惨了。她转过头看着他。

"我们不能就在这里吃午餐吗？我不想出去。"

"你是说去楼下吃？如果你愿意的话。我不知道这里的菜怎么样。"

"吃的不重要。不是,就在楼上,在房间里吃。能把世界关在外面几个小时,真的太好了。休息,平和,安静,孤独。你会觉得这些只是非常有钱的人才能享用的奢侈,可它们又不要钱。这些东西如此难以获得,也是挺奇怪的。"

"如果你愿意的话,我帮你把吃的叫上来,我会出去的。"

她的眼神在他身上徘徊,其中有一丝淡淡的讽刺的笑意。

"我不介意你。我想你可能非常善良友好。我希望你能留下;你身上有一种舒服的感觉,让我感觉很欣慰。"

查理不是一个会经常思考自己的年轻人,但在那一刻,他忍不住感到一丝气愤,因为她似乎在非常无情地利用他,太过无情了。但他天性知书达理,所以没有表现出他的真实感受。另外,这个处境也很古怪,而且尽管他来巴黎不是为了这样的场景,但这经历无疑也蛮有趣。他环视房间。床没有铺;莉迪亚的帽子,她的大衣和短裙,她的鞋袜放得到处都是,大多数都在地上;他自己的衣服脏乱地堆在一张椅子上。

"这地方看起来太闷了,"他道,"你觉得在这一团乱的地方吃午餐是个好选择吗？"

"这又有什么关系？"她回答道,他第一次听到她笑了,"不过如果这有违你端庄得体的英式品味,我可以铺床,或者我去洗澡的时候请服务生来铺,也可以。"

她进到卫生间,查理打电话叫服务生过来。他点了些鸡蛋,一些肉、奶酪和水果,还有一瓶红酒。然后他叫住服务生。尽管房间有暖气,但这里还有个壁炉,他觉得点上火会让人快乐些。服务生去拿木柴的时候,他换好衣服,接着,当她忙着收拾的时候,他坐下来看向阴森的庭院。他郁郁不欢地想着特里-梅森家欢乐的派对。他们现在应该在喝雪利酒了,过会儿就会坐下来吃有火鸡和梅子布丁的圣诞节晚餐,他们都会很开心,收到的圣诞礼物也让他们满意,吵吵闹闹的,尽是欢笑。过了一会儿,莉迪亚回来了。她脸上没有化妆,但她把头发梳得整整齐齐,眼睛已经消肿了,她看起来年轻漂亮;但她的漂亮不是那种会引起肉欲的漂亮,而查理,虽说通常情况下很容易冲动,看到她出来的时候心跳也没有跳漏一拍。

"啊,你都换好衣服了,"她道,"那我能不能就穿你的睡袍?让我穿你的拖鞋吧。我穿太大,但没关系。"

这件睡袍是他母亲送的生日礼物,是蓝色花纹的丝绸材质;对她而言太长了,但她自己整理得很好,不至于看起来不体面。看到炉火后,她很高兴,坐在查理帮她拉好的椅子上。她点燃一根香烟。他感到奇怪的是,她一点不觉得这一切很奇怪。她的举动是这样自然,好像她已经认识他很久了;如果说还有什么能把他对她怀有的好感驱逐干净,那莫过于他已经从她那儿得到明确的信号,她心里已经永久地把他想和她上床的所有可能都抛弃了。看到她吃饭胃口这么好,他有些惊讶。昨晚她跟他说了那么多之后,他有个感觉,她的心情会太过烦躁,所以不会怎么吃东西的,而看到她吃得和他一样多，而且显然心满意足时，对他那罗曼蒂克的感受力造成一种冲击。

电话响的时候，他们在喝咖啡。是西蒙。

"查理？你愿意来和我聊聊吗？"

"现在恐怕不行。"

"为什么不行？"西蒙尖刻地说。

这太是他的特色了，他总以为只要自己想找什么人，不管别人在做什么，都会随时准备好出现在他面前。不管一件事对他而言多么微不足道，只要他突发奇想要做，又被人拒绝了，这件事就会立刻变得无比重要。

"莉迪亚在这里。"

"莉迪亚又是谁？"

查理犹豫了一下。

"哦，奥尔加公主。"

接着有一段沉默，继而西蒙爆笑出声。

"恭喜，老伙计。我知道你一点就通。好吧，等你有时间陪陪你的好朋友，再告诉我。"

他挂断了。等查理转身看到莉迪亚，她正在盯着火焰。她那无动于衷的脸上没有迹象表明她听到了刚刚的对话。查理把他们刚刚吃饭的小桌子推到后面，在不深的扶手椅中尽量找了个舒服的姿势坐。莉迪亚俯下身子，在火中又添了根木柴。这个动作里有一种亲密感，没有让查理不高兴。她坐在那儿动来动去，像个小狗在坐垫上转上两三个圈，等到在上面踩出个合适的小坑，就会蜷在里面。

他们整个下午都在房间里。冬日惨淡的日光渐渐淡去,他们坐在了炉火边。庭院对面的楼里,灯三三两两地开着。在街上舞台布景的映衬下,没有拉窗帘的灰白窗户给人一种点了灯的错觉。可在查理看来,这并不比他目前所处的场景更不真实,他坐在这间脏兮兮的房间,旁边是炉火闪烁的断断续续的光,还有那个他不认识的女人在跟他说她的悲惨遭遇。她好像没有考虑过,他可能并不愿意听。就他目前看来,她并没有任何概念他或许有别的事要做,或者她这样向他敞开心扉,告诉他她的苦痛,她是在给他平添负担,而一个陌生人是没有权利这么做的。她是想博取他的同情?就连这个他也不是很确定。她对他一无所知,也不想了解任何事。他只是正巧在那里,但对于他的性情而言,他早该觉得她的冷漠让人恼怒了。夜晚降临时,她沉默了,不久,她安静的呼吸告诉查理,她已经睡着了。他从椅子上站起来,因为坐得太久,四肢都有些酸痛,他踮起脚尖走到窗边,生怕吵醒她,然后在一个面对庭院的小矮凳上坐下。时不时地,他看到有人经过上了灯的窗户;他看到一位年迈的女士给花盆浇水;他看到一个只穿衬衫的男子躺在床上看书;他在想这些人都是谁。他们看起来像是家境一般的普通中产阶级,毕竟这酒店很廉价,这个街区也老旧;但像这样透过窗户看,仿佛偷看下流表演似的,他们又带上一种奇特的不真实感。谁又能知道别人到底是怎样,暗含怎样不齿的激情,犯下过怎样的罪行,当他们日常的表现都被掩盖的时候?有一些窗帘是拉上的,缝隙间有一线光透出来,表明里面有人。有一些窗户是黑的;但也有人,因为酒店被订满了,只是房客都出去了。是有什么神秘任务吗?查理的神经震摇了,他突然感受到一丝恐惧，因为那些陌生人的生活对他而言是多么离奇；在平静的表层之下，他似乎感知到某种令人困惑的、黑暗的、野蛮而又可怕的东西。

他沉思着这一下午听来的又长又悲伤的故事，眉头因精神集中而紧锁。莉迪亚说得颠来倒去，这一刻和他说自己在一个裁缝店为一点微薄的薪水奋力打拼，接着又讲起自己在伦敦的穷苦童年里所发生的事情；再然后，是那些在谋杀后的折磨人的日子，逮捕的恐惧，审判的悲痛。他读过侦探故事，他看过报纸，他知道人们犯下了哪些罪行，他知道人们生活拮据，但他都是作为一个局外人，去知道这些事的；如今发现自己正和真的经历过这些可怕事情的人面对面接触，查理感受到一种奇怪的、恐怖的刺激。他突然想起，他也不知道为什么，一张马奈画的被处以死刑的人——是马克西米连吗？——由一队人枪决。他一直都认为这张画令人震悚。现在他才意识到，这幅画所描绘的事件真实发生过。国王确实站在了那个地方，士兵们举起来复枪时，他肯定觉得自己站在那里，一会儿就要终止生命，是多么不可思议的事情。

而现在，既然他认识了莉迪亚，既然他昨晚和这一天听她说了这么久的话，既然他已经和她吃过饭，和她跳过舞，既然这么长时间，他们都像这样亲密接触，就令她所遭遇的这些事情让人难以置信。

如果说有什么事看起来完全是巧合的话，那就是莉迪亚竟然遇到了罗伯特。莉迪亚住在一起的朋友中，有的在俄国餐厅工作，她有时能通过他们拿到一张演奏会门票。拿不到票而又有她很想听的东西时,她就从每周的薪水里凑出张站票。这是她唯一的奢侈了,去听演奏会是她唯一的消遣方式。她喜欢的主要是俄罗斯音乐。听着这些音乐,她感觉自己好像就能离她从未见过的国家的核心更近一些,可是这让她产生的渴望,却又注定是永远无法得到满足的。她对俄罗斯所知晓的一切,都是从父母的嘴里,从伊芙吉尼亚和阿历克西回忆过往的聊天,从读过的小说中得来的。直到听了里姆斯基-科萨科夫和格拉祖诺夫的音乐后,她所积累起来的印象才有了形式和实感。那些狂野的旋律,那些蹒跚的节奏,都有着和欧洲不同的气质,将她带得超离自身及其卑劣的存在,令她浑身充溢着一股强烈的爱,快乐、解脱的泪水从她的两颊滚落。然而,由于一切由内心的眼睛看到的东西她都没有用肉身的眼睛瞧见过,由于那都是道听途说和狂热想象力的结果,她看待这些东西的方式是被奇怪地扭曲过的。她眼中镀金的、洒满星星的克里姆林宫,还有红场和基泰格罗德就好像是童话故事的背景;对她而言,安德烈公爵和迷人的娜塔莎还在繁忙的莫斯科街头奔忙,迪米特里·卡拉马佐夫在经历了与吉卜赛人狂乱的一晚之后,还是在莫斯特布瑞斯克大桥上和可爱的阿廖沙碰了面,商人罗戈任坐着马车疾驰而过,身旁是纳斯塔西娅,契诃夫小说中的苍凉人物就像风中那死寂落叶,在际遇的喘息间四处流浪;夏花园和涅夫斯基大道是充满魔力的名字,而安娜·卡列尼娜依旧坐着马车,身穿制服、优雅的渥伦斯基爬上涅瓦河边宏伟房子的台阶,丑恶的拉斯柯尔尼科夫走过开桥。在那音乐的激情与怀旧中,脑中想着屠格涅夫,她看见了宽敞、废弃的乡间小屋,当他们漫步在充满芬芳的夜晚,看到了黎明无风时苍白的沼泽，那是他们打野鸭的地方；在高尔基笔下，是他们酗酒、猛烈地相爱、杀人的破旧村庄；伏尔加河污浊的河水，高加索无边无际的大草原，迷人又耀眼的克里米亚半岛。满怀渴盼，后悔永远错过的盛会，对从未了解过的家饱含思乡之情，作为身处充满敌意的世界里的一个陌生人，在那一刻，她感到自己与那伟大而神秘的国度浑然一体。尽管她只能磕磕巴巴地说着那国的语言，她还是俄国人，她热爱自己的故土；正是在这样的时刻，她终于知道，那才是她的心之所属，也明白自己的父亲为何在那么多警告之下，甚至冒着生命危险，也必须回去。

正是在这样一场演奏会，所有音乐都是俄国音乐时，她发现自己身边站着一个年轻男子。她觉察到，这个人会时不时好奇地看向她。有一次，她碰巧看向他那边，被他仿佛聆听音乐时那热切的沉迷震撼了；他两手紧握，嘴巴微张，就好像他快要喘不过气来了。他深陷狂喜之中。他的脸棱角分明，看起来教养很好。莉迪亚只是瞄了他一眼，就立刻回到音乐，回到音乐激起了的她那丰富的梦境中。她也忘却了自我，几乎没有意识到自己已经在小声啜泣。当有一只软软的小手搭在她的双手上并轻轻握住时，她受了一惊。她赶忙把手抽出来。这是中场休息前的最后一首乐曲，音乐结束时，那个年轻男子转向她。他的眼睛很漂亮，浓密的睫毛下灰灰的，尤其温和。

"你在哭，小姐。"

她本以为他和她一样，是俄国人，但他的口音是纯粹的法语。她明白了，她手上所感受到的突然的压力，是源自一种本能冲动，她有些感动。

"我没有不开心。"她回答道，微微笑了。

他回之以微笑，他的笑容很迷人。

"我知道。这首俄国音乐，很奇怪，既激励人心，又会把人的心撕成碎片。"

"可你是法国人。它对你而言意味着什么呢？"

"是的。我是法国人。我不知道它对我而言意味了什么。我只想听这样的音乐。它是力量与激情，是鲜血和毁灭。它让我血液里的每根神经都在颤动。"他自己笑了。"有时听着这种音乐，我会觉得别人能做的事，我也都能做到。"

她没有回答。同样的音乐在不同人听来感觉完全不一样，这件事本身就挺神奇的。对她而言，他们刚刚听的音乐讲述的是人类命运的悲剧性，与命运抗争的无效，以及谦恭和服从所带来的快乐、平和。

"你下周会来听吗？"他问，"那场也全是俄国音乐。"

"不会。"

"为什么不来？"

他很年轻，不会比她大，而且他的身上有一种天真无邪的感觉，让她无法很快回答他的问题，因为这对一个陌生人而言是失礼的。他的举止中传递出某种信息，让她很确定，他并不是想和她搭讪。她笑了。

"我不是个百万富翁。现在这种人很罕见，你知道的，我说俄国人。"

"我认识音乐会的主办方。我有一张可以让两个人进来的通行证。如果你愿意，下个礼拜天在入口处等我，你可以一起进来。"

"我并不觉得我可以这么做。"

"你觉得你会有危险吗？"他笑了。"这么多人，足够当你的监护人了。"

"我在裁缝店工作。我没觉得有人能伤害到我。我只是认为，我不该欠一个完全的陌生人恩惠。"

"我很确信，你是个很有家教的年轻女士，但你不应该有这样毫无道理的偏见。"

她不想和他就这点产生争执。

"好的，看情况吧。不管怎么说，感谢你的提议。"

他们又聊了会儿别的，直到指挥再次举起指挥棒。演奏结束时，他转身和她道别。

"那么就下个礼拜天见？"他说。

"看情况吧。不要等我。"

人群拥向出口，他们丢失了彼此。这之后的一周，她时不时会想起这个有着灰色眼眸的年轻男孩。一想到他，她就开心。到了她这么大，也并不是不用拒绝男人的追求。阿历克西和他的舞男儿子都曾想泡她，但她发现，想应付他们并不难。轻巧地赏个巴掌，那爱哭的醉鬼就知道他没可能了，而对付那个小的，她只要明智地把嘲笑和直言混在一起，就能让他闭嘴。街上也经常有人和她搭讪，但她总是非常累，经常还很饿，所以对这些追求无动于衷；她忧郁又好笑地想，提议一顿美餐会比奉上一颗爱心更让她心动。凭借着女人的直觉，她觉得演奏会上的男子不是这样的。无疑，任何像他这个年龄的男子,只要能有点乐子,他是不会错过的,但他邀请她去礼拜天的演奏会却不是出于这个考虑。她没想去,但他能这么问,她有些感动。他身上有一种非常好的特质,真诚而坦率。她觉得自己可以信任他。她看了演出单。他们要演奏悲怆交响曲,她不是很喜欢,柴可夫斯基对她的品味而言太过欧洲了,但他们还会演奏《春之祭》和鲍罗廷的弦乐四重奏。她在想,那个男孩说的话是不是认真的。他的邀请很可能就是一时兴起,半小时后就全忘光了。到了礼拜天,她有点想去看看,因为她很想听演出,但口袋里的钱除了坐地铁和吃午饭,没有多余的子儿了,其他的都得给伊芙吉尼亚买家里的食物;如果他不在那儿,不会造成什么伤害,如果他在,而且真的有两人的通行证,那么,他不用花钱,她也不用承诺什么。

最终,冲动带她到了普蕾亚音乐厅,他就在那儿,他所承诺的地方,等着她。他的眼睛亮了,他热情地和她握手,就好像他们俩是老朋友了。

"你能来,我太开心了,"他说,"我等了二十分钟了,生怕等不到你。"

她脸红了,笑了。他们走进演奏厅,发现他的是第五排的座位。

"座位是他们给你的?"她吃惊地问。

"不是,我买的。我觉得舒服点会好些。"

"太傻了! 我习惯站着了。"

但他的慷慨让她很开心,等不一会儿他握住她的手时,她也没有收回。她感觉,如果他牵住她的手能让他快乐,她也不会受到什么伤害,而且她确实对他有所亏欠。中场休息时,他告诉她他的名字，罗伯特·贝尔热，她也把自己的名字告诉了他。他还说，他和母亲住在纳伊区，在经纪人办公室上班。他谈吐很有教养，有种孩子般的热情，会让她笑，他身上也有一种生气，自然招莉迪亚喜欢。他亮闪闪的眼睛，生动的面部表情，都表示他天性热诚。坐在他身边就好像坐在火焰面前；他的年轻洋溢着一种身体的温度。演奏会结束，他们沿着香榭丽舍并肩走着，然后他问她要不要喝点茶。他不许她拒绝。莉迪亚从未享受过在一间小巧的茶室坐在衣着光鲜的人群中，蛋糕诱人的香气，女人刺鼻的香水味、温暖的空气、舒适的椅子、喧闹的说话声进入她的脑海。他们在那儿坐了一个小时。莉迪亚和他介绍了自己，告诉他她的父亲之前是做什么的又发生了什么，她现在生活得怎么样，靠什么谋生；他聆听的时候和说话时一样积极。他的灰色眼眸因为同情而温柔。当她准备走时，他问她愿不愿意哪天晚上和他一起看电影。她摇摇头。

"为什么不？"

"你是个有钱的年轻男人，而……"

"不不，我不是。完全没有。我的母亲只有点赡养费，我手上就赚的一点钱。"

"那你就不该在奢侈的茶室喝茶。不管怎样，我就是个贫穷的打工女孩。谢谢你对我这么好，但我不是笨蛋；你一直都对我很好，可是我无法再接受你的善意了，因为我没法报答你。"

"但我不需要报答。我喜欢你。我想和你在一起。上个礼拜天，你哭的时候，看起来让人感动，我的心都碎了。你在这个世上孤苦伶仃，而我——我也以自己的方式孤身一人。我在想，我们可以做朋友。"

她冷静地看了他一会儿。他们同龄，但当然了，实际上，她比他年长几岁；他的态度是这样坦诚，她很确信，他相信自己说的话是真的，但她也不傻，知道他只是随便说说。

"让我坦白和你说吧，"她说，"我知道我不是什么绝世美人，但毕竟我年轻，也有人觉得我还挺漂亮的，喜欢俄国女人的那些人，你如果让我相信，你想和我在一起只是想享受和我聊聊天，就太难为我了。我从来没和男人上过床。我不想和你上床，既然这样，如果我还让你继续在我身上浪费时间、浪费钱，那我真的不算太诚实。"

"你这确实很坦白了，"他笑了，啊，太迷人了，"但你瞧，我知道的。我这辈子都在巴黎，并不是什么都没学到。直觉就能告诉我，一个女孩是想玩一下还是并非如此。我一眼就看出你很好。如果我在演奏厅握住你的手，也是因为你和我一样，对音乐的感受和我一样深，而握住你的手的感觉——我真不知道该怎么形容——我感觉你的情感流到了我的身体里，让我的情感更丰富也更强烈了。然而，在我的感觉里，并无情欲。"

"不过，我们感受到的是完全不一样的东西，"她若有所思，"有一次我看到了你的脸，我被你的表情吓到了。那是多么残忍，多么无情。已经不像是人类的脸了，就像大获全胜的邪恶面具。我真被吓到了。"

他快活地笑了，他的笑是那么年轻，那么有韵律，那么无忧无虑，他的眼神温柔又诚恳，你简直无法相信，这样的脸竟然会在情感浓厚的音乐作用下，一时间扭曲成那样冰冷凶猛的样子。

"你的小脑袋真能想！你该不会觉得我是个白人奴隶贩子，就像电影院的那种，要把你抓住，然后用船运到布宜诺斯艾利斯吧？"

"不是，"她笑了，"我没这么想。"

"那你和我去看电影又有什么伤害呢？你的立场已经很鲜明了，我接受。"

她现在笑了。这么大惊小怪是有些荒谬。她的生命里，欢乐的时光太少了，如果他想邀请她去玩，只要坐在她边上和她聊天就能满足，她再拒绝，就太傻了。毕竟，她谁也不是。她无需因自己的行为向任何人解释。她可以照顾好自己，也已经给他足够的警告了。

"哦，很好。"她道。

他们去看了几次电影，看完之后，罗伯特都会陪莉迪亚到最近的车站，让她坐车回家。这一小段路上，他会挽住她的手，观影中也会有段时间握住她的手，有一两次他们分别的时候，他在她两颊轻轻亲了一下，但这些就是他允许自己和她所做的全部亲密动作。他是个很好的陪伴。他说起话来，有一种取笑、讽刺的方式，让她喜欢。他不会装作自己读过很多书，他没有时间，他说，而且生活比书好玩多了，但他不笨，聊到自己读过的书，他说得很有智慧。发现他对安德烈·纪德尤为仰慕，莉迪亚感觉很有意思。他热爱打网球，他告诉她，有一次还有人让他去打职业的；行业里的专家认为他有冠军潜质，对他表示了兴趣。但最后也没下文了。

"想要进入第一梯队，需要很多钱和时间，我没有。"他说。

莉迪亚感觉他爱上她了，但她不许自己确信，因为她怕自己的感觉会让她对他的感觉产生误导。他越来越多地占据她的心。他是第一个她的同龄朋友。她欠他在周日晚演奏会上的快乐时光,也欠他电影院里的快乐夜晚。他让她的生活拥有一种从未有过的趣味与激情。为了他,她想尽办法把自己打扮得漂亮些。她从来没有化妆的习惯,但她见他的第四还是第五次时,她擦了些腮红,也化了眼妆。

"你对自己做了什么?"他们走出来的时候,他问,"你为什么要在脸上抹这些东西?"

她笑了,腮红下的脸红了。

"我想给你面子呀。我没法忍受别人以为你身边的是个厨娘,刚从老家来巴黎。"

94

"可我几乎最喜欢你的就是你天然无矫饰。化过妆的脸,都让人看厌了。我不知道为什么,看到你苍白的脸颊上什么也没有,嘴唇上什么也不涂,睫毛也不画,让我很感动。太清新了,就像你在闪耀的路面走过之后,遇到了一小片树林。不化妆的脸让你看起来真诚,会让人觉得这真实地展现了你正直的灵魂。"

她的心几乎要疼痛地跳动起来了,但这是那种很奇特的疼痛,让你感受到的更多是幸福,而不是快乐。

"好吧,如果你不喜欢,我就不化了。毕竟我只是因为你才化的。"

她心不在焉地看着他带她来看的电影。她曾不去相信他动听嗓音里的温存,他眼眸中柔软的笑意,但在这之后,她几乎无法不相信他已爱上了她。她用尽全力控制自己,不让自己爱上他。她一直和自己说,他只是一时兴起,如果她让自己情难自已,就太疯狂了。

她下定决心不去做他的情人。她在俄国人中间看过太多这样的事情了,那些难以谋生的难民女儿;通常情况下,是因为她们无聊,因为她们受不了难以负荷的贫穷,她们才会踏上这样一种私情,可都不长久;她们似乎无法留住男人,至少留不住她们喜欢的法国男人;她们的情人对她们感到厌烦,或者觉得没意思了,就甩了她们;她们就变得比以前还惨,通常就只剩妓院这一条路了。她又能指望什么呢?她很明白,他不可能想结婚。这种可能性从来不会出现在他的脑子里。她知道法国人都是怎么想的。他的母亲不会同意他娶一个俄国的缝纫女的,可她确实就是,身上没有一分钱。在法国,结婚是很严肃的事;双方家庭需要门当户对,新娘这一边需要带上与新郎家境相称的嫁妆。她的父亲确实在大学当过有点名气的教授,但那是在俄国,在革命前,从那以后,巴黎就涌现了一批开出租车、做体力活的公爵、伯爵和卫兵。大家都觉得俄国人无能、靠不住。人们都讨厌他们。莉迪亚母亲的祖父曾是农奴,自己撑死了也就是个农民,教授娶她,是因为他的自由思想;但她是个虔诚的女人,莉迪亚也在严格的家教中长大。她和自己辩解是没用的;世界现在已经不一样了,这是事实,人必须与时俱进:她情难自禁,她直觉上就害怕成为男人的情妇。然而。然而。还能指望什么呢?机会在眼前,她却要错过,她是不是傻?她知道,自己的漂亮只是属于年轻的漂亮,再过几年,她就会变得乏味又平常;她也许就不会再有别的机会了。她为什么就不能放过自己呢?放松一点点自控力,她就会发疯了似的爱他,不这样一直把控自己的感觉,会让人解脱,而且他爱她,没错,他爱她,她知道的,他的激情之火是这样滚烫,令她喘不过气,他那张灵动的脸上所表现出的饥渴,在她看来是想要占有她的强烈欲望;如果能被自己爱到绝望的人所爱,简直如登天堂,而如果这无法长久,当然不会长久,那她至少也尝过这份狂喜,拥有这段回忆,这些还抵不上他离开她时她所感受到的痛苦,她所必须承受的锥心的苦痛吗?如果这些都不行,还是无法忍受,总还有塞纳河和煤气炉等着她。

但很奇怪、难以道明的事情是,他好像也不想让她当情人。他对待她的时候,全是尊重。如果他面对的是家里认识的那个圈子里的年轻女孩,女孩的家境和财富都会让人有理由相信他们的友谊最终会发展为令所有人都满意的婚姻,他的态度也不会有什么转变。她无法理解。她知道这个想法很荒唐,但在她骨子里,她有个古怪的念头,就是他想娶她。她深受感动,也觉得荣幸。如果他真的是千里挑一,但她几乎希望他不是,因为她无法忍受这样一种愿望可能会给他带去的痛苦;无论他有多么疯狂的想法,总还有他的母亲在背后,那个理智的、实际的中产阶级法国女人,她永远不会同意他去毁了自己的未来,而他会像只有法国男人才能做到的一样,去对待自己的母亲。

然而,一天晚上,看完电影,当他们走到地铁站的时候,他对她说:

"下个礼拜天没有演奏会。你愿意到我家来喝茶吗?我和母亲说了关于你的好多事,她想认识你。"

莉迪亚的心脏停跳了。她立刻意识到现在是什么状况。贝尔热夫人对儿子所结交的这段友情感到焦虑了,她想见她,赶紧结束这段关系。

"我可怜的罗伯特，我觉得你的母亲根本就不想见到我。我觉得我们不见面才会比较明智。"

"这你可真的错了。她对你充满了同情。这位可怜的女士爱我，你知道吗，这个世界上，她只有我，知道我认识了一个家教好、受人尊重的年轻女孩，她很开心。"

莉迪亚笑了。如果他觉得一个慈爱的母亲会对儿子在演奏会上随便搭讪的女孩心存善意，那他对女人真的是一无所知啊！但他如此强烈地坚持让她接受邀请，说是受他母亲之命，最后没办法，她还是答应了。她的想法是，如果她拒绝见她，那贝尔热夫人对她的怀疑只会更深。他们相约下周日下午四点，他在圣德尼门接她，带她去他母亲家里。他开着车来。

"太奢侈了！"莉迪亚上车的时候说。

"这不是我的车，你知道吧。我跟一个朋友借的。"

莉迪亚因即将到来的煎熬感到紧张，就连罗伯特温柔的友好也不足以给她信心。

他们开到了纳伊区。

"我们就把车停在这里吧，"罗伯特说，把车停在一条僻静小路的路缘上，"我不想把车停在家门口。让邻居以为我有辆车不大合适，当然我不能解释说这车只是借来的。"

他们走了一小段路。

"到了。"

这是一栋独栋的小别墅，因为长期未刷油漆显得有些破旧，而且就罗伯特描述来看,比她想象的要小一些。他把她带进客厅。这是间小房间,摆满了家具和装饰品,墙上挂着镶了金边的油画,由一扇拱门通向餐厅,里面的桌上已经摆好了喝茶用的餐具。贝尔热夫人放下正在看的小说,前来和她的客人打招呼。莉迪亚想象中的会是一个挺胖的矮个子女人,身着寡妇的丧服,脸色温和,气质会是那种已经抛弃尘世浮华的朴素体面模样;但她全然不是这样,她挺瘦的,穿了高跟鞋之后和罗伯特差不多高;她打扮很精致,穿了条黑色丝绸碎花裙,还在脖子上戴了条假的珍珠项链;头发自来卷,是很深的棕色,尽管她肯定都快有五十岁了,却没有一根白发。她土黄色的脸上抹了挺多粉的。眼睛很漂亮,有罗伯特精致、直挺挺的鼻子,也是一样的薄嘴唇,但在她身上,岁月让它们有了一种坚硬感。她以她的方式在她所生活的那个年代算是个美丽女人,而且她显然在自己的外表上花了很多功夫,不过在她的神情里并没有让罗伯特迷人的那种气质。她的眼睛明亮又深邃,是冷静而警惕的。贝尔热夫人进来时,莉迪亚感觉到她用尖锐、审视的眼光将自己从头到脚地打量了一番,不过很快,她的脸上就浮现出友好欢迎的笑容。她特别殷勤地感谢莉迪亚跑了大老远的路来看望她。

"你要理解,我儿子和我说了好多关于你的事,我实在太想见见你了。我本来以为会是个不大好的惊吓。我必须得和你说实话,我对我儿子的判断力没什么信心。看到你和他跟我描述的一样可爱,我就放心了。"

她说这些话的时候,面部表情丰富,带着笑容,头也一直点呀点,都是为了讨好人,这就是习惯社交的女主人为了让陌生人放松的手段。莉迪亚也是很警觉的，回答时唯唯诺诺，这种方式也是合适的。贝尔热夫人刻意甚至有些牵强地大笑了一声，还做了个表示很感兴趣的小动作。

"但你很有魅力。如果我的这个儿子因为你的原因无视我，我一点都不会觉得奇怪。"

茶是由一个样貌老实的年轻女仆端上来的，贝尔热夫人一边继续夸夸其谈，满口赞誉之词，一边用尖锐、焦虑的眼睛观察着女仆，所以莉迪亚猜测，在这家喝茶不是件寻常事，女主人也不大确定这个用人是不是知道该怎么摆放东西。他们走进餐厅，坐了下来。里面有台小钢琴。

"这东西挺占地方的，"贝尔热夫人说，"但我儿子很喜欢音乐。一次能弹好几个小时。他说你是第一流的音乐家。"

"他太夸张了。我很喜欢音乐，但也很无知。"

"你太谦虚了，小姐。"

桌上有一盘甜品店的小蛋糕，还有一盘三明治。每个盘子下面都有一块小垫子，盘子上都有一张小餐巾纸。贝尔热夫人显然为了以时髦的方式做事花了不少力气。她冰冷的眼睛里带着笑，问莉迪亚茶想怎么喝。

"你们俄国人喜欢加柠檬，我知道的，我特意为你准备了一个。你想先来一块三明治吗？"

这茶喝起来一股麦子味儿。

"我知道你们俄国人吃饭的全程都会抽烟。请不要和我客套。罗伯特，香烟在哪里？"

贝尔热夫人硬要莉迪亚吃三明治，还让她吃蛋糕；她是属于这样的主人，觉得表现热情的方式就是让客人吃东西，不管他们有多么不愿意吃。她说话完全不休息，哎，嗓音高而刺耳，一直笑，过于礼貌。她问了莉迪亚很多问题，气氛很轻松，所以表面来看就会像是一个精通世事的女士出于同情，所以礼貌问询一个没有朋友的小姑娘的状况，但莉迪亚明白，这些问题都经过精心设计，就是为了问出她想要知道的关于她的所有事情。莉迪亚的心沉了下去；她不是那种会因为爱自己的儿子就同意他去做不明智事情的母亲；但这种确信也让她自己有了信心。很显然，她没有什么可以失去；也肯定没有什么好掩藏；她回答问题的时候也都很坦诚。她告诉贝尔热夫人，就像她已经和罗伯特说过的一样，自己父母的事，自己在伦敦的生活，母亲去世后她是怎么生活的。贝尔热夫人很吃惊，怜悯的回答中带有温暖的同情，在这背后，隐藏的是她正仔细衡量听到的每个字并从中得出结论，想到这点，莉迪亚竟然觉得有些好笑。她两三次想走，但贝尔热夫人不让，后来，她终于想办法从如此这般的热情中抽身出来。罗伯特会送她回家。她和贝尔热夫人道别时，贝尔热夫人紧紧抓住她的两只手，漂亮的黑眼睛里闪烁着热诚。

"你太可爱了，"她说，"你现在知道路了，你一定要来经常看我，经常；你放心，这里永远诚挚欢迎你。"

他们一同走向汽车时，罗伯特亲密地挽住她的手，更多的是像在寻求保护而不是给她保护，这让她心动。

"啊，我亲爱的，这一切很顺利。我的母亲喜欢你。你立刻征服了她。她会很爱你的。"

莉迪亚笑了。

"别傻了。她讨厌我。"

"不,不,你错了。我和你保证。我了解她,我一眼就看出她喜
欢你。"

莉迪亚耸耸肩,但没有回答。他们分别时,约好下周二去看电
影。她同意了,但她肯定他母亲会阻止他去。他现在知道她的地
址了。

"如果你有事不能来,就给我发个电报吧。"

"不会有事的。"他柔情地说。

那晚,她很忧伤。如果她能一个人待着,她应该就哭出来了。
不过,没法哭说不定也挺好的;没必要和自己生气。这是一场愚蠢
的梦。她会熬过这段不开心的;毕竟,她已经习惯了。如果当他的
情人再被他抛弃,岂不是更糟。

星期一过去了,到了星期二,可是没有电报。她很确定,下班回
家就会看到的。什么都没有。她准备出门前有一个小时,可她就在
难受的焦虑中等待门铃响的过程中度过了;她换衣服,心里想的是,
何必这么麻烦,因为还没换完,电报就会送来了。她在思考,有没有
可能他约她去电影院,可自己却不现身。这样就太无情了,太残忍
了,但她知道,他受他母亲控制,她猜测他很软弱,也许约她去一个
地方自己却不出现是最好的办法,虽然很残忍,但这样就表示他和
她已经结束了。她刚想到就确定这是真的,差点就决定不去了。然
而,她还是去了。毕竟,如果他真的可以做出这么畜生的事,就表示
和他分开倒是好事。

但是他就在那儿，当他看到她在朝他走来，就蹦蹦跳跳地上去迎，这表示他充满活力地想见她。他的脸上闪耀着甜蜜的笑容。心情仿佛比以往还要开心。

"我今晚不想看电影，"他说，"我们去富凯喝一杯吧，然后开车去兜风。车就停在街角。"

"你想去我们就去吧。"

虽然有些冷，但天气不错，也没下雨，寒风凛冽，星星在夜空中仿佛正带着好心的恶意嘲笑着香榭丽舍五彩斑斓的街灯。他们喝了一杯啤酒，罗伯特说个不停，然后，他们走到乔治五号大街，他停车的地方。莉迪亚有些困惑。他说话的时候挺自然的，但她不知道他隐藏的功力有多强，忍不住自问，他想开车，是不是为了跟她说不好的事情。他是个感情动物，有时，她发现，还有些爱演（但这更多的是让她开心而不是感到冒犯），她在想，他是不是在为上演一出动人的抛弃场景而搭台。

"这和你礼拜天开的车不一样。"他们走到车前，她说。

"是不一样。这是一个想卖车的朋友的。我说我想给一个可能的买家看看车子。"

他们开到凯旋门，沿着福煦大街开到布洛涅森林。这里很黑，除了朝他们开来的车亮着灯，也没什么人，偶尔有停在路边的一辆车，你会以为里面是一对情侣在说着情话。不久后，罗伯特把车停在路缘上。

"我们在这儿歇一会儿，抽根烟吧？"他说，"你不冷吧？"

"不冷。"

这里孤零零的，换成其他时候，莉迪亚可能都会感到一丝紧张。但她觉得，她了解罗伯特，他不会乘虚而入的。他本性太善良了。不仅如此，她还有种直觉，他心里有事，她很好奇他在想什么。他点燃了她的香烟，也点燃了自己的，一时间无人说话。她明白他有些尴尬，不知道要怎么开口。她的心开始紧张地跳动。

"我有事情想和你说，亲爱的。"他终于说道。

"什么？"

"我的上帝，我不知道该怎么说。我平常不怎么会紧张的，但现在有一种新鲜的感觉，是种神奇的刺激。"

莉迪亚的心沉了下去，但她不想表现出自己的痛苦。

"如果一个人有什么不好意思的事要说，"她轻松地说，"最好就直说。拐着弯说话没什么好处。"

"那我就听你的。你愿意嫁给我吗？"

"我？"

她怎么也没想到他会说这个。

"我疯狂地爱着你。我想我对你是一见钟情，就在那场我们肩并肩站着的音乐会上，泪水从你苍白的脸颊上滚落。"

"可你的母亲？"

"我的母亲很开心。她正等着呢。我说如果你同意，我就带你去见她。她想拥抱你。她很高兴我能和她完全认可的女孩安定下来，我们想的是，等我们一起好好哭一场后，开一瓶香槟。"

"上个礼拜天你带我去见你的母亲，你跟她说了你想娶我吗？"

"当然啦。她很自然想看看你是什么样的。她不笨，我的母亲；

她立刻就做了决定。"

"我觉得她不喜欢我。"

"你错了。"

他们两人相视而笑,她向他抬起脸庞。他第一次吻在了她的唇上。

"显然,右驾比左驾亲吻女孩更方便。"

"你这个笨蛋。"她笑了。

"所以,你也有一点点喜欢我?"

"第一次见到你之后,我就爱上你了。"

"但作为一个家教好的年轻女孩,都是很拘谨的,她会等到自己觉得时机审慎的时候,才让自己全身心去爱吧?"他回答道,温柔地逗弄她。

可她的回答很严肃:

"我这短暂的生命中,已经承受了太多,我不想让自己承受更多的痛苦,也许都已超出我的负荷。"

"我喜欢你。"

她从来没有这么幸福过;确实,她几乎难以相信:在那一刻,她的内心充溢着对生命的感激。她愿意就坐在那儿,依偎在他的怀里,直到永远;在那一刻,她死都甘愿。可她振作起来。

"我们去找你的母亲吧。"她说。

她突然对那个女人产生了温暖的爱意,虽然她才刚认识她,但出乎意料,她竟然同意,甚至欣然同意让她的儿子娶她,因为她的儿子爱她,因为她那尖锐的眼光,已经看出她深爱着她的儿子。莉迪亚不知道在法国还怎么再找出这样一个愿意做出如此牺牲的女人。

他们开车离开。罗伯特把车停在他们家隔壁一条街上。等他们走到他家的小房子，他用碰簧锁钥匙打开前门，激动地先莉迪亚一步走进客厅。

"成了，妈妈。"

莉迪亚紧跟其后，贝尔热夫人还是穿着礼拜天那条黑色丝绸碎花裙，走上前来拥抱她。

"我亲爱的孩子，"她哭了，"我好开心。"

莉迪亚也哭了。贝尔热夫人温柔地亲吻她。

"好了，好了，好了！你不能哭。我全心全意地把儿子交给你。我知道你会成为他的好妻子。来吧，坐。罗伯特会去开一瓶香槟。"

莉迪亚镇静下来，擦擦眼泪。

"你对我太好了，夫人。我不知我何德何能，值得您对我这么好。"

贝尔热夫人握住她的一只手，轻轻地拍。

"你爱上了我的儿子，他爱上了你。"

罗伯特已经走出房间。莉迪亚感觉她必须立刻说出真实情况。

"可是，夫人，我不确定你是否已经了解。我父亲从俄国带出来的一点点钱，几年前就用光了。我只有我挣的钱。其他什么都没有，完全没有。只有两条裙子，除了我身上这条。"

"可是，我亲爱的孩子，这又有什么关系？哦，我不否认，如果你能给罗伯特带来些合理的嫁妆，我会很高兴，但金钱不是全部。爱更重要。而且当今这个时代，金钱又算什么？我总得意于自己很会看人，我没用多久就发现，你天性善良，诚实。我发现你家教很好，我判断你很有原则。毕竟，对于一位妻子，人们所求的也就这么多，而且你知道吗，我了解我的罗伯特，让他和一个法国资产阶级小妞在一起，他永远不会开心的。他生性浪漫，你是俄国人，这对他是有点影响的。而且别说得好像你什么都不是；作为一个教授的女儿，你没什么好感到不好意思的。"

罗伯特带着一瓶香槟和几个杯子进来。他们聊到深夜。贝尔热夫人把什么都想好了，他们只有接受；莉迪亚和罗伯特住在房子里，她在花园一角的小亭子里就可以住得很舒服了。他们一起吃饭，其他时候她就待在自己那边。她很坚持，小两口要自己过，不能被她掺和。

"我不希望你把我看成婆婆，"她告诉莉迪亚，"我希望成为你失去的那位母亲，但我也想成为你的朋友。"

她很着急，希望他们俩赶紧结婚。莉迪亚拿的是国际联盟①的护照，还有一张居住证；她的文件是准备好的；所以他们只要等市政厅发通知就好。由于罗伯特信仰天主教，莉迪亚是东正教徒，虽然贝尔热夫人反对，但他们决定就不办宗教仪式了，因为他们俩都不在乎这个。莉迪亚太激动了，也太困惑了，那晚一夜未眠。

婚礼举办得静悄悄。在场的只有贝尔热夫人和家里的一个老朋友罗格朗上校，这位是罗伯特父亲的同事，也是军医；还有伊芙吉尼亚、阿历克西和他们的孩子。婚礼在礼拜五举行，由于罗伯特礼

---

① 第一次世界大战根据《凡尔赛和约》于1920年建立的国际组织，旨在促进和维护世界和平，1946年解散。

拜一上午必须要上班,蜜月就很短暂。罗伯特开着借来的车带莉迪亚去了迪耶普①,礼拜天晚上把她送回家。

莉迪亚不知道这辆车,和之前几次他开的车一样,不是借来的,是偷的;这就是他为何总把车停在距离他住的地方一两条街道外;她不知道罗伯特还有几个月就要服刑两年,也就是自他第一次被判定有罪后的缓刑时间;她不知道他曾因走私毒品遭受审判,差点就被判刑了;她不知道贝尔热夫人支持他们结婚,是因为这会让罗伯特安定下来,这也确实是让他过上诚实生活的唯一机会了。

---

① 法国北部城市。十二世纪时商业繁荣,第二次世界大战中遭严重破坏,后修复。重要的旅游港口、渔港和商港。

五

查理不知道自己已经坐在窗边多久了,他发着呆,望着外面的庭院,直到莉迪亚的声音响起,他才从杂乱而迷茫的思绪中回过神来。

"我想我是睡着了。"莉迪亚说。

"肯定是了。"

他打开灯,之前没开是怕吵醒她。炉火快要熄灭了,他又放上一根木柴。

"我感觉很清爽。睡觉都没有做梦。"

"你做过噩梦吗?"

"可怕的梦。"

"如果你愿意换衣服,我们可以出去吃晚餐。"

她朝他笑了,笑容里有一种讽刺的意味,但并非不友善。

"我觉得这应该不是你通常过圣诞节的方法。"

"我应该说,确实不是。"他回答道,快乐地咧嘴笑了。

她走进卫生间,他听到她在洗澡。她回来的时候还是穿着睡袍。

"如果你现在可以去洗一下,我就来换衣服。"

查理离开她。他很理解,尽管她昨晚整晚都睡在他隔壁的床上，她不喜欢在他面前换衣服也很自然。

莉迪亚带他去了她知道的一家餐厅，在缅因大街上，她说那里的东西很好吃。尽管这地方有些故意搞成旧世界的风格，墙上镶着板，印花布窗帘，白镴盘子，但这小地方还挺舒适，人不多，只有两个西装领带的中年女人，还有三个闷头吃饭的印度年轻人。你会有一种感觉，这些人孤单没朋友，那晚在那里吃饭，纯粹因为他们没有别处可去。

莉迪亚和查理坐在一个角落，这样他们说话就不会被别人听见。莉迪亚胃口很好。他想帮她再点一份刚刚点过的菜时，她把盘子往前面一推。

"我的婆婆抱怨过我的食欲。她以前说，我吃饭的样子就好像这辈子都没吃饱过。当然，这也是实话。"

这吓了查理一跳。和一个年复一年都没有吃饱过饭的人坐下来吃晚餐，是一种奇妙的体验。还有一点：这颠覆了他之前的观点，即他发现像她这样拥有如此悲惨经历的人，竟然还能吃得这么狼吞虎咽。这让她的悲剧意味添上了古怪的颜色；她不是个浪漫的人物形象，只是一个挺普通的年轻女人，而这一点，让她所经历的一切变得更为可怕了些。

"你和婆婆相处得好吗？"他问。

"是的。还可以。她不是个坏女人。她强硬，爱算计，务实，贪得无厌。她是个很好的管家，喜欢家里的所有东西都放得规规整整。我曾经因为俄国人的邋里邋遢把她惹毛过，但她把自己的情绪控制得很好，从来不会口出怒言。除了罗伯特，她最在意的是别人的尊重。她因自己的父亲是个参谋、丈夫是军医上校而骄傲。他们都是获得过荣誉勋章的军官。她的丈夫在战争中失去一条腿。她为他们的杰出表现而非常骄傲,也对他们的地位所给予她的社会重要性非常敏感。我想你或许会觉得她很势利,但这又是很小的方面,你不会觉得被冒犯了,只会觉得很好笑。她有些对伦理道德的观念,外国人看了会觉得这在法国其实不大常见。比如,她会对偷情的老婆嗤之以鼻,但是又觉得男人背叛自己的老婆很正常。别人邀请她,如果她知道自己无法回请过去,就绝对不会接受。她一旦做了笔买卖,哪怕最后是亏的,她还是会坚持到底。尽管对花出去的每笔钱都锱铢必较,但她的为人又极为诚实,既是坚守原则,也是

出于对家人的忠诚。她对正义这件事看得很重。她知道瞒着我让我嫁给罗伯特不磊落,所以当我知道一切之后,至少应该给我一个机会去决定到底要不要嫁给他——当然了,我是绝对不会犹豫的;但她不知道,她只是觉得当我知道一切之后,有足够的理由去责怪她,而她所能回答的就是,只要事关罗伯特,她愿意牺牲其他任何人;正因如此,她才逼自己去接受我身上她不喜欢的很多方面。她把自己全部的决心、全部的自制力、全部的计谋都用上了,就为了能让我们成功结婚。她觉得这是罗伯特改过自新唯一的机会了,她的爱是如此浓烈,所以甘愿把儿子让给我。她甚至愿意放手对他的管控,而我觉得女人在乎的就是这个,无论是儿子、老公、爱人还是别的什么,甚至超越了对他是否爱她的在意程度。她说过她不会干扰我们的生活,她从来没有过。除了在厨房里——因为后来我们也放弃了女佣——除了吃饭时间,其他时候我们基本看不到她。她不出

门的时候,就一直在花园一角的小亭子里待着,有时我们怕她太孤单了,就喊她过来,但她都以有活儿要做、有信要写、有书想看完为由拒绝了我们。她这种女人,别人很难去爱她,但是你不可能不尊重她。"

"她现在怎么样了?"查理问。

"审判的费用压垮了她。她那一点积蓄为了不让罗伯特坐牢,已经花了大半,剩下的钱都给律师了。她不得不把象征她军官遗孀那荣誉地位的房子卖掉,也不得不拿赡养费贷款出来用。她饭一直做得很好,现在在一个美国人位于奥特尔的公寓房里当总管家。"

"你后来见过她吗?"

"没有。我为什么要见她?我们没有共同话题。她对我的兴趣,随着我再没有让罗伯特改邪归正的利用价值而终止了。"

莉迪亚继续和他说自己的婚姻生活。对她而言,能有一间自己的房子她非常开心,每天早上也不用去上班,简直太棒了。她很快发现,她并没有多少闲钱可以挥霍,但相比她之前的生活,现在的生活状况已经算殷实了。而且至少她有了安全感。罗伯特对她很好,和他相处很容易。他习惯让她服侍他,可她太爱他了,所以这对她而言反而是乐事一桩。他喜欢做些放肆又随性的讽刺,她觉得很好笑。他始终充溢着活力。他过于慷慨,考虑到他们其实很穷。他送给她一块金腕表和一个小梳妆盒,肯定至少要几千法郎,还给了她一个鳄鱼皮包。她在口袋里发现一张电车票时很吃惊,问他怎么回事,他笑了。他说他这个包是从一个女孩那儿买的,她那天在赛马上失意了。包是她的情人刚送她的,这笔买卖太划算了,他一定要买。他时不时会带她去看电影，接着去蒙马特跳舞。当她问他哪里有钱做这么奢侈的事时，他乐呵呵地说，这世上蠢人多得是，聪明人要是不能时不时搞到点好玩意儿，也太荒唐了。但这些外出他们都是不告诉贝尔热夫人的。莉迪亚本以为，她和罗伯特结婚时的爱就已经是极致了，但每一天，她对他的爱都在升温。他不仅是个迷人的爱人，也是个让人快乐的伴侣。

结婚四个月后，罗伯特丢了工作。这在他们家引起了不小的轰动，令莉迪亚不解，因为工作的薪水微不足道；可他和他的母亲把自己关在小亭子里很久；等到后来莉迪亚看到她的婆婆，很显然她刚刚哭过。她形容枯槁，看莉迪亚的眼神忧郁而愤怒，仿佛是在责怪她。莉迪亚不理解。然后，那位老医生，家里的朋友，罗格朗上校来了，这次是他们三个人关在了贝尔热夫人的房间。罗伯特两三天没说话，也是莉迪亚自从认识他开始，第一次发现他有易躁的脾气；当她问他怎么回事时，他严厉地让她不要管。之后，他可能是意识到自己得稍微解释下，他就说整件事都源于他的母亲太过贪心。莉迪亚知道她节省，但如果是用在儿子身上，她从不会节省，因为对她儿子而言，什么都值得最好的；可是看到罗伯特处于极度紧张的状态，她想还是什么都不说比较好。贝尔热夫人有两三天都看起来非常担心，可是后来，不管有什么难题，都解决了；然而，她打发走了用人，之前请她，几乎是原则问题，因为只要她还有个用人，贝尔热夫人就还能把自己当成贵族小姐。可现在她和莉迪亚说，请人没用还浪费钱；她们两个人很轻松地就能把家里拾掇得很好，而自己去买菜，就能保证她不会被人骗钱；而且再说了，她本来就没什么事做，烧烧饭她也蛮享受的。莉迪亚还巴不得做做家务活呢。

生活几乎和以前没有变化。罗伯特很快就拾起他的好脾气，又和以前一样活泼快乐，充满爱意。他早上睡个懒觉，然后出去找工作，经常要到晚上很晚才回来。贝尔热夫人总是给罗伯特烧好一桌好菜，而她们两个女人吃饭的时候，就吃得很少；一碗清汤、一份色拉和一些奶酪。很显然，贝尔热夫人很烦恼。不止一次，莉迪亚进到厨房的时候都发现她站在那边，什么都没在做，脸上一副心神不宁的样子，就好像被一阵无法忍受的焦虑制伏了，可莉迪亚走近她的时候，她就把那副表情收起来，继续忙着手上的活儿。她还是注重打扮，而和老朋友聚聚的"那些天"，她会穿上最好的衣服，抹上淡淡的胭脂，再出门拜访别人家，非常正派的样子，浑身充满中产阶级的威严。过了很短的一段时间，尽管罗伯特还是没有找到工作，他好像就已经有不比以前少的零花钱了。他告诉莉迪亚，他想办法卖了一两辆二手车，从中抽取了回扣；后来又和她说，他在常去的酒吧结交了一些赛马的人，从他们那边得到点内部消息。莉迪亚不知道为什么她虽然不愿相信，但心里还是生出些许怀疑，好像这里面有什么见不得光的事情正在发生。有一次，发生了一件事让她感到不安。一个礼拜天，罗伯特告诉他的母亲，有一个人可能会给他一份工作，那人邀请他带莉迪亚去他沙特尔附近的家里吃午餐，他会开车带她去；可是当他们坐上并发动停在他们家隔壁两条街的车之后，他告诉她刚刚是骗他母亲的。他上个礼拜四赛马的时候运气不错，准备带她去儒伊吃午餐。他之所以跟他母亲编了个故事，是因为她会觉得这么铺张浪费，把钱花在一家餐厅不应该。那天的天气

温暖宜人。午餐宴是在花园里举行的,这地方人很多。他们在一张
已经有四个人的桌子上坐下来。这一拨人快吃完了,等他们俩吃到
一半的时候,他们离开了。

"啊,你看,"罗伯特说,"有一位女士忘记把包带走了。"

他把包拿过去,让莉迪亚吃惊的是,他把包打开了。她看到里
面有钱。他赶紧左右看看,然后给了她一个精明、狡猾、邪恶的眼
神。她的心停止了。她坚信他会把钱拿出来放到自己口袋里。她
害怕得喘不过气来。不过这时,刚刚坐在这桌的一个男人回来了,
看到了罗伯特手里的包。

"你拿那个包干什么?"他问。

他朝那人坦诚又迷人地笑了。

"这包落下了。我是想找找看能不能知道这包是谁的。"

那个男人用严肃而怀疑的眼神看着他。

"你只要给老板就行了。"

"你觉得这样你就能拿回包了?"罗伯特淡淡地说,把包还给
那人。

那人拿了包,一声不吭地走了。

"女人太不在意她们的包了。"罗伯特说。

莉迪亚松了口气。她的怀疑太荒谬了。毕竟,这里这么多人,
谁会放肆到从包里偷钱;风险太大了。可她看到了罗伯特脸上的每
个表情,虽然很难让人相信,但她很确定,他是想拿那钱的。他会觉
得这只是个绝妙的玩笑。

她坚定地把这件事抛出脑海,但那个可怕早晨,当她在报纸上

看到那个叫泰迪·乔丹的英国赌注登记经纪人被谋杀了的时候，这件事又回来了。她记得罗伯特的眼神。她那时就知道，突然灵光一闪，令她恐惧地想到，他什么都能做得出来。她现在终于知道，他裤子上的污渍是什么东西。是血！而且她也知道那些面值上千法郎的钞票是从哪儿来的了。她还知道，为什么罗伯特丢了工作的时候，脸上一副忧郁的神情，为什么他的母亲心神不宁，罗格朗上校，那个医生又为什么和那对母子关在一起争吵了好几个小时。因为罗伯特偷了钱。而贝尔热夫人之所以打发走用人，从此节衣缩食，是因为她几乎负担不起让罗伯特免遭上诉的那笔钱。莉迪亚又读了一遍罪案描述。泰迪·乔丹一个人住在公寓一楼，看门人为他打扫卫生。他在外面吃饭，但每天早上九点看门人会给他送一杯咖啡。她就是这样发现了他。他躺在地板上，穿着衬衫，一把刀刺中后背，倒在留声机旁边，一张唱片被他压在身子下面，看起来他被刺中的时候应该是在换唱片。他空空如也的钱包放在壁炉台面上。一张扶手椅的边桌上放着一杯喝到一半的威士忌加苏打水，桌上还有一个托盘，上面放着一个没用过的杯子、一瓶威士忌、一个苏打水瓶和一块没有切开的蛋糕。显然，他正在等一位客人，但那个客人不想喝酒。死亡时间是几个小时前。记者很明显自己做了个小调查，但他所描述的中间有多少是事实，又有多少虚构的成分，就很难说了。他问过看门人，从她那儿得知，至少就她所知，从没有女人来过这间公寓，但来过一些男人，基本都是年轻人，她也就此总结了自己的看法。泰迪·乔丹是个不错的房客，不惹事，手头有钱的时候，人挺大方。刀是被猛地刺进身体的，据记者所言，警方确定凶手是个体格健壮的男子。房间里没有凌乱的迹象，说明乔丹是被突然袭击的，没有自卫的机会。刀没有找到，但窗帘上的血迹表明，凶手在窗帘上擦过刀。记者继续说，虽然警方仔细搜寻过，但没有发现指纹；他就此总结道，凶手不是把指纹擦掉了，就是戴了手套。如果是第一种情况，那就表明凶手非常冷静，第二种则表示他早有预谋。

这个记者接着来到乔乔酒吧。这间小酒吧位于马德莱娜大道后面的小巷子里，常客有赛马选手、赌注登记经纪人和赌徒。这里能吃到简餐，培根鸡蛋、香肠排骨，乔丹基本都是在这里吃饭。他也通常是在这里做生意。记者发现，乔丹在酒吧常客里颇受欢迎。他日子过得起起伏伏，得意的时候是很大方的。他随时都会请别人喝上一杯，和每个人都嘻嘻哈哈。可即便这样，他还是有个狡猾顾客的名声。有时他处于困境，会欠下挺大一笔账，可他最后总能还清。记者对酒吧老板乔乔提了看门人的想法，但他肯定地说，她的怀疑没有道理。他是这样结束这篇绘声绘色的报道的：警察已经在积极调查，预计二十四小时内将逮捕嫌疑人。

莉迪亚太害怕了。她一刻都不迟疑地想到罗伯特就是犯下这桩罪的嫌疑人；她太过确定，仿佛她目睹了他行凶。

"他怎么可以这样？他怎么可以这样？"她哭道。

但她被自己的声音吓到了。尽管厨房没有人，但她不能把自己的想法暴露出来。她的第一感受，也是唯一的想法是，必须得把他从这骇人的危险中解救出来。无论他做了什么，她爱他；无论他做了什么，都无法削减她对他的爱。当她想到他们可能会把他从她身边带走时，她差点痛苦地呐喊出声。哪怕在这样的时刻，她还是会因想到他吻她时那柔软的双唇,他在她怀里还像个男孩般纤细身体的触感而沉醉。他们说刀伤表明凶手用了极大的暴力,正在找一个大块头、有力气的男子。罗伯特强壮而结实,但他个头不大,也没有那么大力气。还有看门人的怀疑。警察会去搜捕蒙马特和拉佩街的夜店和咖啡馆,那里是同性恋经常光顾的地方。罗伯特从来没去过那种地方,没有人会比她更清楚,罗伯特是多么不可能做出这样反常的举动。他确实去过不少次乔乔酒吧,但也去过很多其他家;他去是为了从骑手那儿得到内部消息,在赌注登记经纪人手上也比在赌金计算器上胜算更大。这些都很正大光明。人们没有理由会怀疑到他。裤子销毁了,有谁会想到像贝尔热夫人这么勤俭的人,还会说服罗伯特再买一条呢?如果警察发现罗伯特认识乔丹(乔丹认识的人多了去了),来房子里搜查(这不大可能,但警方也可能会到和那赌注登记经纪人熟悉的朋友家里都问询一番),他们也找不到什么。除了那小叠面值一千法郎的钞票。一想到那笔钱,莉迪亚就很慌张。想要知道他们生活拮据是很简单的事情。罗伯特和她总以为他的母亲在小亭子里的某处藏了一笔私房钱,但那笔钱显然已经在罗伯特失去工作的时候用光了;如果嫌疑真的落到他身上,那么警察难以避免地会发现问题在哪;那到时她该怎么解释那几千法郎呢?莉迪亚不知道那一沓有几张。也许有八张或者十张。对穷人来说,这是笔巨资了。这么多钱,就算贝尔热夫人知道罗伯特是怎么得来的,也绝对不会有勇气放弃的。她会对自己的聪明才智充满信心,藏在一个别人都不会想到要去看的地方。莉迪亚知道和她说是没有任何用的。这种情况,你和她说什么都无法让她改变想法。唯一的办法就是她自己去找到钱，然后烧掉。在那之前，她一刻都不会感到安宁。到时，警察可能会来，就不会找到任何牵连到罗伯特的证据。她疯狂地焦虑着，开始想贝尔热夫人最可能把钱藏在哪儿了。她不常去那小亭子，因为贝尔热夫人自己打扫房间，不过她记忆中有那房间较为清晰的样子，如今，她在自己的脑海里仔细检索每件家具，每个可能藏了钱的地方。她下决心一有机会就去找。

机会比她预计的来得早。就在那个下午，两人沉默地吃了一小顿午饭后，莉迪亚坐在客厅里做针线活。她无心读书，但她必须要做点事情，让啮咬她心弦的那可怕的不安平静下来。她听到贝尔热夫人进到房间，以为她要去厨房，结果门开了。

"如果罗伯特回来了，告诉他我五点多就回来。"

莉迪亚太惊讶了，她发现她的婆婆穿上了最好的衣服。她穿上那件黑色碎花丝绸裙，戴了顶黑色绸缎帽，脖子上还围了条银狐毛皮。

"你要出去吗？"莉迪亚大声问。

"是啊，今天是彩排的最后一天。如果我都不露面，她会觉得我很不懂礼貌的。她和将军都很爱我丈夫。"

莉迪亚理解。她明白，想到可能发生的事情，这一天的贝尔热夫人，尤其要保证自己的一切举止如往常一样。不去履行社交责任会被人以为她是害怕自己的儿子与赌注登记经纪人凶杀案有所牵连。而反过来，如果她去履行责任，就表示这种可能性她压根没想到过。她是个拥有无可战胜的勇气的女人。在她旁边，莉迪亚只会觉得自己虚弱,而又小家子气。

她一走,莉迪亚就锁上前门,这样没人能不按门铃就进来,她穿过小花园。她扫视四周;有一小块长满杂草的草坪被砾石步道围住,草坪中央种着一小床菊花,等着秋天开放。她相信,她的婆婆更可能把钱藏在自己的房间而不是那里。小亭子里有一间比较大的房间,连着一个橱子,贝尔热夫人把这儿当作自己的化妆间。更大的房间里放着一套精雕细琢的红木卧室家具、一张沙发、一把扶手椅和一张红木书桌。墙上挂着几张她和丈夫放大的照片,一张他坟墓的照片,下面挂着他的勋章,包括那枚荣誉勋位勋章,还有罗伯特不同年纪的照片。莉迪亚在想,像她那样的女人会把钱藏在哪里。她肯定有一个常用的地方,因为这么多年来,她一直要把钱藏到罗伯特找不到的地方去。她这么聪明,不会藏到床、写字桌里的秘密抽屉、扶手椅或沙发夹缝这么明显的地方的。房间里没有壁炉,只有一个带根铁管的煤气炉。莉迪亚看着它。她并不觉得那东西可以藏住什么;另外,冬天是要用的,莉迪亚觉得像她婆婆这样的人,只要找到一个安全地方,就不会变。她困惑地凝视四周。她也不知道该干什么好,所以就把被子掀开,把枕头从套子里拿出来。她仔细地检查,东摸西摸。这床垫上铺着的材料太硬了,她觉得贝尔热夫人肯定没有拆开过缝线重新缝过。如果她长时间把钱藏在一个地方,那么那个地方肯定是很方便拿取的,只有这样,当她想把钱拿出来的时候,就可以快速消灭所有行动痕迹。也只是走走形式,莉迪亚还搜了抽屉和写字桌。所有东西都没上锁,物件全都放得整整齐齐。她看看衣橱里面。她的脑子一直在转。她听说过无数个故

事讲俄国人是怎么藏东西的,钱、珠宝,这样布尔什维克人就找不到
了。她听说过极为机智的藏法毫无作用,也听过东西奇迹般没被发
现的故事。她记得有一个女人在莫斯科到列宁格勒的火车上被人
搜身。她的衣服已经被脱光了,但她把一条钻石项链缝在了毛皮大
衣的衣角,尽管这衣服被仔细搜过,但项链没被发现。贝尔热夫人
也有一件毛皮大衣,俄国羊羔毛,她穿了好几年了,很旧了,就放在
衣橱里。莉迪亚拿出衣服,上上下下仔细检查了一遍,什么也没找
到,什么也没摸到。她把衣服放回去,又把贝尔热夫人的三四条裙
子一条一条拿出来搜。钱是没可能缝在这些衣服里的。她的心沉
了下去。她害怕自己的婆婆把钱藏得太好,她永远也找不到。她又

有了一个新想法。人们都说,藏东西最好的办法就是藏到最显眼
处,别人不会想到去看那些地方的。针线篮,比如说,就像贝尔热夫
人放在扶手椅边小桌上的那个。颇有些沮丧地,她看了眼手表,时
间飞逝,她不能待太久,她翻了翻针线篮。里面一个长筒袜是贝尔
热夫人在补的,还有剪刀、针、各种各样的小玩意儿、几卷棉线和丝
线。还有一条做了一半的黑羊绒披肩,贝尔热夫人做来是想从亭子
走到房子上披在肩膀上用的。在黑白棉线卷中,莉迪亚惊讶地看
到一卷黄色的线。她不知道婆婆是用来干什么的。当她看到窗帘,
她的心猛地一跳。房间里唯一的光线来自玻璃门,一对窗帘就挂在
那儿,还有一对是用作通往化妆间的门帘的。贝尔热夫人很以它们
为傲,因为这是属于她那位上校父亲的,从童年时就记得它们。窗
帘非常华丽厚重,门帘盒呈流苏状,有垂花雕饰,是用黄色锦缎制成
的。莉迪亚先走到窗边,翻开内里。这窗帘是给更高的房间做的,

贝尔热夫人因为不忍心裁掉，便把底边卷起来了。莉迪亚查看滚边；缝边的裁缝手艺专业，线头已经褪色。然后她去看门两边的窗帘。她深深地叹了口气。在最靠近前门的角落，暗得很的地方，有一块四英寸长的干净的针脚，表示这是刚缝上去不久的。莉迪亚从针线篮拿出剪刀，赶紧剪开了；她把手伸进开口，掏出了钞票。她把钱放到裙子里，接着用几分钟的时间，就已拿起针和黄线把开口缝上，这样便没人知道有人动过这里了。她环顾房间，怕自己留下痕迹。她走回房子，上楼到卧室，把钞票撕成碎片；她把碎片扔到马桶里，按了冲水。然后，她再下楼来，把前门的锁打开，再次坐下来做她的针线活。她的心剧烈跳动，她都要受不了了；可是她终于松了口气。现在警察来，就什么都找不到了。

不久，贝尔热夫人回来了。她进到客厅，瘫在沙发上。她所做的努力让她精疲力竭，她乏极了。她的脸部下垂，看起来就是个老妇人。莉迪亚瞥了她一眼，但什么都没说。几分钟后，她疲惫地叹了口气，站起身去她房间了。回来的时候，她已脱下那身华服，穿着毡布拖鞋和一条破旧的黑裙子。尽管头发是大波浪，涂了口红还抹了腮红，她看起来还是像个年迈的女佣。

"我来准备晚饭吧。"她说。

"要我帮忙吗？"莉迪亚问。

"不了，我想一个人做。"

莉迪亚继续做手上的活儿。小屋子里安静的气氛预示着不祥。太过安静了，导致过了一不会儿，罗伯特插进碰簧锁钥匙的声音都能让人吓一跳。莉迪亚握紧双手，怕自己大叫出声。他进房间的时候吹着口哨,莉迪亚振作起来,出来到门道里。他手上有两三份报纸。

"我给你买了晚报,"他快乐地叫唤,"全是谋杀案。"

他走进厨房,他知道他的母亲在那里,他把报纸扔到桌上。莉迪亚跟随他进来。贝尔热夫人一声不吭地拿起一份,开始看。标题很大,是头版新闻。

"我去了乔乔酒吧。他们也说不出什么别的东西。乔丹是他们那儿的常客,所有人都认识他。他被杀的那天晚上我也和他说过话。他那天赛马成绩不错,请每个人都喝了酒。"

他说话的时候是那么随意自然,你会觉得他一件烦心事都没有。他的眼睛亮闪闪的,通常都是苍白的脸颊上有些泛红。他很激动,但没有表现出一丝慌张。莉迪亚问他,努力让自己的声音和他的一样无忧无虑:

"你知道凶手是谁吗?"

"他们怀疑是个水手。看门人说,大约一个礼拜前,她看到乔丹和一个水手回了家。当然,很有可能是那个人装成了水手的样子。他们在围捕蒙马特那些臭名昭著的酒吧里的常客。从伤口附近的皮肤来看,那一下估计用了很大力气。他们在找一个高大强壮的人。当然,还有一两个拳击手名声挺好玩的。"

贝尔热夫人放下报纸,没有评论。

"晚饭还有几分钟就好了,"她说,"莉迪亚,桌布铺好了吗?"

"我这就去铺。"

罗伯特来了之后,她们拿出餐厅里这一天的两道大菜,尽管这些菜更费功夫。可是贝尔热夫人说：

"我们不能过得跟野人一样。罗伯特一直被很好地抚养长大，已经习惯别人把事情给他弄得好好的了。"

罗伯特上楼换下大衣，穿上拖鞋。贝尔热夫人不让他在房子里穿最好的衣服。莉迪亚开始放餐具。突然，她想起一件事，产生的惊吓过大，她都没站稳，扶着椅子背。那是泰迪·乔丹被杀两天前的晚上，是罗伯特叫醒她让她为他做晚餐并让她赶紧上床睡觉的两天前的晚上。他刚犯下那可怕的罪就直接到了她的怀抱中；而他的激情、他无法满足的欲望、他那发了疯般的饥渴，都源于一个人的血。

"如果那晚我怀孕了呢？"

罗伯特穿着拖鞋踢踢踏踏地下来了。

"我好了，妈妈。"他叫道。

"我来了。"

他走进餐厅，坐在通常坐的位子上。他把餐巾纸从圆环中取出，展开去拿莉迪亚刚放好的盘子上的面包。

"那个老女人给我们准备的晚饭还行吗？我胃口很好。我中午就在乔乔酒吧吃了块三明治。"

贝尔热夫人端来一碗汤，坐在主位上，给他们三个舀了几勺汤。罗伯特心情很好。他乐呵呵地说着。可两个女人几乎没有回答。他们喝完汤了。

"下面是什么？"他问。

"白菜饼。"

"我不大喜欢吃。"

"能有吃的就不错了。"他母亲严厉地说。

他耸耸肩,笑眯眯地朝莉迪亚眨眼睛。贝尔热夫人进到厨房拿来白菜饼。

"那老女人今晚好像心情不大好。她一个人干吗去了?"

"今天是这一季彩排的最后一场。她去那边了。"

"那无聊的老家伙!是够让人发火的。"

贝尔热夫人端来盘子,分给三人。罗伯特自己弄了点红酒和水。他继续说着这个那个,还是通常那种讽刺还有些搞笑的方式,不过,他终于无法无视同伴们的沉默了。

"你们俩今晚都怎么了?"他生气地自己打断了自己,"你们俩坐那儿一脸闷闷不乐,活像葬礼上的两个哑巴。"

他的母亲为了能让自己吃点儿东西,一直盯着盘子坐在那儿,可现在她抬起头,正对他的脸,看着他。

"好吧,到底怎么了?"他无礼地叫道。

她没有回答,可是继续盯着他。莉迪亚瞄了她一眼。在那双黑色眼睛里,那双和罗伯特的眼睛一样充满表情的眼睛里,她读出了责怪、害怕、怒气,不过还有一种酸楚的忧伤,简直让人无法承受。罗伯特受不了这等强度的愤怒凝视,低下了头。他们默默吃完晚饭。罗伯特点燃一根香烟,也递给莉迪亚一根。她去厨房拿来咖啡。他们静静地喝了。

有人按门铃。贝尔热夫人惊叫一声。他们都坐着不动,好像瘫痪了一般。门铃又响了。

"是谁啊?"贝尔热夫人轻轻说。

"我去看看。"罗伯特说。接着,他的脸色变得坚毅:"振作起来,母亲。没什么好担心的。"

他走到前门。他们听到了奇怪的声音,可他把身后的客厅门关上了,她们听不到他们说了什么。一两分钟后,他回来了。两个男人跟着他进到房间。

"你们都去厨房好吗,"他说,"这两位先生想和我谈谈。"

"他们要干什么?"

"他们正要跟我说这个。"罗伯特冷冰冰地说。

两个女人起身出去了。莉迪亚偷偷看了他一眼。他看起来非常镇定。要说不去猜那两人是侦探,是不可能的。贝尔热夫人把厨房门开着,希望能听到他们说话的内容,可是隔着一条走道,一扇关着的门,他们说的话是听不到的。他们说了快有一个小时,然后门开了。

"莉迪亚,去帮我把大衣和鞋子拿来,"罗伯特叫道,"这两位先生想让我陪他们一下。"

他说话的声音轻快而开心,仿佛他的镇定没有被扰乱分毫,可莉迪亚的心沉了。她按他的吩咐上楼了。贝尔热夫人一句话没说。罗伯特换上大衣,穿上鞋。

"我一两个小时就回来,"他说,"但别等我了。"

"你要去哪儿?"他的母亲问。

"他们希望我去下警察局。警官认为我能帮他们找到点线索,看看可怜的泰迪·乔丹是谁杀的。"

"那和你有什么关系?"

"只不过我认识他,很多人都认识他。"

罗伯特和两个侦探走了。

"你最好把桌子收拾下,帮我一起把碗洗了。"贝尔热夫人说。

她们把碗洗好,东西都收拾到原位。接着,她们坐在厨房餐桌的两边等待。没有人说话。她们躲开了彼此的眼神,坐了好久好久。唯一刺破这可怕寂静的是走廊里布谷鸟钟的报时。敲到三的时候,贝尔热夫人起身了。

"他今晚不会回来了。我们去睡觉吧。"

"我睡不着。我想在这儿等。"

"等有什么用?只会浪费点灯钱。你总有办法让自己睡着的,不是吗?吃两片药。"

莉迪亚叹了口气,站起身。贝尔热夫人皱着眉看了她一眼,破口大骂:

"别好像世界末日了。你没理由摆出这么张脸。罗伯特没做什么会让他倒霉的事。我不知道你在怀疑什么。"

莉迪亚没有回答,但她看向她的眼神是那么痛苦,贝尔热夫人低下了头。

"去睡觉!去睡觉!"她生气地叫道。

莉迪亚离开她,上楼了。她一整晚都没有睡,一直在等罗伯特,可他没有回来。第二天早上她下楼来的时候,贝尔热夫人已经出去拿报纸了。乔丹谋杀案依旧占据着头版,但没有报道说已经逮捕了人;警官还在继续调查中。一喝完咖啡,贝尔热夫人就出门了。她回来时,已经十一点了。莉迪亚看她脸这么耷拉着,心一沉。

"怎么说?"

"他们什么都不肯和我说。我找到律师,他去找警官了。"

她们正要吃完这悲惨的午餐,这时,前门的门铃响了。莉迪亚去开门,看到罗格朗上校和一个她从没见过的男人站在门口。他们身后还有两个男人,她一眼就认出那两个人就是昨晚来的警察,另外还有一个脸色阴沉的女人。罗格朗上校说要找贝尔热夫人。她怀着焦急的心走到厨房门口,看到她之后,和他在一起的男人推开莉迪亚走向前。

"你就是莱昂蒂娜·贝尔热夫人吗?"

"我是。"

"我是卢卡斯先生,是名警官。我奉命搜查这个房子。"他掏出一份文件,"罗格朗上校由你的儿子罗伯特·贝尔热指定,来代表他参与这次搜查。"

"你为什么要搜我的房子?"

"我相信你不会妨碍我执行公务。"

她生气又鄙夷地看了警官一眼。

"如果你真的接到了命令,我也没有能力阻止你。"

在上校和两个侦探的陪伴下,警官上楼去了,和他们一起来的女人和贝尔热夫人与莉迪亚待在厨房。楼上有两个房间,一间比较大,是罗伯特和他夫人用的,另一间比较小,是他独身的时候住的。另外只有一间带热水炉的卧室。他们花了近两个小时,下来的时候,警官手里拿着莉迪亚的梳妆盒。

"你这个是从哪儿来的?"他问。

"我丈夫给我的。"

"他从哪儿得到的?"

"他从一个没钱的女人那儿买的。"

警官审视着她。他的眼睛落在她的腕表上,指着它。

"这个也是你丈夫给你的?"

"是的。"

他没有再说什么。他放下梳妆盒,去找他的同伴,那人已经进到餐厅和客厅相连的两间房里。不过,一两分钟后,莉迪亚就听到前门砰地关上,她望向窗外,看到一个警官走到大门,开着那辆停在路缘上的车走了。她看着那个梳妆盒,突然涌起一股悲伤。不久后,为了方便搜查厨房,莉迪亚和贝尔热夫人被请到了客厅。东西都被翻乱了。很显然他们搜查得很彻底。窗帘都被扯下来,堆在了地上。贝尔热夫人看到窗帘的时候,皱了皱眉头,她正要开口说话,但还是强忍着什么都没说。不过,等他们在厨房搜过以后,那些人穿过小花园去了小亭子,贝尔热夫人忍不住走到窗边,看着他们。莉迪亚看到她在颤抖,担心和她们在一起的女人也发现了。不过,那人在无聊地看汽车报。莉迪亚走到窗前,握住婆婆的一只手。她甚至不敢说,没有危险。当贝尔热夫人看到黄色的锦缎窗帘被扯下来,她猛地抓住莉迪亚的手,莉迪亚能做的,只是用力握回去,想告诉她不用害怕。那些人在小亭子的时间几乎和在楼上一样久。

他们在亭子的时候,离开的警官回来了。不多久,他又出去了,从停着的车上拿下来两把铲子。那两个小警察在罗格朗上校的注视下,开始挖花床。警官进到客厅来。

"让这位女士搜一下你们的身,有问题吗?"

"没有。"

"没有。"

他转向莉迪亚。

"那么夫人也许可以和这个人去她的房间。"

莉迪亚上楼了之后才明白为什么他们花了那么久。房间好像被土匪打劫过。床上是罗伯特的衣服,她猜想它们肯定被仔细搜查过了。难关过去,警官问莉迪亚有关她丈夫衣橱的事。这些问题不难回答,因为衣服不多:两条网球裤,除了他身上穿的那件西服外还有两件,一件小礼服和一条运动裤;她也没理由不如实回答。搜查终于结束时,已经七点多了。可是警官还没完。他拿起莉迪亚的梳妆盒,她从厨房拿过来的,现在放在桌上。

"我要把这个带走,还有你的手表,女士,如果你可以好心地给我的话。"

"为什么?"

"我有理由相信,这些是偷来的赃物。"

莉迪亚沮丧地盯着他。可是罗格朗上校走上前来。

"你没有权利把它们带走。你手上的搜查令没有给你带走任何东西的权利。"

警官淡淡地笑了。

"你说得没错,先生,可我的同事已经在我的命令下,得到了所必需的授权。"

他做了个手势，开车走的那个男人——现在看来显然是奉命行事——从口袋里拿出一份文件，递给他。警官递给罗格朗上校。他读了文件，转向莉迪亚。

"你必须按警官先生说的做。"

她把手表从手腕上拿下来。警官把它和梳妆盒一起放进了口袋。

"如果我的怀疑不成立，这些东西自然会再归还给你。"

他们终于走了之后，莉迪亚在他们身后锁上门，贝尔热夫人赶紧穿过花园。莉迪亚跟上她。贝尔热夫人看到房间的样子之后，惊恐地大叫。

"那群恶棍！"

她冲到窗帘边。窗帘都堆在地上。她看到缝起来的口袋都被撕开之后，发出了撕心裂肺的叫喊。她猛地坐在了地上，转向莉迪亚的脸因恐惧而扭曲。

"别怕，"莉迪亚说，"他们不会找到钱的。我之前就找到钱，已经销毁了。我知道你绝对没有勇气这么做。"

她向贝尔热夫人伸出一只手，帮她站起来。贝尔热夫人盯着她。她们从没有讨论过这个话题，四十八小时，这件事都在折磨着她们的思绪。可现在，沉默的时刻结束了。贝尔热夫人猛地抓住莉迪亚的胳膊，用沙哑、紧张的声音说：

"我以我对他所有的爱发誓，罗伯特没有杀那个英国人。"

"你明明和我一样清楚是他杀的，为什么还要这么说？"

"你要告发他吗？"

"看起来像吗？你觉得我是为什么要销毁那些钱？你肯定是疯了，觉得他们会找不到那笔钱。你觉得一个训练有素的侦探会看不到那么明显的地方藏着东西吗？"

贝尔热夫人松开抓住莉迪亚的手。她的表情变了，喉咙里爆发出一阵啜泣。她突然张开双臂，抱住她，搂在自己的怀里。

"哦，我可怜的孩子，我给你带来了多大的麻烦，多少的不幸啊。"

这是莉迪亚第一次见到贝尔热夫人流露真情。也是她第一次见她展露出未经算计的、不涉及利益的爱意。猛烈的、痛苦的哭泣撕碎了她的胸腔，她绝望地压在莉迪亚身上。莉迪亚深受感动。看到这样一个有自制力的女人，有那么多骄傲和钢铁般的意志，就这么崩溃，太可怕了。

"我就不该让他娶你，"她号啕大哭，"这是在犯罪。对你不公平。这像是他仅剩的机会了。我就不该、不该、不该同意。"

"但我爱他。"

"我知道。但你能原谅他吗？你能原谅我吗？我是他的母亲，这对我没关系，但你不一样；你的爱能承受住这些吗？"

莉迪亚挣脱开她的怀抱，紧紧抓住贝尔热夫人的肩膀。她几乎在摇晃她。

"听我说。我不是爱一个月或一年。我会永远爱下去。他是我唯一爱过的男人。他是我将来唯一会爱的人。无论他做了什么，无论未来怎么样，我爱他。没有任何事可以削减我的爱。我喜欢他。"

第二天，晚报报道，罗伯特·贝尔热因谋杀泰迪·乔丹被逮捕归案。

几周后，莉迪亚知道她怀孕了，她恐惧地意识到，她得到那颗使卵子受精的精子时，正是可怕的凶杀案发生的当晚。

莉迪亚和查理之间只剩下沉默。他们早就吃完了晚餐，其他来吃饭的人都走了。查理一言不发地听着莉迪亚的故事，这辈子从没有这么专注过，但他还是意识到餐厅已经没人了，女服务生都巴不得他们赶紧走，有一两次，他都快要开口和莉迪亚说他们该走了。但是这很难，因为莉迪亚说话的时候好像被催眠了，而且尽管她的眼神经常会和查理对上，他有种诡异的感觉，就是她根本没有看见他。不过，后来来了一拨美国人，一共六个人，三个男人和三个姑娘，他们问现在吃晚餐会不会太晚了。老板娘看到这群人这么活跃，预测会赚到一大单，就让他们放心，她老公是厨子，如果他们不介意等，他们想吃什么就能给他们做什么。他们点了香槟鸡尾酒。他们出来是来享乐的，他们的欢笑填满了这间小餐馆。不过，莉迪亚的悲剧故事似乎围绕了她和查理坐的这张桌子，让它笼罩在一股神秘而阴险的氛围中，那群快乐的人的好兴致根本无法穿透；而且他们坐在角落，就他们俩，好像被一堵隐形的墙圈在里面。

"你现在还爱他吗？"查理终于问道。

"全心全意。"

她说话的时候极为诚挚，你不可能不相信她。这很奇怪，查理忍不住感受到一阵郁闷的颤抖传遍他的身体。她似乎和他属于不一样的人种。那种强烈的感情挺可怕的，让他觉得和她待在一起有些不适。他感觉有点像是他和一个人怪轻松地聊了一两个小时后，突然发现那人是个鬼魂。不过，有一件事让他感到困扰。过去这二十四小时里，他一直在想着这件事，不过他不想让她觉得他吹毛求疵，就没说。

"如果是这样，我就不得不去想，你怎么能忍受像赛雷尔那样的地方的。你就不能找点别的事赚钱吗？"

"要找很简单。"

"那我就不明白了。"

"审判后，人们对我都很好。我可以在大型商店做售货员。我还很会做针线活，我做过裁缝的学徒，我也可以去做这个。甚至还有一个男的愿意娶我，如果我愿意和罗伯特离婚的话。"

好像没什么别的可说的了，查理沉默了。她用两只胳膊撑在红白格桌布上，用两手托着脸。查理坐在她对面，她长时间用沉思的眼神凝视他的眼睛，仿佛是要看向他存在的深处。

"我想要赎罪。"

查理不解地盯着她。她说话的声音很微弱，却让他震惊。他产生了一种前所未有的感觉；就仿佛原本将世界用明亮、亲近的色彩涂绘的面纱突然间被扯碎了，他看入了骚动着、盘绕着的黑暗深处。

"你这到底是什么意思？"

"尽管我全身心地爱着罗伯特，但我知道他犯罪了。我感觉我现在唯一可以为他服务的方式就是去奉上我能想到的最可怕的堕落。我一开始想的是去一间军人、工人、大城市里那些下等人常去的妓院，可是我又害怕自己会同情那些穷人，他们匆忙地来、很少来

这种地方，但这里是他们残忍生活中唯一的快乐。赛雷尔的顾客是
有钱人，无所事事的人，坏人。在那里，我只会对用钱买我身体的畜
生产生憎恶和鄙视这类的感情。在那里，我的耻辱感就像一个化脓
的伤口，没有什么可以治愈。我必须穿的那些衣服野蛮又低俗，这
种羞耻感就算习惯了也不会减弱。我对受苦张开怀抱。我接受那
些男人对他们泄欲机器的鄙夷。我接受他们的兽性。我和罗伯特
一样，都身处地狱之中，我的苦难与他相连，而且我的苦难也许会让
他接受苦难更容易些。"

"可是他受苦，是因为他犯了罪。你没有错，却受够了苦。你为
什么要把自己置身于不必要的苦难呢？"

"罪恶必须要靠苦难来赎。以你这样英国人的冰冷本性，又怎
么能明白我看作生命般的爱是怎样的呢？我是他的，他是我的。如
果我不愿分享他的苦难，那么我就和他犯下的罪一样恶毒。我知道
我的苦难和他的一样，对为他赎罪来说都是必要的。"

查理迟疑了。他没有什么特殊的宗教情感。他成长的过程中，
人们教育他要信仰上帝，但没有教他去思考上帝。如果真那么做，
就——嗯，也不是不好，只是有些古板。他很难把心里的话说出来，
不过他发现就自己所在的处境，说最不自然的事几乎显得很自然。

"你的丈夫犯了罪，因此受罚。我敢说这没什么问题。但你不
会以为——一个仁慈的上帝会希望你为别人的错误赎罪吧。"

"上帝？这和上帝有什么关系？你该不会以为我看到这世上大
多数人都生活在悲惨中，还会相信上帝吧？你觉得我会信仰一个让
布尔什维克人杀死我可怜、单纯的父亲的上帝？你知道我是怎么想

的吗？上帝已经死了几百万、几千万年了。我想，当他带走永恒，让形成宇宙的这一系列活动开始时，他就死了，而人类这么多年来所追寻的、朝拜的存在，在他让人类生存成为可能的同时，就不再存在了。"

"可是，如果你不信仰上帝，我就不懂你是在干什么了。如果你相信一个残忍的上帝，必须以牙还牙、以眼还眼，那我可以理解。赎罪，你想你要做的赎罪，如果上帝不存在的话，是毫无意义的。"

"你确实是这么想的，是不是？里面没有逻辑。说不通。可是，在我内心深处，不，不仅如此，在我身体的每根纤维里，我都知道我必须为罗伯特赎罪。我知道这是唯一可能让他摆脱正折磨他的邪恶的方式。我不奢求让你觉得我说的有道理。我只是希望让你知道，我控制不了自己。我相信，以某种方式——我不知道哪种——我的屈辱、我的堕落、我那强烈无休止的苦痛，可以洗净他的灵魂，而且就算我们再也见不到彼此，他也会被交还到我身边。"

查理叹了一口气。这对他而言太奇怪了，奇怪、病态、烦人。他不知道该怎么理解这件事。他此刻面对这个有着疯狂妄想的陌生女人，难受程度到达顶峰；然而，她看起来这么普通，挺漂亮的一个小姑娘，穿得不太好；一个打字员或邮局里工作的姑娘。这时，在特里-梅森家，他们可能已经开始跳舞了；他们可能正戴着晚餐时从爆竹里跳出的纸帽子。有的帽子可能有点紧，但又有什么关系，这是圣诞节，没人会在意。槲寄生下，会有很多次亲吻，会有很多快乐，很多恶作剧，很多欢笑；他们肯定过得特别开心。那一切感觉很遥远，但是感谢上帝，它还在，正常、体面、理智、真实；这里则是个噩梦。噩梦？他在想，这个有着悲剧过往和悲惨生活的女人，她口中的上帝在创造这个广阔世界的同时就死了的话，到底有没有可能；他是死在了广袤的山脉上，还是陨落的星星上，或者说是被他创造的宇宙吸收了？还挺有趣的，如果这时你想到，特里-梅森小姐会在圣诞节早上召集起在家开派对的人一起去教堂。他自己的父亲也会帮助她。

"我自己也不大去教堂，但我觉得圣诞节还是要去一下的。我的意思是，这会是个好兆头。"

这是他想说的话。

"别这么严肃，"莉迪亚说，"我们走吧。"

他们沿着从缅因大道通往雷恩广场的肮脏又可怕的街道走，到了之后，莉迪亚提议去看场一小时的新闻片。这是那天最后一场了。然后他们喝了杯啤酒，就回酒店了。莉迪亚摘下帽子和围在脖子上的毛皮。她若有所思地看着查理。

"如果你想和我上床，是可以的，你知道吧。"她问他的语气，就好像在问他要不要去圆顶咖啡馆或多摩咖啡馆一样。

查理松了一口气。他的神经都在围着这个想法转。她和他说了这么多以后，他不可能碰她。他的嘴巴因为愤怒一时变得阴森；他真的不想花自己的钱让她玷污自己的肉体。不过，他那特有的礼貌让他没能说出即将脱口而出的话。

"哦，我想不了，谢谢你。"

"为什么不呢？我去那儿就是为了这个，你来巴黎也是为了这个，不是吗？你们英国人来巴黎不是都为了干这件事吗？"

"我不知道。不管怎么说，我不是。"

"那你是为了什么来的？"

"嗯，一部分原因是为了看画展。"

她耸耸肩。

"随你便。"

她走进洗手间。她就这样冷漠地接受了他的拒绝，让查理有点儿冒火。他以为她至少会称赞他的体贴。也许是因为她欠了他什么，至少有这二十四小时的住宿费，那么她提议的这件事，他接受也是他应有的权利；如果她感谢他的不感兴趣，也不会不合适。他有些愤然。他脱下衣服，等她从洗手间穿着他的浴袍回来的时候，他进去刷牙。他回来的时候，她已经上床了。

"我睡觉前读会儿书会打扰到你吗？"他问。

"不会。我背对着光。"

他带了一本布莱克。他开始读。不久后，从隔壁床上传来的莉迪亚安静的呼吸，他知道她睡着了。他继续读了一会儿，就关了灯。

查理·梅森就是这样在巴黎度过了他的圣诞节。

六

第二天，他们很晚才起来，等他们喝了咖啡，读了报纸（就像一对结婚多年的当地情侣），洗完澡并换好衣服，已经快一点了。

"我们可以一起去多摩咖啡馆喝杯鸡尾酒，然后一起吃午饭，"他说，"你想去哪儿？"

"在圆顶餐厅过去的另一条大道上有一间很好的餐厅。只是挺贵的。"

"哦，没有关系。"

"你确定吗？"她怀疑地看着他，"我不希望你为我破费。你对我一直很好。我害怕自己利用了你的善良。"

"哦，别说傻话！"他回答道，脸红了。

"你不知道这对我而言意味着什么，这两天。我休息得真好。昨晚是这几个月我第一次睡觉中途没有醒，也没有做梦。我感觉好清醒。我感觉好不一样。"

她今天早上看起来是好多了。她的皮肤更干净了，眼睛也更明亮了。她更活泼地仰起头。

"你给我的这个小假期真是太美好了。给了我很大的帮助。但我绝不能成为你的负担。"

"你不是。"

她笑了，略带些温柔的讽刺。

"你的家教很好，我亲爱的。你这么说真善良，我太不习惯别人对我说好话了，都让我想哭了。不过，你来巴黎毕竟是来享受的；你现在知道你和我在一起不大可能很愉快。你很年轻，就该享受你的年轻。青春是多么短暂啊。如果你愿意，就请我吃个午餐吧，我下午就回阿历克西家。"

"今晚再去赛雷尔？"

"我想是吧。"

她叹了口气，可她又忍住了，开心地耸耸肩膀，朝他明媚地笑。查理有些不确定，微微皱着眉，用痛苦的眼神看着她。他感觉很尴尬，觉得自己太强大了，而他容光焕发的健康、宽裕的生活条件，以及内心正冒着泡的好心情，在他看来，似乎是在以一种奇特的方式冒犯她。他就像个有钱人在向穷亲戚粗俗地展示自己的财富。她看起来很虚弱，是个穿着破破烂烂棕色裙子的瘦瘦的小不点，而且昨晚休息这么好，她现在看起来年轻多了，简直像个孩子。你怎么能不对她感到抱歉呢？而且当你想到她悲惨的故事，当你想到——哦，虽然很不情愿，因为那个故事太恐怖、太没意义，但又太让人感到不安，所以一直萦绕在你心上——她那个想要用自己的堕落来为丈夫的罪行赎罪的疯狂想法，你的心便会绞在一起。你感觉你根本不重要，而如果你在巴黎的假期，你是这样激动地盼望着，是场大失败——哎，你也只能忍耐。对查理而言，说出那些结结巴巴的话的人不是他，而是他体内的一股力量，不受他意志的管控而可以独立行事。当他听到那些话从他口中说出，他都不知道自己为何要这么说。

"我礼拜一上午才要去上班,我会一直待到礼拜天。如果你愿意在这儿一直待到礼拜天,我并不觉得有什么不可以。"

她的脸突然明亮起来,你也许会以为有一道偶然的冬日阳光游荡进了房间。

"你是认真的吗?"

"不然我也不会这么提议。"

就好像她的双腿突然失去了力量,因为她瘫倒在了椅子上。

"哦,这真是太好了。我可以好好休息了。会让我拥有新的勇气。可是我不能,我不能。"

"为什么不行? 因为赛雷尔?"

"哦,不是,不是因为那个。我可以给他们发个电报,说我得流感了。是这对你不公平。"

"那是我的事,不是吗?"

这让查理有点儿生气,因为这件事她显然非常希望发生,而他宁愿她不要接受,结果他还得劝她答应。不过,他不知道自己现在还能有什么别的办法。她用锐利的目光盯了他一眼。

"你为什么要这么做? 你不想要我的,不是吗?"他摇摇头。"我活着或死了,和你有什么关系呢,我开心还是不开心,又和你有什么关系呢? 你认识我还没有四十八小时。友情? 我对你来说就是个陌生人。同情? 你这个年纪同情别人做什么?"

"我希望你不要问我这些让我难堪的问题。"他咧嘴笑了。

"我想可能只是出于好心。他们总说英国人对动物很好。我记得我们有一个女房东,曾偷过我们的茶,她看到一条癞皮狗无家可归,就把狗带回来了。"

"要不是你这么小,我会因为你那句话打一下你的小脸,"他快活地回击,"就这么说定了?"

"我们出去吃午饭吧。我饿了。"

他们吃午饭的时候在说着些无关紧要的事,可当他们吃完,查理付完钱等着收零钱的时候,她对他说:

"你刚刚说我可以一直待到你离开,是认真的吗?"

"当然。"

"你不知道这对我而言将是多大的恩惠。我无法告诉你我多么希望你说的是认真的。"

"那你为什么不接受?"

"因为你会无聊的。"

"嗯,是有点儿,"他坦诚地说,但脸上浮现出迷人的笑,"但是会很有趣。"

她笑了。

"那我去阿历克西家拿些东西。至少要拿根牙刷,再拿点干净的袜子。"

他们在车站分手,莉迪亚去坐地铁了。查理觉得可以去看看西蒙在不在家。他问了两三次路之后,找到了第一田园大街。西蒙住的这个房子高大而肮脏,百叶窗上的木头在剥落的油漆下变成了灰色。他把头伸进看门人的小房间时,差点被扑面而来的闷热空气撂倒,那里面还有食物和人体的臭味,一道袭击他的鼻孔。一个小个子的老女人穿着宽大的裙子，头包裹在脏兮兮的红色围巾里，用粗哑而愤怒的语调告诉他西蒙住在哪儿，就好像她特别烦他在这个时候打扰她，而当查理问他在不在家时，她让他自己去看。查理跟着她指的方向，穿过肮脏的庭院，沿着一道狭窄楼梯爬上楼，空气里有尿的酸臭味。西蒙住在二楼，查理按响门铃后，他开了门。

"嗯。我还在想你怎么样了呢。"

"我打扰到你了吗？"

"不会。进来吧。你最好别脱大衣。里面不是很暖和。"

确实。冷死了。这是个工作室，有一面朝北的大窗户，还有个炉子，但西蒙，显然刚刚一直在工作，因为中间的桌上摊满了纸，他忘了要加煤炭，因为火都快灭了。西蒙拉了一把破旧扶手椅到炉子边上，请查理坐下。

"我再加点煤吧。很快就会暖和了。我自己不觉得冷。"

查理发现扶手椅有一根弹簧坏了，坐起来不是非常舒服。工作室的四面墙是冷冰冰的青灰色，看起来也好多年没有上过油漆了。墙上唯一的装饰是用图钉别好的几大幅地图。还有一张狭窄的铁床，没有铺。

"看门人今天还没上来过。"西蒙说，看到了查理在看什么。

这间工作室里除了一张大餐桌，二手的，西蒙在上面写东西，几个放了书的书架，一把他们在办公室用的那种椅子，两三张上面堆满书的厨房用椅，以及床边一小条破破烂烂的毯子外，就没别的东西了。这里没有一丝喜气，从朝北窗户里透进来的冬日冰冷的阳光给这邋遢的场景又添一份阴郁。路边车站的三等等候室看起来也不会更不招人待见。

西蒙朝炉子拉了把椅子,点燃一根烟斗。他脑子转很快,一下就猜到这环境会对查理产生的影响,苦兮兮地笑了。

"不是很豪华,是吧?可我不想要豪华。"查理没有说话,西蒙颇为冷酷地用鄙视的眼神看着他。"甚至都不舒服,但我不想要舒服。没人该靠舒服活。这个陷阱已经有很多人上当了,你会觉得那些人本该更理智些。"

查理也不是一丝恶意也没有,但他不允许西蒙让恶意战胜他。

"你看起来又冷又憔悴,还很饿吧,兄弟。要不要打车去丽兹酒吧,坐在温暖舒适的扶手椅上吃点煎蛋培根?"

"见鬼去吧。你和奥尔加怎么了?"

"她叫莉迪亚。她回家去拿牙刷了。她在我回伦敦前会一直和我待在酒店里。"

"那个小淘气。很成功吧?"两个年轻男子看着对方,过了好一会儿。"你没有爱上她吧,是不是?"

"你为什么要让我们见面?"

"我觉得这样应该挺好玩的。我感觉让你和一个臭名远扬的杀人犯的老婆上床,会给你一种全新的体验。而且和你说实话吧,我感觉她会喜欢你的。要是她真的喜欢你,我会笑成鬣狗的。毕竟,你和贝尔热是一类人,不过好看一点点。"

查理突然想起他们在午夜弥撒后一起吃晚餐时莉迪亚说的一句话。他当时不懂莉迪亚是什么意思,但他现在明白了。

"要是你知道她猜到了,你会惊讶的。我恐怕你不会笑成鬣狗了。"

"我和你们在圣诞夜告别之后，你们就一直在一起了吗？"

"是的。"

"确实像你做的事。你看起来不错。有一点苍白，也许。"

查理努力不去注意自己。他坚决不要让西蒙知道他和莉迪亚的关系纯粹是柏拉图式的。这只会让他嘲笑他。他会觉得查理的行为太过感情用事，是可鄙的。

"我觉得你这样不让我知道任何情况，就这么和她走，并不是个很好的玩笑。"查理说。

西蒙对他笑了，笑得都有些扭曲了。

"这正中我的笑点。你回去和你父母就有东西说了。不管怎么样，你也没什么好抱怨的。结果证明很好。奥尔加懂活儿，会让你很舒服的，而且她又不傻；她读过很多书，谈吐比很多女人好多了。就当是人文教育，我的男孩。你觉得她和以前一样爱她丈夫吗？"

"我觉得是的。"

"真神奇啊，人类，不是吗？他是个可怕的恶人，你知道吧。我想你已经知道她为什么会在赛雷尔了吧？她想要赚到足够的钱帮他逃跑；然后他们就在巴西会合。"

查理有些窘迫。当她告诉他，她去那儿是为了给罗伯特赎罪时，他相信她了，而且尽管这个想法对他而言有些夸张，但不知怎地，还是有点打动他。想到她可能和他撒了谎，这有点太震惊了。如果西蒙说的是真的，那么她就是在戏弄他。

"我为我们报社报道了审判过程，你知道吧，"西蒙继续说，"这件事在英国造成了不小的轰动，因为贝尔热杀死的是个英国人，所以他们就给了很多版面。这对我而言轻而易举；我之前从没参加过法国的谋杀审判，我还挺想去看看的。我去过老贝利①，很好奇他们的方法和我们的有什么不一样。我写了一份很详尽的报道；我这里有；如果你想看，我拿给你看。"

"好的，我想看看。"

"这场谋杀案在法国也引起了很大的轰动。你瞧，罗伯特·贝尔热并不是什么强盗。他也算是个绅士了。他们家族的人都很体面。他受过良好的教育，英语也讲得挺不错的。有份报纸还称呼他为'贵族大盗'，这个说法很快流行起来；它引起了公众的兴趣，让他成了个名人。他长得也好看，有自己的特色，还年轻，只有二十二岁，这也有用的。女人都为他发疯了。上帝啊，进到审判厅的路真是人挤人啊！他进到法院的时候，人们的反应很激烈。他由两个警卫带进来，让报社摄影师在法官进来之前拍点照片。我从没见过这么冷静的人。他穿得还蛮好的，知道怎么穿衣服。脸刮得很清爽，头发非常整洁。发型也不错，深棕色的头发。他朝摄影师微笑，这边那边转动身体，按他们说的做，所以他们都能拍到他比较好的一面。他看起来像是个很有钱的年轻人，你也许会见到这样的人在丽兹酒吧和一个姑娘在一起。想到他竟是这样的恶棍，我简直要发笑。他生来就是罪犯。当然，他的家人没有钱，不过他们也没饿肚子，我也不觉得他会真的缺个一百法郎。我给一家周报写过一篇关

145

---

① 英国伦敦中央刑事法院的俗称。

于他的还不错的文章，法国媒体印了些选段。对我在这里还是有点好处的。我认为，他犯罪就像一种娱乐方式。明白吗？效果不错，虽然有些搞笑。他几乎可以称作一流的网球选手，还有传言说他接受过锦标赛训练，可是非常奇怪，尽管他在普通比赛中都打得非常好，他发球强，上网动作快，但一到锦标赛，就总是输。那就不太对劲了。他没有伟大网球运动员必须具备的耐力、决心或者随便什么东西。有趣的心理学问题，我是这么想的。不管怎样，他网球职业生涯的结束，是因为只要有他在场，更衣室的钱就开始不见，而且尽管从来没有人证明他就是小偷，但是相关人员都挺确定他就是犯人的。"

西蒙再次点燃烟斗。

"罗伯特·贝尔热身上有一点让我特别触动，就是他将勇气、沉着和魅力集于一身。当然，魅力是无价品质，可是并不经常与勇气和沉着为伍。有魅力的人通常是懦弱、优柔寡断的，魅力是大自然给予他们应对自身缺点的武器；有魅力的人我是绝对不会信任的。"

查理颇为顽皮地看了自己朋友一眼；他知道西蒙是在鄙视他自己所不具有的特质，好让自己确信那种品质和他已经有的相比无足轻重。但是他没有打断他。

"罗伯特·贝尔热一点也不懦弱或是优柔寡断。他差点就躲过谋杀案的刑罚了。警方能抓到他也是动了不少脑子的。他们做事没什么刺激或惊人的地方；他们就是很全面，很有耐心。也许意外也帮了他们一点忙，不过他们也足够聪明，知道利用偶然。人们应该时刻准备着利用意外，你知道吗，可是这样做的人很少。"

西蒙的眼睛里一阵空白袭来，查理又一次知道他想到了自己。

"莉迪亚没有告诉我警察一开始是怎么怀疑上他的。"查理说。

"他们第一次审讯他的时候，完全不知道他和这场谋杀案有关。他们在找的是更强壮的人。"

"乔丹是什么样的人？"

"我从没见过他。他是个坏蛋，但他有自己的本事。每个人都喜欢他。他随时都会请你喝一杯，如果你没钱，他也不会介意花钱。他是个小个子的家伙，当过赛马骑手，不过在英国被禁赛了，后来才发现他因诈骗罪在苦艾丛监狱蹲过九个月。他三十六岁，在巴黎十年了。警方怀疑他涉嫌毒品交易，但从来没在他身上搜到过赃物。"

"可是警方怎么会想到审讯贝尔热呢？"

"他是乔乔酒吧的常客。乔丹都是在那里吃饭。那个地方是赌注登记经纪人、骑手、卖赛马情报的人还有赛马人这些家伙喜欢光顾的隐蔽会所，我们记者把这种人统称为烦人精，所以警方自然是能多问一个是一个。你瞧，乔丹那晚和一个人有约会，后来确实餐盘上有两个杯子和一块蛋糕，他们想他可能会留下线索，透露他是和谁有约会。他们有个挺精明的怀疑，就是他是个同性恋，也很有可能乔乔酒吧的人看到过他和谁一起出没过。贝尔热和乔丹的关系挺好的，酒吧老板乔乔告诉警方，他有几次看到他讹了赌注登记经纪人的钱。贝尔热曾因将海洛因从法国走私到比利时遭到控诉和审判，两个和他一起被抓的去蹲牢子了，但他不知怎么回事逃过去了。警方知道他肯定有罪，而如果乔丹涉嫌贩毒，也是因此而殒命，他们觉得贝尔热很可能知道谁是凶手。他是个混蛋。他还犯过别的事,偷汽车,被判了两年的缓刑。"

"是的,我知道。"查理说。

"他的手段简单又聪明。他会在大商店附近等着开雪铁龙的人来,巴黎春天或者波马舍百货之类,那些人会把车停在路缘上,进入商店。然后,他就会走过去,胆大包天,就好像他刚从商店里出来,跳到车里,把车开走。"

"可是那些人不锁车的吗?"

"很少锁。而且他有一些雪铁龙的钥匙。他总是专注于一种型号。车子他会用上两三天,然后随便停在哪儿,如果他再要用车,就再来一次。他偷过十几辆。他从来不会试着卖掉,只是在有特定需要的时候借用一下。我文章的灵感也是来源于此。他偷车,是因为这个事情很好玩,是为了让自己的大胆与机智有用武之地。审判时还揭露他另一个绝妙的逃脱方式。就在商店关门的时间,他会开着车在公交车站附近晃,看到等公车的女人,就问她要不要搭便车。我想他应该挺会看人的,知道哪种女人会接受一个长得不错的年轻男士邀请。嗯,女人上车,他会开到她想去的地方,当他们来到一条或多或少比较僻静的街上,他就会把车停下来。他会装作车无法起动了,让女人下车,去打开车篷,轻拨汽化器,他呢,则会按下自起动开关。女人就这么做了,把自己的包和袋子都留在车上,等到发动机启动了,她打算再上车时,他就把车飞速开走,在她还没意识到他想干什么之前,就不见了。当然,有不少女人去报警抱怨这个事,可她们都是在黑暗里看到的他,所能说的只是他是个开着雪铁龙长得好看举止又绅士的年轻男子,说话声音好听,警方所能做的,也只是告诉她们,接受一个长得好看举止又绅士的年轻男子邀请坐顺风车是非常不明智的。他从未被抓住。审判时,结果表明,在这些交易中,他通常可以捞到不少钱。

"反正有几个警察去找他了。他不否认,在谋杀案发生当晚,他去过乔乔酒吧,和乔丹在一起过,可他说他大概十点就走了,之后就没见过他。聊过几句之后,他们请他去警察局。负责前期流程的警官并不知道——你要注意——贝尔热就是凶手。他觉得很难确定乔丹是被他带到公寓的暴徒,还是贩毒团伙里可能受他欺骗的某个成员所杀。如果是第二种情况,那么他就可以通过或哄或骗,或动手或恐吓,让贝尔热交代一些可疑的迹象,帮助警方找到他们要抓的人。

"我想办法采访到了警官。他是个叫卢卡斯的家伙。这种人你不会觉得他是干这行的。他又高又胖,还很和善,脸红通通的,大胡子,亮闪闪的黑色大眼睛。他天性活泼快乐,你会愿意下大注赌他最开心的事就是吃顿好的晚餐,再喝一瓶红酒。他是米迪①人,口音很重。他笑起来声音厚重而欢乐。就外表看来,他友好,待人亲切,心地善良,你会愿意与他吐露心事。事实上,他确实很容易让嫌疑人供认不讳。他体力极佳,能一口气主持调查长达十六个小时。在法国没有美国那种逼问,不会打犯人,我的意思是,在牙齿上钻洞之类的,好让犯人招供;他们只会把人带到房间,让他站着,不让他们抽烟,也不给他们任何东西吃,他们只会问他问题;他们一直问一

---

① 法国南部地区。

直问，他们抽烟，而他们饿了的话，就让人把饭送进来；他们彻夜审讯，因为知道，人在夜晚的抵抗能力是最低的；如果他是有罪的，那么到了早上，他得意志非常坚定，才不会为了一杯咖啡或一根烟而招认。警官没有从贝尔热口中得到任何信息。他承认，有一次他和海洛因走私犯走得很近，可他坚称自己被审判和无罪释放的那件案子里，他是无辜的。他说他在年轻的时候做过傻事，可是已经长记性了；毕竟，他只是会借个两三天的车，带女孩子出去，这不是非常严重的罪，而现在他成家了，已经改邪归正。至于毒贩子，审判后，他就和他们没关系了，他并不知道泰迪·乔丹和他们有牵连。他告诉警官，他非常爱自己的妻子，他最害怕的就是让她知道自己的过去。为了她，也为了他自己和他的母亲，他下定决心将来要过上体面、受人尊敬的生活。那个乐呵呵胖乎乎的男人继续问问题，不过他提问的方式是那么友好，充满同情心，让你觉得——我以为——他不会对你造成任何伤害。他为贝尔热这么好的决心鼓掌，他祝贺他因为爱娶了一位贫穷女孩，他希望他们可以生下几个孩子，不仅为家庭做点缀，也能让父母安心。可是，他手上有贝尔热的卷宗；他知道在海洛因的那个案子里，尽管法庭拒绝定罪，他显然是有罪的，而且就他那天的调查显示，他已经被从经纪人办公室解雇了，之所以逃脱惩罚，是因为他的母亲把他挪用的公款还了回去。他结婚后就过着诚实守信的生活，这也是个谎话。他问他经济状况如何。贝尔热承认，他们生活困难，不过他的母亲有点钱，很快他也会找到工作，到时他们就好了。那零花钱呢？时不时地，他会去赛马，把顾客介绍给赌注登记经纪人并从中抽取佣金，他也是因为这个原因才和乔丹变熟的。有时候，他就将就着对付点。

"'事实上，'警官说，'他被杀的前一天，你说你没钱了，从乔丹那边借了五十法郎。'

"'他对我很好。可怜的家伙。我会想念他的。'

"警官用他友好的亮闪闪的眼睛看着贝尔热，他觉得他并不讨厌。有可能吗？不，瞎说。他有种感觉，贝尔热说他和那些毒贩子划清了界限，是在撒谎。毕竟他缺钱，而毒品交易可以赚不少钱；贝尔热混迹在瘾君子中间。警官有种印象，尽管他不知道自己是根据什么下的判断，就是贝尔热如果不知道凶手是谁，那他应该也有怀疑的对象：当然，他是不可能说的，不过如果他们在纳伊区的房子里找到偷藏的海洛因，他们就可以逼他招出别人。警官很会看人，他相当确定贝尔热会为了自己出卖朋友。他决定他先押着贝尔热，然后在他有机会处理掉东西前先把他房子搜一遍。出于同样的考虑，他问他那晚的动向。贝尔热说他从纳伊区到酒吧已经挺晚了，他是走到乔乔酒吧的；他发现有很多赛马散场后的人在里面。人家请他喝了两三杯，而乔丹，那天手气不错，说要请他吃晚饭。吃过饭之后，他又待了一会儿，可是里面烟味太重，让他头疼，他就到大道上散了会儿步。然后大概到了十一点，他回到酒吧，一直待到回纳伊区的最后一班车。

"'事实上，你离开的时候正好可以杀了那个英国人。'警官半开玩笑地说。

"贝尔热破口大笑。

"'你该不会就因为这个指控我吧？'他说。

"'不，没有。'另一个笑道。

"'相信我，乔丹的死对我来说也是一种损失。他被杀前一天借给我的五十法郎不是他借我的第一笔钱。我并不是说自己很讲道德，可他喝了几杯之后，从他那儿拿点钱不难。'

"'不过，他那天还是赚了不少，而且尽管他离开酒吧的时候没醉，但他心情很好。你可能会想，一次又一次地拿五十法郎，还不如一次拿个几千法郎来得更划算呢。'

"警官这么说更多的是在开玩笑，而不是因为他觉得有什么猫腻。而且他觉得让贝尔热知道他也是嫌疑人的可能之一，也不是什么坏事。如果他有凶手的线索，这么说肯定不会让他更排斥告诉我们凶手的名字。贝尔热把口袋里的钱拿出来放在桌上。不足十法郎。

"'如果我偷了可怜乔丹的钱，那么你觉得我口袋里只有这么点儿吗？'

"'我亲爱的孩子，我没有觉得什么。我只是说你有时间去杀乔丹，而那钱对你而言也有用而已。'

"贝尔热朝他一笑，依旧坦诚，让人放下疑虑。

"'这两件事，我都同意。'他说。

"'我实话和你说吧，'另一个人说，'我并不觉得是你杀了乔丹，但我挺确定，如果你不知道是谁干的，你至少会有怀疑的对象。'

"贝尔热不承认，而且尽管警官一直给他施压，他也坚持表示他没有怀疑对象。时间已经很晚了，警官觉得还是第二天再继续，他觉得让贝尔热在监狱里待一晚也会让他重新思考一下自己的处境。贝尔热之前被逮捕过两次,知道反抗无用。

"你知道毒贩子会无所不用其极地藏毒品。他们把毒品藏到凹陷的拐杖里,藏到鞋跟里,藏到旧衣服的针线里,藏到床垫枕头里,藏到床架里,每一个你能想到的地方,不过警方对他们的伎俩太熟悉了,我可以和你打赌,赌多少都可以,如果纳伊区的房子里藏了什么,警方一定会找到的。他们什么都没找到。可是当警官在搜莉迪亚的卧室时,他们找到了一个梳妆盒,他突然想到,这种贵重的东西对于普通阶层的女人而言,是不可能拥有的。她手上戴的表似乎价值连城。她说是她的丈夫送给她梳妆盒和表的,警官就在想,如果去查清楚他是怎么有钱买到这两个东西的,应该会很有趣。回到办公室的途中,他做了审讯,很快就发现有好几位女士都报过案,说有个开着雪铁龙邀请她们搭便车的年轻男子偷了她们的包。其中一个女人所留下的陈述中就提到了一个梳妆盒,和莉迪亚的那个相符;还有一个人说,她包里有一块金表,是哪家制造商的。这个制造商的名字也出现在了莉迪亚的表上。很显然,警方一直没能逮到的神秘的年轻男子就是罗伯特·贝尔热。这并不能让乔丹谋杀案的真凶快点浮现,但是这让警官又多了一个武器来逼得贝尔热坦白。他把他叫到房间,问他这梳妆盒和手表是哪儿来的。贝尔热说一个是从缺钱的妓女手上买的,一个是从酒吧里遇到的一个男人手上买的。这两个人的名字他都不知道。这两人都是他偶然间搭上话的,只见过那一次。于是警官正式以偷窃罪逮捕他,告诉他第二天他将和他确定是这两件物品失主的女人对质,并告诫他,为了减少麻烦,他还是赶紧认罪的好。可是贝尔热坚称自己没说谎,在律师到来之前拒绝回答更多问题,因为根据法律,既然他已经被逮捕了,那么在审讯过程中,他是有请律师的权利的。警官只能默认此言不虚,那晚的审讯就结束了。

"第二天早上,那两个案件相关的女人来到警官这边,很快就认出了给她们看的物品。贝尔热被带进来,她们中的一个一下认出他就是那个邀请她搭顺风车的有礼貌的年轻男子。另一个人不大确定;她接受他送她回家的邀请时是在晚上,她没有看清他的脸,不过她觉得自己应该能认出那人的嗓音。贝尔热被下令读几行报纸中的句子,他还没念几个字,那个女人就大叫她很确定就是这个人。我想告诉你,贝尔热的声音非常温柔,有抚慰人心的感觉。女人得到允许离开,贝尔热被带进了监狱。梳妆盒和手表在警官面前的桌子里,他发呆地看着他们。突然,他的表情变得更急切。"

查理打断他。

"西蒙,你是怎么知道的?你是在编故事。"

西蒙笑了。

"我是做了些戏剧化处理。我是在和你说我在第一篇文章里写的东西。我必须得尽可能从中写出个好故事,你知道吧。"

"请继续说。"

"然后,他就叫来一个手下,问他贝尔热被逮捕的时候手上有没有戴手表,如果戴了,就把表拿来。要记得,所有都是在后来的审判中才水落石出的。警察把贝尔热的表拿来了。是个冒牌的金表,我记得是用一种叫'奥里乌'①的金属做的，表盘是圆的。媒体描述了很多乔丹谋杀案的细节；比如他们说行凶的刀没有找到，而且很巧的是，一直都没找到；他们说警方没有发现任何指纹。你会觉得在乔丹装钱的皮夹或者门把手上应该会有指纹；当然，他们就此推断凶手是戴了手套的。不过他们没有说——因为警方做好了保密工作——他们在案发现场用很细的梳子搜查的时候，发现了一块手表表面玻璃的碎片。这不可能是乔丹的表上的，也不需要一定是凶手表上的，可是确实有可能，出于这样或那样的原因，在紧张或情急之下，凶手不小心撞到了某件家具，就把手表撞碎了。那种时刻他不可能会发现这种事。他们没有把所有碎片都找到，但也足够推断碎片所属的这块表是小的，而且呈椭圆形。警官把碎片放在一个信封里，很小心地用纸巾包住，现在他把碎片在面前展开。它们可以和莉迪亚的表完美适配。也可能只是巧合；人们用的这样大小和形状的手表有成千上万种。莉迪亚的表有玻璃。可是，警官在沉思。他在心里反复掂量各种可能的情况。感觉都太不可思议了，他不由得耸了耸肩。当然，在贝尔热所说的在大道散步的那段时间里，至少四十五分钟，他有足够的房间到达乔丹的公寓，只要十分钟的路程，杀人，洗手，把自己弄干净，再走回去；可是他为什么要戴他妻子的手表呢？他自己也有一块。当然，他自己的表可能坏了。警官若有所思地点点头。"

查理笑了。

---

① 原文为 aureum，应该是一种合金。

"真的啊，西蒙。"

"闭嘴。他下令让便衣警察以贝尔热一家在纳伊区的房子为圆心，把方圆两英里内的每个钟表店都查一遍。他们要去问在过去一周有没有哪个钟表匠修过一个仿金手表，或者把玻璃安在一块小表面、椭圆形的女士手表上。不出几个小时，就有一个人回来报告，说找到一个钟表匠，距离贝尔热家不足四分之一英里，就修过一个描述中的手表，表已经被人领走了，同时，这个顾客还带了另一块手表让上玻璃。他当场就修了，半小时后，她就来取了。他不记得那个顾客长什么样，但是他感觉她说话有俄国口音。这两块表被拿来给钟表匠看，他说这就是他修的那两块。警官面露喜色，就好像在马赛旧港把一大盘法式杂鱼汤放在他面前，他会笑出来的样子。他知道他找到了他要的人。"

"怎么解释呢？"查理问。

"和字母表一样简单。贝尔热的表坏了，借了他给莉迪亚的。她基本不出门，所以用不着。你必须要记得，那段时间她是个安静、端庄，还有些害羞的女孩，自己没有什么朋友，我得说还有些没精打采的。审判时，有两个人发誓说注意到贝尔热戴过表。乔乔，作为警方的线人，知道贝尔热是个小偷，就在想他是怎么拿到那块表的。他很随意地问起贝尔热有了块新表，他说那是他夫人的。莉迪亚在谋杀案第二天早上去钟表匠那儿取了她丈夫的手表，而且很自然，既然都到那儿了，就给自己的表装了一个新的表面。她从没想到要提这件事，而贝尔热也从不知道他把那块表弄坏了。"

"可你的意思不是他就因为这个就被定罪了吧？"

"不是。但也足以让警官指控他是谋杀案凶手。他想的是,后来也证明确实没想错,新的证据总会出现的。在每一次审讯过程中,贝尔热的反应都无比精明且镇静。对于所有有证据的事他都承认,不再否认自己就是偷了那些女人包的人,他承认就算在他被定罪后还是一有需要就去偷车;他说这件事做起来太简单了,他无法拒绝诱惑,而且其中的风险也很对他爱探险的胃口;可他矢口否认他与谋杀案相关。他声称那些玻璃碎片和莉迪亚的手表相符的事实什么也证明不了,而且她对天发誓,是她自己把手表盘摔碎的。最后显然给配备了的该案件的刑事预审法官很困惑,因为肯定被贝尔热偷走了的钱一点下落都没有,事实上,这钱就一直都没找到过。另一件奇怪的事情是,贝尔热那晚穿的衣服上并没有一点血渍。刀也没有找到。事实证明,贝尔热有一把,在他经常混迹的圈子里,这很常见,可是他发誓那把刀他自己一个月前就丢了。我告诉过你侦探的活儿干得不错。被偷的车上和被偷的包上都没能发现指纹,这些包他拿走里面的东西之后肯定就随手扔到街上了,有一些最终还到了警察的手里,所以很显然他是戴了手套的。在他的物件里有一双皮质长手套,可是他不大可能戴着手套去见乔丹,而在发现尸体的地方,迹象表明乔丹是在换唱片的时候被袭击的,那么贝尔热显然也不是在乔丹让他进房间的时候就杀了他。另外,这副手套太大了,不可能放在口袋里,而如果他在酒吧就戴了,那么肯定有人会发现。当然,贝尔热的照片被登在所有报纸上,好不容易才让媒体帮了他们一个忙。他们说,如果任何人记得曾在某某日期卖了一双手套——也许是灰色——给一位穿灰西装的年轻人,就到警局报案。

媒体还搞挺大的;他们又登了一次照片,配上标题:'你把手套卖给杀害泰迪·乔丹的凶手了吗?'

"你知道的,有件事一直让我感觉很震撼,就是人们跟恶魔似的,总想着把别人给出卖掉。他们假装这是公共精神,我一个字都不相信;我甚至都不相信——至少通常说来确实如此——这是人们对臭名昭著的渴望;我感觉这是人性本质上能从伤害别人的过程中得到快感。你当然知道,在英国,财政部和王室讼监①应该是有很好的间谍系统,去发现偷税漏税和离婚案里的私通,等等。好吧,反正这里面一句真话都没有。他们完全依靠匿名信。太多人一看到机会去搞垮那些想逃跑的人,就会第一个冲上去。"

"这个想法太让人伤心了。"查理说,可又欢快地加了一句,"我只能希望你是在夸张。"

"好吧,反正一个在特华卡提百货公司手套部上班的女人站出来了,说她记得在谋杀案发生当天卖了一双灰色天鹅绒手套给一个年轻男子。这个女人大约四十岁,还挺喜欢他的长相的。他非常在意那双手套和他的灰色西装搭不搭,他想要大点儿的,这样戴起来容易些。贝尔热和其他数十个男子排成一排给她认,她立刻认出了他,但他的律师表示,这很简单,因为她刚在报纸上看过他的照片。然后,他们抓到了贝尔热一个不老实的朋友,说他在案发当天见到过他,没朝大道走,而是往可能带他去往乔丹家的方向去了。他和他握过手,发现他戴了手套。可是,那个目击者是个十足的流氓。

---

① 由财政部的法律顾问官担任,在检察总长的指导下对遗嘱验证、离婚和海事等案件代表政府进行监督。

他过去犯下的事很难看,贝尔热的律师在审判时对他发动激烈的攻击。贝尔热否认在那晚见过他,他的律师想让陪审团相信,这个男的捏造了整个故事,就是为了搞好和警方的关系。该死的是那条裤子。报纸里花了很大篇幅去写贝尔热那些精致的衣服,衣品极高的歹徒之类;你看到这种话,还以为他是在萨维尔街买的西装,在夏尔凡买的衬衫。原告律师急于证明他特别缺钱,他们就去了卖东西给他或他们家的店家,去查他们那里有没有催过未结清的账。可事实是,家里买的所有东西都是当场付的钱,也没有特别大额的欠款。至于衣服,贝尔热失去工作后就只买过一套西装。询问裁缝的侦探问这套西装是什么时候买的,裁缝翻了账本。这个会做广告的裁缝生意做挺大,顾客可依照尺寸定制,价格较为低廉。就是在这个时候,他们才发现贝尔热多定了一条和西装上衣相配的裤子。警方列举了他衣柜里的所有衣服,这条裤子没在里面。他们很快意识到事情的严重性,决定在审判开始前,都把这一点当作秘密保守住。

"相信我,当原告律师提到这点时,真是个激动人心的时刻。显然,和贝尔热那件灰色西装上衣相配的裤子有两条,而有一条不见了。当他被问到这点时,他甚至都没试图回答。他看起来一点也不慌乱。他说他不知道裤子丢了。他指出,他已经有几个月没看过衣橱了,这期间他一直在监狱里等待审判,当他被问到你要如何解释裤子不见这件事时,他轻率地说也许哪个警官在搜他房子的时候缺一条新裤子,就把裤子顺走了。可是贝尔热夫人准备好了一个解释,我必须说这个解释简直太聪明了。她说一直是莉迪亚负责熨裤子,罗伯特穿过都是她来烫,熨斗太烫了,她把裤子烫坏了。他对衣服很计较,买西装的钱对她们而言又难凑,她们知道他会生爱人的气,贝尔热夫人不想看到她被责怪,也看到她有多害怕,就说不要告诉他好了;她会把裤子扔了,罗伯特可能就永远不会发现裤子不见了。被问到她把裤子怎么着了的时候,她说有个流浪汉上门乞讨,她就把裤子给他了。他们问到烫坏的大小。她声称烫坏的部分让裤子没法再穿了,当检察官指出可以织补,她回答说这样花的钱比裤子本身还多。他接着表示,像他们家这样拮据的生活条件,贝尔热也许可以在家里穿;与其扔掉一件可能还有用的衣服,冒险让他不高兴肯定要好一点。贝尔热夫人说她从没想过可以这样,她们冲动之下就给了流浪汉。原告律师告诉她,她之所以要丢掉,是因为裤子上沾了血,她并没有把裤子给正巧出现的流浪汉,而是自己毁了它。她愤怒地表示否定。那现在流浪汉呢?他会看到报纸上的这个案子,知道一个人的生命正遭受威胁,他肯定会现身的。她转身面对媒体,双手一摊,动作夸张。

"'让这些先生们,'她厉声道,'把这个消息传播出去。让他们乞求他出现,来解救我的儿子。'

"她在证人席的表现太棒了。检察官将她置于无情的拷问之下;她发了疯似的争辩。他带着她回顾了小贝尔热的生活,她承认他犯下的所有错,从网球俱乐部那段故事,到他从经纪人办公室偷钱,还说那个经纪人心很善,在贝尔热被定罪后,还又给了他一次机会。她说这都是她自己的错。和英国刑事法庭上的证人相比,法国证人被给予了大得多的自由度,她猛烈地自责,承认是自己对儿子的溺爱宠坏了他,让他犯了错。他是独生子,她把他宠坏了。她的丈夫在战争中失去了一条腿，而在战火中受伤的丈夫，状况很不好，她必须一刻都不放松，把精力全部都放在照料他上，这样一来，她就未能尽到做母亲的责任。丈夫不合时宜的离世，让这可怜的男孩没人照料。她不断强调当死亡夺取他们这个小家庭的一家之主时，给他们两人带来了巨大悲痛，想以此博取陪审团的同情。后来，她的儿子成为她唯一的慰藉。她说他是个心气高、固执任性又容易被坏朋友带偏的人，可他又充满深情，无论犯过多少错，都不可能会杀一直以来都好心对待他的人。

"不过不知为什么，她并未能给人留下一个好印象。她一直在说自己有无法推脱的责任，强调的方式让人烦躁。尽管她是在为自己的儿子辩护，可她不会放过任何一个提醒审判员她是一个参谋的女儿这一事实。她穿得很精致，一身黑，也许太精致了，给你感觉她像是在试图生活在比她现在更好的阶层；而且在她坚强、果决的脸上有一种算计的表情；你不可能相信她会把面包皮——更别说一条裤子，哪怕裤子坏了——给到一个乞丐的。"

"那莉迪亚呢？"

"莉迪亚挺可怜的。她更亲切。她的脸都哭肿了，她的声音一直都像在说悄悄话似的，你刚刚好可以听到她说了什么。没人相信是她自己把手表表面摔坏了的这个故事，不过原告律师对她并不像对她婆婆那样步步紧逼；她明显就是一场残忍命运下的无辜受害者。贝尔热夫人和罗伯特为了自己的目的无情地利用了她。审判员觉得她为了丈夫做任何力所能及的事都很自然。当她说他对她有多么好、多么甜蜜的时候，还有些感人。在那一群证人、警察和侦

探、监狱看守、逛酒吧的顾客、线人、恶棍、心理专家——他们还叫上
了一些专家给贝尔热做心理检查，并就他的性格绘制了一幅漂亮侧
写——在所有那些人中，她好像是唯一一个感觉还有人类情感的。

"他们找到了勒莫瓦纳先生来为贝尔热辩护，他是法国律师界
最好的刑事律师之一；他个子很高，身材瘦削，长脸，面色蜡黄，黑色
的眼睛非常大，一头厚重的黑发。他是我见过最能说的人。他穿黑
色长袍，下巴下面有那一条白色带子的时候，形象非常威严。他的
声音低沉有力。他会让你想起——我也不知道为什么——隆吉①
画里的神秘人物。他既是个演员，又是个演说家。他用一个眼神就
能展现他对一个人人品的判断，用一处停顿，就能让人知道他不相
信一个人的言论。我真希望你可以见识一下他是以怎样的技术应
对敌方证人，以怎样温和的态度向对方发动猛攻、让他们自相矛盾，
以怎样嘲讽的语气揭露对方的卑鄙，又怎样戏谑他们所做的伪证。
他可以轻而易举地说服别人，也可以残暴无情。当心理专家证明在
对贝尔热经过反复调查后，得出这样的结论——他虚荣、傲慢且撒
谎成性、凶恶、没有道德感、肆无忌惮还不知悔改——他和他们理论
起来就也像个心理学家。观察他精妙的大脑如何运作真是趣事一
桩。他说话一般用一种很随和、像聊天一样的语调，不过也因他可
爱的嗓音和选择的漂亮词汇变得丰富；你感觉他说的一切都可以直
接不加改动地放到书里；不过当他总结陈词，把所能用的资源都用
上时，那种效果才是相当惊人的。他坚称证据不足；他鄙视可疑证

---

① 指彼得罗·隆吉(Pietro Longhi,1702—1785)，意大利油画艺术家，偏洛可可风格。

人的可信度;他转移人们对主要问题的注意力;他辩称原告律师并没有充分理由可以定罪。现在,他跟话家常似的,和陪审团说话就像人和人之间的聊天,现在,他一路攀爬,充满激情地恳求着,声音越来越大,直到像雷炸开一样响彻整个法庭。之后是停顿,这一停太过戏剧性,你感觉你全身都起了鸡皮疙瘩。他的结束语非常厉害。他告诉陪审团他们必须履行自己的职责,根据良心做判断,不过,他请求他们不要因这个年轻人坦白了的过往罪行而带有偏见,他的声音低沉,打着颤——上帝啊!效果太好了——他提醒他们,检察官想要他们判以死刑的人是一个寡妇的儿子,她自己是一个值得国家善待的士兵的女儿,这个被审判的年轻人,也是一个为了保卫国家而牺牲了自己性命的军官之子;他提醒他们,他刚刚结婚,为了爱结婚,他那年轻妻子的腹中正在孕育他们结合的果实。你们能让这无辜的孩子一出生,就沾染上自己父亲是个谋杀犯的污名吗?哗众取宠? 这当然是哗众取宠了,但如果你到了现场,听到那些激动人心的庄重腔调,就不会这么觉得了。我的天!人们哭成什么样了哦。我自己也差点哭出来了,只是我看到泪水在贝尔热的脸颊上滚落,他用手帕去擦眼泪,感觉太好笑了,我保持住了镇静。不过这番尝试很不错,全世界的法警都没法阻止他坐下时人群中所爆发出来的掌声。

"检察官是个身材强壮、脸色红润的男人,我觉得差不多三十五岁,或者四十岁,看起来像个英格兰北部的农民。他的志得意满充溢而出。你会觉得,对他而言,这个案件是一个让他大展宏图的好机会,制造点水花,升官发财。他说话啰嗦,脑筋不清楚,所以,如果不是首席法官时不时帮帮他，陪审团可能都不知道他到底要说什么。他有些耸人听闻，手段也很廉价。有一次，罗伯特刚和一个坐到他所在犯人席旁边的监狱看守说了一句什么，他就回过头来说：

"你现在可以笑，可是待会儿你就笑不出来了，到时，你的两根手臂会被绑在身后，你会在黎明冰冷的灰色光线里行走，断头台在你眼前悚然而立。那时，你的嘴角就不会浮现笑容，可是你的四肢会因恐惧颤抖，对犯下丑恶罪行的悔恨将搅碎你的心。

"贝尔热颇觉好笑地看了看守一眼，不过他太鄙视检察官所说的了，所以要不是虚荣心作祟，他是不至于没能表现出窘迫的。看勒莫瓦纳是怎么对待他的，真是厉害。他把他吹上了天，可是那话里面的讽刺意味太过强烈，虽然他的说法很高明，这检察官还是意识到他被耍了。勒莫瓦纳太邪恶了，但他又这么懂礼貌，有种屈尊的温文尔雅，你都能看到首席法官的眼睛里闪烁着一丝赏识的味道。我非常怀疑这检察官在这案子里的表现能不能帮他飞黄腾达。

"三名法官并排坐在长椅上。穿着猩红色长袍、戴着黑色方形帽的他们看起来还挺气派的。两个是中年男子，一次都没有开口说话。首席法官是个小个子老人，一脸褶子，像只猴儿，说话声音疲惫、沉闷，但他的观察力很强；他听得很仔细，开口说话时，语气不严肃，但有一种沉着冷静，反而挺吓人的。他拥有对人性不抱有任何幻想后的完美理性，他早就意识到没什么坏事是人类干不出来的，所以对这一点，他已经看得和人有两根胳膊两条腿一样自然。当陪审团出去考虑他们的判决时，我们记者就散开聊天，喝杯饮料或咖啡。我们都希望他们不要讨论太久，因为时间已经不早了，我们想赶紧把要报道的东西写好。我们都知道他们会判贝尔热有罪。我参加过的谋杀案审判现场中，我发现一件事非常奇怪，那就是你从报纸上看到报道的印象和你在法庭上是完全不一样的。你看报道的时候，会觉得毕竟证据不是很关键，如果你成为陪审团一员，你会给被害人在罪证不足前被假定无罪的权利。可是，描述中所丢失的是整体的气氛，是你所获得的感觉；让证据带上了完全不同的色彩。大概一小时后，我们被告知陪审团有决定了，我们就又列队进了法庭。贝尔热被从监狱带上来，当三个法官一个接一个慢慢走进场时，我们全体起立。灯打开了，在人挤人的法庭还有些阴森。弥漫着一种恐怖的不安。你去过老贝利吗？"

"没有，事实上，我并没有去过。"查理说。

"我在伦敦的时候经常去。那里是了解人性的好地方。那里和法国法庭的感觉不大一样，让我印象很特别。我不会假装我很了解。在老贝利，你会觉得囚犯所面对的是法律的庄严性。需要解决的是无关乎人的东西，是抽象意义上的正义。一种理念，其实是。这个词的字面意义是很糟糕的。可是在那个法国的法庭，我在那儿待了两天，我被一种完全不同的感觉困扰，我并不觉得那里充斥了一种宏伟的抽象意义，我感觉法律体系是资产阶级社会为了维护自身安全、自身财富与自身优势免遭威胁他们的恶人破坏而做的安排。我并不是说审判不公平，或者判决不公正，我的意思是，你明显感觉到这个社会生气了，因为它害怕，而不是因为一个他们所秉持的原则。罪犯所要面对的是想要自保的人，而不是像我们这里的罪犯，所要面对的是即使天堂塌了也要践行的某种理念。这其实是很可怕的，而不是糟糕。裁决是犯有谋杀罪，但是情有可原。"

"什么叫情有可原？"

"其实不是，但法国陪审团不喜欢给人判死刑，而且根据法国法律，如果情有可原，那么死刑就不能执行。贝尔热被判了十五年劳役刑。"

西蒙看了看表，站起身。

"我必须得走了。我会把我写的关于审判的东西给你，你有空可以看看。你瞧，这就是我写的报道，谈的是作为一种娱乐方式的犯罪。我给你女朋友看过，不过我想她应该不大喜欢；不管怎样，她还我的时候一句评论都没有。作为一种讽刺幽默练习，这也不是太枯燥。"

七

查理不想在莉迪亚面前读西蒙的文章，所以他和朋友告别后，就到了多摩咖啡馆，点了一杯咖啡，坐下来细读。他也想读一下关于谋杀和审判的相关描述，因为莉迪亚不同的叙述让他有些困惑。她和他说了这些那些，不是按事情发展顺序说的，而是看她的情绪到了哪儿就说到哪儿。西蒙的三篇长文是连贯的，虽说有些细节查理听莉迪亚说了但西蒙不知道，可是他还是成功地建构起一个绘声绘色的故事，读起来很容易。他写作和说话一样，是一种流畅的新闻体，不过他非常有效地呈现了事件发生的背景。你会对这样一个世界产生一种恶劣的印象：肮脏，混乱，这些强盗、毒品交易商、赌注登记经纪人、赛马情报出售人在其中过着黑暗冒险的生活。一个大城市的人口渣滓，靠耍小聪明度日，对彼此充满猜忌，若是对自己有好处随时可以出卖最好的朋友，大方、爱社交，快活地愤世嫉俗，甚至好脾气，他们好像喜欢这种生存方式，虽说危险常在、命途多舛，但这会让你的身体维持在好状态，让你感觉自己真的在活着。每个人的手都对着邻人，可是因此而施加在自己身上的警惕性让人振奋。在这个世界里，人们会因为一件鸡毛蒜皮的小事枪杀另一个人，不过又随时准备好花和水果——可不是轻易买来的——去看望生病住院的第三个人。西蒙在他的故事里用并非不精湛的技术所呈现的氛围,让查理产生一种奇怪的不安。他所熟悉的世界,那个和平快乐的表面世界,就像一片漂亮的湖,上面倒映着斑驳云影和岸边生长的柳树,在那里,无忧无虑的男孩划着独木舟,和他们在一起的女孩子用手指在温柔的水里滑过。一想到在那底下,就在那底下,危险的杂草正摇动着触角想要绊住你,各种各样奇怪、可怕的东西、毒蛇、嘴巴会咬死人的鱼,正要发动一场不知停歇的隐秘战争,简直让人害怕。从这里一个词,那里一个词,查理产生一种感觉,西蒙去探寻这些秘密的下层时,完全着迷了,他自问,到底是纯粹的好奇心,还是某种可怖的吸引力,让他用一种沉浸式的愤世嫉俗去看待那些混蛋恶棍。

在这样的世界里,罗伯特·贝尔热应付自如。和其他寓居者相比,他属于一个更高的阶层,接受的教育也更好,所以他享受了一定的优势。他的魅力、他随和的风格、他的社会地位,吸引了一批同道中人,不过同时也让他们都对他怀有戒心。他们知道他是个坏蛋,但很奇妙的是,因为他是个好人家的男孩,一个有尊贵父母的年轻人,人们会纳闷他怎么会这样。他大多独行,没有同谋,自己是自己的参谋。他们有种感觉,就是他看不起他们,不过当他去听了一场音乐会,回来兴致勃勃地、就他们来看还对表演颇为了解地讲述,他们都有些震撼。他们没有意识到,他和他们在一起的时候感觉非常舒服。在他母亲的家里,和他母亲的朋友在一起时,他觉得孤单又压抑;他被这种受人尊敬但毫无生气的生活激怒了。在因偷车被定罪后,他有一次很罕见地和乔乔吐露了心声:

"现在我不用再演戏了。我希望我的父亲还活着,他会把我赶

出家门的,那么我就可以按照我想要的方式生活了。我显然无法离
开我的母亲。她只有我了。"

"犯罪又不能赚钱。"乔乔说。

"你好像赚得还不错嘛,"罗伯特笑了,"不过,不是钱的问题,
是刺激和力量。就像从高空跳水。水面看起来太远了,可是你纵身
一跳,当你从水面浮上来,我的天哪!你对自己太满意了。"

查理把剪报放进自己的口袋,眉头微皱,试着把自己对罗伯
特·贝尔热的印象拼凑起来,想弄清楚他到底是怎样的一个人。你
完全可以说,他是个没用的流氓,已经被社会完全抛弃;这当然没
错,不过,这也太简单了,而且也太笼统了,难以让人满意;查理隐约
有个想法,也许人比他想象的要复杂,如果你只是说一个人是这样
或那样,这个想法是坚持不了多久的。罗伯特热爱音乐,尤其是俄
罗斯音乐,对莉迪亚而言,这很不幸,正因为这一点,他们俩走到了
一起。查理非常喜欢音乐。他知道音乐能带给他快乐,那种快感,
一半是情感的,一半是智力的,当他的耳朵因袭击而来的可爱而陶
醉,他同时也非常清楚地知道作曲家为了表达自己想法时有多么微
妙。反观自身——这件事也许他之前从来没有做过——他想知道
自己在听到那些更伟大的交响乐时,内心是什么感受。他觉得可能
是各种复杂情感的糅合,有激动,同时也有平静,有对他人的爱并想
为他们做些什么,想要做好人,一种因善良而产生的愉悦,一种让人
开心的倦怠,还有一种好玩的抽离感,就好像他在世界的上空飘浮,
无论那世界发生了什么,也没有什么关系;也许你想给所有这些感
觉一个总的名字,这个名字可能是快乐。可是,当罗伯特·贝尔热

听到音乐时,他想到的是什么呢?不是那些东西,显然。或者说,把音乐给予**他**的这些感情简单认为是邪恶而无用的,会不会有些不公平?会不会正是在音乐里,他找到了远离蛊惑了他的恶魔的方式,那个恶魔比他还要强大,所以他既不能也不愿从想要犯罪的欲望中解脱出来,因为罪行就是他扭曲天性的表达,因为将自身抛掷于和法律以及秩序这些力量的对抗中,他意识到自己的个性——会不会在音乐中,他从那股强烈力量中找到了平和,而且能有一段时间处于天堂般的默许中,仿佛透过云朵间的缝隙,看到了爱与善意的愿景?

查理知道处于恋爱中是怎样的感觉。他知道那会让你对所有人都心怀爱意,他知道你愿意为你喜欢的女孩儿做任何事,他知道你无法忍受要伤害她的想法,他知道你不得不去猜测她是怎么看你的,因为当然,她特别好,毋庸置疑,而如果你可以对自己诚实,你肯定会承认自己没法和她比。而查理觉得,如果他是这样的,那么其他所有人肯定也都是这样,所以罗伯特·贝尔热也是。他显然很爱莉迪亚,不过倘若爱让他充满了一种——查理讨厌自己想到的这个词,差点让他一想到就尴尬得脸红——好吧,一种神圣感,那么他会犯下这些恶劣又可怕的罪行就是很奇怪的。他的身体里肯定藏了两个人。查理很困惑,这一点也不奇怪,因为他才二十三岁,比他更年长、更睿智的人都会无法理解一个恶棍怎么也会像个圣人般爱得纯粹又无私。而且假如他真的一无是处,莉迪亚现在还可能原谅一切,全身心地爱着她的丈夫吗?

"对人性还缺乏一些理解。"他自顾自地低语。

他没意识到自己说了一句意味深长的话。

不过当他开始考虑吞噬了莉迪亚的爱，一种她所有行为背后动机的爱，一种她每个思绪背后灵感的爱，就好像那爱，是她每天的人生这首旋律背后给予其深度和重要性的交响乐伴奏，一想到这一点，他就差点因为恐惧的敬畏被吓到，就仿佛，虽然害怕但是也惊异地看到森林着火或是河流发水灾。这是以他的经验所无法应对的事。和这个相比，他自己的那些小情事只是微不足道的调情，而那种时不时给他平淡生活带来魅力与愉悦的情感也只是一个小男孩的多愁善感罢了。在那样一个普通、乏味的小女人的身体里，竟然有空间容纳下这样强度的激情，是让人无法理解的。你意识到这点，不只是因为她说了什么，而是仿佛凭借一种直觉，你可以从她那种疏离感中感觉得到，因为尽管她对待你很亲密，可还是和你保持距离；你从她透明的眼睛深处看到了，从她以为你没在看她时嘲讽的嘴角看到了，从她节奏单调却意味深长的声音中听到了。这不像查理所熟悉的任何文明的感觉，里面有一种野性而暴烈的东西，尽管莉迪亚穿着她的高跟鞋、她的长丝袜、她的大衣和她的短裙，她都不像现在的女人，而是有着最基本本能的野人，灵魂最黑暗的深处还蕴藏着人类的缘起：类人猿动物。

"我的上帝啊！我让自己卷入了什么！"查理说。

他翻到西蒙的文章。西蒙肯定花了好大劲来写，因为这篇的风格比他对审判的报道要优雅多了。这是一种带着疏离感所进行的讽刺练习，但在这疏离感下面，你能感觉到当他在考虑这个不会因良心不安或害怕后果而有所束缚的男人到底是什么性格时，他所怀有的不安的好奇心。这是篇聪明的小文章，但是太麻木无情了，让你读起来不得不感受到一丝不适。西蒙太过专注于榨取这个机巧的主题，他已经忘记人类，有情感的人类，才是故事的主角；而如果你笑了，因为里面确实不乏苦涩的风趣，那么这个笑也是带着恶意的。就好像西蒙不知以什么方式已经获得了进入纳伊区那间房子的权利，而且为了能让读者感觉到贝尔热生活的环境是怎样一种感觉，他用辛辣的幽默感描述了那间他被带领进入的无聊、拥挤而装腔作势的房间。里面有两套客厅家具，一套是路易十五风格，一套是英帝国风格。路易十五的家具是木制镶金的，罩着带粉色小花的蓝丝绸；英帝国那套是浅黄色缎子做面子的。房间中间是精雕细琢的带大理石台面的金边桌子。两套家具显然都是从圣安托万大道上某间生产具有时代特点的批发家具的店里来的，当家具最早的主人一不要，他们就从拍卖行买了来。里面有两张沙发，还有那么多椅子，走动的时候不可能不小心，你在哪儿坐都不会舒服。墙上是镶着重金边的大幅油画，肯定也都是在拍卖行买的，因为这些画一文不值。

　　检察官颇为可信地重建了谋杀故事。很显然乔丹喜欢罗伯特·贝尔热。他请他吃的那些饭，他给他的赛马赢家，他借他的钱，都能证明这点。最终，贝尔热同意到他公寓，所以他们一起离开酒吧应该没有引起注意，因为他们商量好一个人先走，另一个等几分钟再走。他们按计划见面，而看门人确定那晚没人找乔丹，很明显他们两个人是一起进公寓的。乔丹住在一楼。贝尔热还戴着时髦的新手套，坐下抽了根烟，乔丹则忙着准备威士忌和苏打水，把蛋糕从他那狭小的厨房拿出来。他是那种在家一定穿衬衫的人,他脱下大衣,放上一张唱片。那是台便宜的老式留声机,没有自动换片功能,正是在乔丹换新唱片的时候,贝尔热从他后面上前,好像是要看是换了哪张的时候,刺中了他的后背。辩护律师说他没有力气造成尸检表明的如此暴力的袭击,这是荒谬的。他瘦而结实。在他网球生涯那段时期认识他的朋友证实,他因正手猛击的力量出名。如果说他从未成为一级网球选手,不是因为他体力不行,而是出于某种心理缺陷,打消了他想要获胜的欲望。

西蒙对检察官的观点表示认可。他认为,他们把事实理得还算比较准确,他们给出了乔丹想邀请这个年轻人去他家的理由是准确的,但他很确定,他们说贝尔热杀了乔丹是因为他知道他那天赚了一大笔钱,是不对的。首先,他买了手套,这说明他在知道乔丹那晚会有大到非比寻常的一笔钱之前,就下定决心要这么做了。尽管钱始终没找到,西蒙被说服了,这钱就是贝尔热拿的,不过那只是顺便;钱就在那儿供人取用,他也愿意拿走,可是这么做并不是杀人动机。警方说,他偷了五六十辆车;他从来没想过要把车卖了;他几个小时后就把车遗弃了,最多几天。他之所以偷,是为了需要用的时候有一辆方便,但更多的是为了锻炼自己的胆量和智谋。他用自己设计出来的简单把戏从女人身上偷钱,给他带来的收益也非常有限;这只是符合他幽默感的恶作剧罢了。偷东西的时候能让他展现自己喜爱施展的魅力。想到那些女人张着嘴巴对着一条他疾驰而去的空荡街道哑口无言的样子,他就要发笑。简而言之,这件事就是一种娱乐方式,每次成功得手的时候,他浑身都会充溢着一种志得意满，可能就像他在网球比赛时，用一记聪明的高挑球或网前球赢了对手一分的感觉一样。这给了他自信。而正是冒险性，所需要的冷静，在好像就要被发现的时候有能力快速反应，而不是巨大的利润，才让他参与了把毒品运进法国这件事。这就像攀岩；你得小心脚下，头脑要保持清醒；你的生命就建立在你的勇气、你的力量、你的直觉之上；可是当你战胜了所有困难，达成你自己的目标，那种在极度紧张过后的解脱感多美妙啊，胜利的感觉多么令人沉醉！当然，像他这样家境不好的人，从雇佣他的经纪人手里能拿到不少钱了；可是钱都是滴滴拉拉地来，他都花在带莉迪亚去夜总会或者去法国其他地方玩上了，不然就是在乔乔酒吧和朋友挥霍光了。他被

抓住的时候，一分钱都不剩；他被抓到都是巧合；他想到的偷老板钱的方法太聪明了，很可能会一直不被抓到。再一次，好像他犯罪是因为好玩，而不是为了钱。他和律师很坦白地说，那个经纪人觉得自己特别聪明，他忍不住要逗逗他。

不过到了现在，西蒙继续按着自己的思路道，罗伯特已经穷尽了这些小打小闹能给他带米的所有快乐。他有一次在监狱等待审判的时候和一个坐过很多次牢的人成了朋友，兴致勃勃地听他讲了他的故事。这人是个飞贼，擅长偷珠宝，他用自己的几次英勇事迹讲了个激动人心的故事。首先是要记下猎物的隐蔽处，然后要有耐心去发现她的习惯，要检查住所；你不仅必须要找到珠宝藏在哪里，知道怎么进到房间，还得知道如果要迅速逃跑得怎么跑；等你把这些都搞清楚了，你还要等很久，等到合适的机会降临。通常，在你下定决心要这个东西后，得过上几个月，你才能最终动手。这是让贝

尔热放弃的理由;他有勇气、够灵活、遇事不慌,可是他绝对不会有耐心完成偷东西前的这一系列复杂事项。

西蒙把罗伯特·贝尔热比喻成一个打山鹬和野鸡打了好多年,在施展自己技能中已经找不到乐趣的人,他想要寻找一个新的娱乐,得有一丝危险在里面,所以决定开始玩大的。没人知道他是从什么时候开始沉迷于杀人这个想法的,不过也可能他是逐渐有了这样的想法。就像艺术家灵魂里的作品急需表达,谁知道贝尔热会不会觉得只有摆脱负担后才能获得平静,通过杀人他就可以成全自己呢。在那之后,在展现了自己全部的个性后,他就可以安息,可以和莉迪亚过上无聊的受人尊敬的生活。那时,他的才华已经得以施展。他知道这是个非常可怖的罪行,他知道他将赌上自己的性命,可是正是这种可怖诱惑了他,正是这种冒险才值得他去尝试。

这时,查理把文章放下。他觉得西蒙真的有点太夸张了。他能想象自己在控制不住的震怒下杀人,可是他怎么也想象不出来任何人会——甚至不是为了钱,而是用西蒙的话说当成一种娱乐方式——因为想要通过破坏来巩固自身存在而做出这种事。西蒙是真的相信他的理论有点道理,还是说他只是想写一篇效果好的文章?查理那张英俊的脸上虽然有些微微皱眉,他还是读了下去。

也许,西蒙继续道,罗伯特·贝尔热本来琢磨这个想法就足够了,如果不是环境正好给了他一个命定的受害人。他也许,在和某个寻欢作乐的朋友喝酒时,就考虑过杀他的可能性,但是因为困难太大或是太容易被发现而放弃。不过,当机会让他遇到泰迪·乔丹时,他肯定就会想,这就是他一直在找的人。他是外国人,朋友很

多，但没有亲密友人，独自一人住在一条偏巷里。他是个坏蛋；他参
与毒品交易；如果有一天他被发现身亡，警方很可能会认为他的死
亡是流氓团伙争执的后果。如果他们对他性方面的习惯一无所知，
他们肯定也会在他死后发现这些，很有可能假定他是被某个对他给
的钱不满意的暴徒杀害。在那么多可能杀死他的恶霸、敲诈的人、
毒品小贩和坏蛋中，警方不会知道要去调查谁，而且无论如何，他是
个没人要的异乡人，他们会觉得他不碍事还正好呢。他们会去做询
问，如果不能很快取得结果，就会静静地把案子搁置。贝尔热看得
出来乔丹喜欢他，像个垂钓者玩弄鳟鱼般玩弄他。他和他定下约
会，再爽约。他承诺时三心二意，然后食言。如果乔丹感觉到自己

在被玩弄了，要挟要分手，他就会利用自己的魅力引诱他要有耐心。
乔丹会觉得是他在追，而对方在逃。贝尔热窃笑。他追踪他，就像
猎人在丛林里日复一日地追踪一只害羞而多疑的野兽，等待自己的
机会，因为他知道，虽然那猎物会本能地很小心，最终总会送到自己
手上的。而由于贝尔热对乔丹并无恶意，既不喜欢也不讨厌，他就
能全身心地投入，追逐的快感不会有所减损。当最终那件事终于办
成，那个小赌注登记经纪人躺在他脚下咽下最后一口气，他既不会
感到恐惧也不后悔，只是有一种太过强烈的刺激，让他喜不自胜。

　　查理读完了文章。他浑身打颤。他不知道更让他觉得毛骨悚
然的，是罗伯特·贝尔热的野蛮背叛和冷酷无情，还是西蒙在描述
凶手堕落扭曲的内心时显得冷冰冰地乐在其中。这篇描述确实是
他自己写的，没错，但是他的本性该是多么可怕，竟会在深挖这样邪
恶的深层时感受到愉悦？西蒙俯下身，看进了贝尔热的灵魂，就像

一个人在吓人的峭壁前俯身往下看,你有一种感觉,他看到的东西让他心生嫉妒。查理不知道他为什么会产生这样一种印象(因为在那些谨慎的文辞和半开玩笑的讽刺里,并没有什么真的暗示了这点),就是在写作的时候,他自问,他,西蒙·菲尼莫,有没有勇气和胆量去做这样一件惊悚、残忍而无用的事情。查理叹了口气。

"我认识西蒙将近十五年了。我以为我对他了如指掌。我开始怀疑我对他一无所知。"

可是,他开心地笑了。还有他的父亲、他的母亲和帕西。他们第二天就将离开特里-梅森家,在这么长时间的玩乐与欢笑后感觉疲惫,想赶紧回到自己明亮舒适、富有艺术气息的家。

"感谢上帝,他们是体面的普通人。你在他们身边会知道自己是谁。"

他突然感受到一股对他们的爱席卷全身。

不过,时间有些晚了;莉迪亚要回来了,他不想让她等他,她会孤单的,可怜的小东西,一个人在那间脏兮兮的房间;他把文章和其他剪报一起塞进口袋,走回酒店。他不该自寻烦恼的。莉迪亚不在。他拿出《曼斯菲尔德庄园》,除了布莱克诗集,他就带了这一本书,开始阅读起来。能和这些讲礼貌的人共处真开心,虽然都过去一百多年了,但他们好像和你今天才见到的人一样活生生的。他们生活那样有条理的进程中,带有一种优雅的随意,虽然也承受过烦扰,但都不严重,不至于让你悲伤。确实,灰姑娘是个一本正经的讨厌鬼,白马王子是个怪异的学究;确实,你会希望与其把她那颗古板的心放在那样一个严肃的人身上,还不如答应迷人又聪明的恶棍求爱;不过你也会宠溺地容忍简·奥斯丁想要奖励智慧、惩罚轻浮的决心。没有什么可以减轻阅读她那温柔讽刺和辛辣幽默的快乐。这让查理忘记了那个关于堕落与罪恶的故事,那个他不知怎么就很奇怪地牵扯其中的故事。他被带离了那间黯淡无趣的房间,在幻想中,他仿佛看到自己正坐在一片草坪上,一棵大雪松下,而时间是怡人的夏日夜晚;从花园那一片的田野里飘来稻草的香气。不过,他感觉有些饿了,看了看表。已经八点半了。莉迪亚还没回来。也许她不想回来?她这样丢下他一个人可不大好,一句解释或道别的话都没有,这种可能性还让他挺生气的,不过他接着耸了耸肩。

"如果她不想回来,那就离我远一点好了。"

他不知道自己还要等什么,于是他出去吃晚餐了,给看门人留了句口信,把自己要去的地方给了人家,那么如果她来了,就可以去找他。查理不知道该感到好笑、满足还是生气,因为那人竟然和他表现出一种同谋般的亲密,就好像他们从他和她的情事——很自然,他们确定这两人肯定有事——中获得了间接的快感。看门人笑嘻嘻地一脸友善,收银台的年轻女人激动又好奇。想到他们如果知道他和莉迪亚的关系有多么单纯时该被吓成什么样,查理忍不住笑了。他一个人吃完晚餐回来,她还是不在。他上楼到自己房间,继续看书,不过现在他必须要很努力才能专心。如果她十二点还不回来,他就会下定决心放弃她,出去找乐子了。在巴黎待上大半个礼拜却什么乐子都不去寻,是很荒唐的。不过,十一点刚过,她就开门进来了,带着一个很破的小行李箱。

"啊,我好累,"她说,"我带了点东西来。我去洗一下,然后我们去吃晚饭吧。"

"你还没吃过饭啊？我吃过了。"

"你吃过了？"

她看起来很惊讶。

"你也太英国人了。你一定要在特定时间吃饭吗？"

"我饿了。"他说，有些拘谨。

在他看来，她真的应该表达一下让他等了这么久，很后悔之类的。不过，很显然，她完全没有这个意思。

"哦，好吧，没关系，我也不想吃晚饭。我这一天啊！阿历克西喝醉了；他早上和保罗吵了一架，因为他昨晚没回来，保罗就把他放倒了。伊芙吉尼亚在哭，她一直说：'上帝因为我们犯下的罪惩罚我们。我活到今天，目睹我的儿子打他父亲。我们要怎么办啊？'阿历克西也在哭。'一切都完蛋了，'他说，'孩子不再尊重父母。哦，俄罗斯啊，俄罗斯！'"

查理想笑，但他看莉迪亚对这场景很严肃。

"你也哭了吗？"

"自然。"她回答道，有一丝冷淡。

她换了条裙子，现在穿着一条黑色丝绸裙。很普通，但是剪裁不错。适合她。让她洁净的皮肤显得更细致，也让她的蓝色眼眸更深邃了。她戴着顶黑帽子，形状挺别致的，还插了根羽毛，比原来那顶黑色毛毡帽好看多了。这更讲究的衣服在她身上产生了一种效果；她穿上它们，显得更典雅了，自带一种优美的自信。她看起来不再像一个售货员，而是有一定地位的年轻女子，比查理之前见到她

的时候都美,可是她给你的感觉是,她比以往任何时候都更没觉得
有什么了不起的,就像老话常说的;如果她之前给人的印象是,她是
个受人尊敬的打工女孩,知道如何照顾自己,那现在的她给人的感
觉就是一个时髦的年轻女郎,完全可以让任何一个有事业心的年轻
男子老实安分。

"你换了条裙子。"查理说,已经开始不那么生气了。

"是的,我就这么条漂亮裙子。我觉得让别人看到你和之前那
样邋遢的我在一起,太给你丢脸了。毕竟,一个帅气的年轻男孩子,
穿着一身漂亮衣服,他能指望什么呢? 最起码不是当他带着位姑娘
进到餐厅,别人却说:他怎么和一个荡妇走在一起,那女人身上穿
的该不是女用人的旧衣服吧? 我至少要给你长长脸。"

查理笑了。她身上还是有些讨喜的地方的。

"好吧,我们还是出去吧,带你吃点东西。以我对你胃口的了
解,你能吃下一头牛。"

他们开开心心地出门了。他喝了威士忌加苏打水,抽雪茄,莉
迪亚吃了十来个牡蛎,一块牛排,还有一些炸薯条。她和他更详细
地讲述了她去俄国朋友家里的事。她非常关心他们的情况。除了
孩子们挣的一点钱,他们完全没有积蓄。总有一天,保罗会对自己
要出的那份力感到厌倦,会消失在巴黎暧昧的夜生活中,最后,如果
他走运的话,等他的年轻与样貌不再,就到一间破旧的酒店当服务
员。阿历克西成了个老酒鬼,就算机缘巧合之下找到一份工作,他
也没办法干长久。伊芙吉尼亚再也没勇气承受难为她的各种困难
了;她伤心了。他们当中没有一个人心存希望。

"你瞧，他们离开俄国二十年了。很长一段时间里，他们都觉得那边会发生变化，他们到时就会回去，可是现在，他们知道没有机会了。革命对人们来说太辛苦了；他们现在没事可做——他们，他们这一整代人——除了死亡。"

可是莉迪亚想到，查理可能不会对从未见过的人很感兴趣。她无法知道，当她在和他说自己朋友的事情时，他正不安地对自己说，如果他没猜错西蒙心里在想什么，他为他，为他的父亲、母亲和妹妹，为他们的朋友们所准备的，正是这样一种命运。莉迪亚换了个话题。

"你今天下午自己都去干什么了？去看画展了吗？"

"没有。我去找西蒙了。"

莉迪亚一直满脸兴趣地看着他，不过当他回答了她的问题时，她皱起了眉头。

"我不喜欢你的朋友西蒙，"她说，"你看上他什么了？"

"我小时候就认识他了。我们一起上学，一起去了剑桥。他一直是我的朋友。你为什么不喜欢他？"

"他很冷漠，爱算计，没有温度。"

"我觉得你说得不对。没人比我更了解他，他是可以充满爱的。他是孤单的人。我觉得他渴望一种爱，可那种爱他永远无法唤起。"

莉迪亚的眼睛闪着亮晶晶的嘲弄似的光，可是，第一次，里面有了一丝悲哀的意味。

"你非常多愁善感。一个人如果没有准备好自己先给出爱，又怎么能期待让别人产生这种爱呢？虽然你认识他很多年了，但我在想，你到底有没有我了解他的多。他经常到赛雷尔来；他不怎么去找女孩子，就算找，也不是因为欲望，而是好奇。夫人欢迎他，一方面是因为他是记者，她想和媒体搞好关系，一方面也是因为他有时候会带外国人过来，外国人会喝很多香槟。他喜欢和我们说话，他从来没想过我们会觉得他恶心。"

"你要记得，就算他知道，也不会觉得被冒犯了。他只会好奇，想知道为什么。他这个人不虚荣。"

莉迪亚继续说，就好像查理什么也没说一样。

"他从没把我们当人看，他鄙视我们，可他又要我们的陪伴。他和我们在一起很舒服。我觉得他是看我们太堕落了，所以他可以做自己，而在外面的世界，他一定要戴上面具。他非常不敏感，这很奇怪。他觉得他可以对我们做任何事，他会问让我们感到羞耻的问题，却对他将我们伤害得有多深熟视无睹。"

查理不说话了。他非常了解，西蒙会因为自己无法满足的好奇心让他人多么尴尬，当他发现别人讨厌他的问题后，只会表现得非常惊讶与鄙夷。他愿意展现自己赤裸的灵魂，但从来没想到别人之所以有所保留，不是出于他以为的愚蠢，而是谦恭。莉迪亚继续说：

"可是他会做出让你意想不到的事。我们的一个姑娘突然生病了。医生说她必须马上手术，西蒙就自己把她带到一间私人产科医院，所以她就不用去医院了，还付了手术钱；等她好些了，他就出钱把她转到一间疗养院。而且他还从来没和她上过床。"

"我不觉得惊讶。他把钱看得很轻。不管怎么说，这让你看出来，他是会去做没有收益的事的。"

"还是说他是想在自己身上检验一下善意这种情感究竟是什么东西?"

查理笑了。

"很显然你不大喜欢可怜的西蒙。"

"他和我聊过很多。他想知道我对俄国革命所了解的一切,他想让我带他去见阿历克西和伊芙吉尼亚,这样他也就可以去问他们。你知道他报道过罗伯特的案子。他试图让我告诉他各种他想知道的东西。他和我上床,是因为他觉得这样就能让我告诉他更多。他还写了篇文章。所有那些痛苦,所有那些恐惧和不雅,对他而言,只是一个机会,让他串联起聪明、无礼的辞藻;他给我看,想知道我怎么想。我永远都不会原谅他。永远。"

查理叹了一口气。他知道西蒙这人太喜欢窥探别人的感受,他把那篇残忍的文章给她看并不是为了伤害她,而是非常诚实地想知道她的反应,去看看她对这件事详尽的了解,可以多大程度上证实他那天马行空的理论。

"他是个奇怪的人,"查理说,"我敢说他有很多特点,是人们希望他没有的,可是他也有优秀的品质。无论如何,他身上有一点是值得说的:如果他不放过别人,他也不放过自己。我有两年没见过他,这段时间他变了很多,我不禁发现他的个性是挺惊人的。"

"吓人,我会这么形容。"

查理在自己的长毛绒椅子上不安地挪动了一下,因为他也是这么觉得的,这让他多少有些沮丧。

"他的生活简直非凡,你知道吧。他一天工作十六个小时。他

所在环境有多脏，多么不舒服，是无法形容的。他训练自己一天只
吃一顿饭。"

"那都是为了什么呢?"

"他想要锻炼、深化自己的性格。他想让自己不为环境所累。
他想要为将来他希望召唤他的角色做好准备。"

"他告诉过你那个角色是什么了吗?"

"没有明确说。"

"你听说过捷尔任斯基吗?"

"没有。"

"西蒙跟我说了很多关于他的事。阿历克西以前是律师，是个
有着自由主义思想的聪明人，他有一次为捷尔任斯基的审判做辩
护。这也没能阻止捷尔任斯基以反革命分子的名义逮捕阿历克西，
把他流放到亚历山德罗夫斯克①三年。这就是西蒙为什么这么想
让我带他去见阿历克西的原因。而当我说不行，因为我无法忍受他
目睹这个可怜、崩溃的男人已经堕落到何等程度，他就把要问的问
题都告诉了我。"

"所以捷尔任斯基是谁?"查理问。

"他是契卡的领袖。他是俄国真正的主人。他对所有人的生死
都拥有无限权力。他残忍至极;他关押、折磨、杀死了成千上万个
人。我一开始觉得很奇怪，西蒙怎么会对那样一个恶心的人感兴
趣，他好像被他迷住了，然后我就猜到了原因。等到他在帮着忙活

---

① 契诃夫也曾流放于此。

的革命发生了，他就想扮演那样的角色。他知道掌握了警力就等于掌握了全国。"

查理的眼睛在闪烁。

"你让我浑身汗毛直竖。不过你知道吧，英国和俄国不一样；我觉得西蒙得等上很久，才能做成英国的独裁者。"

可是这个话题莉迪亚是不能容许任何轻率言辞的。她瞥了查理一眼。

"他准备等。列宁没有等吗？你还觉得英国人的人种构成和其他人不一样？你觉得无产阶级越发知道自己的力量后，还会让你这个阶层的人无限享用你们的特权吗？你觉得一场战争，无论是你们输了还是赢了，除了会造成社会大动乱，还会有什么别的可能吗？"

查理对政治没兴趣。尽管，和他的父亲一样，他也怀着自由主义的观点，有些微的社会主义倾向，只要不会超过审慎的边界，也就是说，虽然他自己并不知道，只要他们不来干涉他的舒适、他的收入，他是挺愿意把国家交给那些关心的人去治理的；不过他不能让莉迪亚这些挑逗性的问题没人回答。

"你这么说好像我们没为工人阶级做任何事一样。你好像不知道，在过去五十年内，他们的状态发生了翻天覆地的变化。他们的工作时间减少了，薪资也上涨了。住的房子也比以前好了。为什么呢，在我们的地产上，我们已经在经济允许的范围内，尽快清扫贫民窟了。我们给他们养老保险，他们失业了我们给他们维持基本生活的钱。他们接受免费的教育，免费的医疗，现在我们还给他们带薪假期。我实在不觉得英国工人阶级有什么好抱怨的。"

"你要记住,关于慈善价值这件事,捐助人和受益人的观点有可能是不同的。你真的以为工人阶级会对拿着手枪指着才能从你们那儿索取的利益而对你心存感激?你以为他不知道你们之所以给他们这些恩惠,是因为你们的恐惧而不是你们的慷慨?"

查理会尽量不卷入政治纷争,但是他还是忍不住想说一件事。

"我觉得以你和你俄罗斯朋友现在所处的境况来看,你不会觉得暴民统治是场伟大的胜利。"

"这是我们的悲剧中最痛苦的一块。不管我们怎么否认,我们心里都知道,我们身上所遭遇的一切,都是我们自找的。"

莉迪亚说这句话的时候有一种悲剧性的强度,让查理有些不安。她是个不好对付的女人;她对待任何事都无法轻松。她这种女人甚至在让你递个盐瓶子给她的时候,都不放过给你留下个"这种事没什么好笑"的印象。查理叹了口气;他觉得自己必须得体谅,因为她的悲惨遭遇,可怜的人儿;可是未来真的这么黑暗吗?

"跟我说说捷尔任斯基吧。"他说,这个难读的名字他念得结结巴巴。

"我只能告诉你阿历克西和我说的话。他说他最厉害的一点在于他的眼力;他有一种神奇的天赋,他可以用眼睛盯着你相当相当长一段时间,那种呆滞的凝视,瞳孔散开,实在太吓人。他特别瘦,在监狱中染上了肺结核,个子高;长得不难看,五官都很好。他特别一意孤行,这就是他权力的秘密,他的性格冷淡、枯燥;我觉得他从未全身心地享受过一刻的闲暇快乐。他唯一在意的事就是他的工作;他日夜不休。在他职业生涯的顶峰,他住在一间小房间,里面只有一张桌子和一个旧屏风，屏风后面是一张狭窄的铁床。他们说在饥荒那年，他们给他送来上好的饭菜而不是马肉时，他让他们把饭拿走了，让他们把给契卡里其他人员吃的东西给他拿来，大家一视同仁。他就为了契卡而生，不为别的。他没有人性，不会同情也不会爱，只有狂热与仇恨。他很可怕，很无情。"

查理有点被吓到了。他终于明白她为什么会跟他提到这个恐怖的家伙了，事实上，当发现她所描述的这个邪恶的人，和他所发现的现在西蒙变成的样子之间有多么相似时，他感到很惊恐。两人有同样的禁欲主义，对生活中美好事物的无视，同样的工作强度，也许还有同样的残暴无情。查理善意地笑了。

"我敢说西蒙和我们其他人一样，都有缺点。人们得对他多担待，因为他的生活不是很快乐，也不容易。我觉得也许他渴望爱，他个性中人们觉得讨厌的部分阻碍他获取爱。他敏感得令人害怕，不会影响到普通人的事情会把他伤得不行。不过我觉得他的内心还是善良、慷慨的。"

"你被他骗了。你觉得他和你一样本性善良、想法无私。我告诉你，他很危险。捷尔任斯基就是个狭隘的理想主义者，他为了自己的理想，可以将整个国家毁灭而不感到一丝担忧。西蒙甚至都不是这样。他没有心肝，没有良心，没有顾忌，如果真的机会来了，他会毫不犹豫、毫不悔恨地牺牲你，他最亲密的朋友。"

187

八

第二天他们醒得挺早的，在他们而言是蛮早的。他们在床上吃了早餐，一人一个盘子，吃完早饭，查理抽着雪茄看《邮报》，莉迪亚唇间夹着根香烟，在涂手指甲。你看他们这样，各忙各的，可能会以为他们是一对结了婚的年轻夫妻，最初的激情已经淡去，变成了一种随意的友情。莉迪亚涂着指甲，手指张开，放在一张纸上等着晾干。她淘气地看了查理一眼。

"你早上想去卢浮宫吗？你来巴黎是想看画展的，不是吗？"

"我想是的。"

"那我们就赶紧起来，走吧。"

当女仆把咖啡给他们端来，拉开窗帘时，从庭院照射进来的阳光还是和之前的早上一样灰暗、荒凉；而当他们走到街上，他们惊讶地发现变天了。还是很冷，但是阳光明媚，云朵高挂天际，白色的，发着光。空气刺骨，仿佛要结霜，让你的血液都感受到刺痛。

"我们走走吧。"莉迪亚说。

在愉快、跳动的光下，雷恩街不再脏兮兮，灰色、破旧的房子也不像往常一样邋遢、致郁，而是带有一股温和的友善，就像一个境况潦倒的老妇人，现在不再孤苦伶仃，因为意外的阳光也在朝它们微笑，而不是仅仅朝着熟悉的河对面恢弘的新房子笑。当他们穿过圣日耳曼德佩广场,公交车、有轨电车,飞速的出租车、卡车和私家车混杂,莉迪亚抓住了查理的胳膊;就像爱人一般,或是一个食品杂货商和他的夫人在周日上午散着步,他俩手挽着手漫步,走走停停,看看画商的橱窗,沿着狭窄的塞纳街而下。然后,他们来到了码头。这里的巴黎,日光倾泻而出,尽显冬日之美,查理轻轻欢呼了一声。

"你喜欢这里?"莉迪亚笑了。

"这就是一幅拉法埃里①的画。"他想起了在图尔读到的一首诗:"天使,在活泼、美丽的今天。"②

空气闪着光,你感觉你可以用双手托住,让它在你的指尖像喷泉泉水般流动。在查理的眼里,这双眼睛看惯了伦敦迷雾下的距离感和温柔的朦胧,这里透明得太美妙了。它让楼宇、大桥、河边矮墙的轮廓都变得优雅而清晰,可是那线条,就像是由一只敏感的手绘就,是柔和的、典雅的。颜色也柔和,天空和云朵的颜色,石头的颜色;这里是十八世纪彩色蜡笔画家的颜色;没有树叶的树,它们纤细的树枝在蓝色的背景下呈淡紫色,以繁复多变的样貌重复着,精致地交错。因为他正好看过这样场景的画,查理能够一点也不惊讶,而是带着既喜爱又理解的熟悉感接纳它;它的美没有因陌生感使他震惊,也没有因意外出现让他困惑,而是令他产生一种熟悉的快乐,就好像一个乡下人时隔多年再次看到家乡亲切而凌乱的街巷。

"活着真好呀,是不是?"他叫道。

"像你这样年轻又兴致勃勃地活着,是挺好的。"莉迪亚说,轻

---

① 拉法埃里(Jean Francois Raffaelli, 1850—1924),法国现实主义画家、雕塑家、版画家。
② 出自法国象征派作家马拉美的代表诗作《天鹅》。

轻地捏了一下他的胳膊,而如果她忍住了一声啜泣,他也并没有注意到。

查理对卢浮宫很熟悉,因为他的父母每次来巴黎待几天(让弗尼夏在小裁缝店买衣服,那小店的衣服就和皇家路和康朋街上昂贵地方的一样好),他们都会带自己的孩子去那里。莱斯利·梅森直言相比老画他更爱新画。

"不过,毕竟一个绅士的教育里就该有欧洲的伟大美术馆,而当人们谈到伦勃朗和提香之类的画家时,如果你插不进一句话,就会跟个笨蛋一样。而且我不介意告诉你,你不会找到比你母亲更好的向导的。她非常具有艺术性,知道这些东西,不会用一堆废话浪费你的时间。"

"我不是说你的外公是个伟大的艺术家,"梅森夫人说,带着谦虚的自信,毫不伪装自己对所说的话题很了解,"但他知道什么是好的。我对艺术的所有了解,都是他教我的。"

"你当然很有天赋。"她丈夫说。

梅森夫人考虑了一会儿。

"是的,我想你说得没错,莱斯利。我是有点天赋。"

他们之所以可以更简单地逛卢浮宫,既快捷又能有精神上的收益,是因为那些日子,卢浮宫还没有重新布置,方形沙龙还有大部分梅森夫人认为值得自己孩子关注的作品。他们走进那个房间后,就直奔莱奥纳多的乔康达夫人①了。

---

① 即《蒙娜丽莎》,"乔康达"(Gioconda)的意思是谜一般的。

"我总觉得人们应该先看看那个，"她说，"能让你调整到适合看卢浮宫的状态。"

他们四个站在画前，带着崇敬盯着那个拘谨、缺爱的年轻女人脸上的乏味笑容。过了一段体面的沉思时间后，梅森夫人转向她的丈夫和孩子。她的眼中有泪水。

"我无法用言语形容那幅画总能带给我的感觉，"她说，叹了一口气，"莱奥纳多是个伟大的艺术家。我觉得每个人都必须得承认这一点。"

"我不介意承认，当碰到古老的大师，我是有些一窍不通的，"莱斯利说，"不过那确实有一种'我不知道'的感觉击中你，这点毫无疑问。你还记得佩特的话吗，弗尼夏？他直击要害，毫无偏差。"

梅森夫人的嘴边出现一个微弱、神秘的笑容，用低沉但是尖锐的声音重复了在两代人之前，给年轻人审美造成大混乱的著名选段。

"世界万千气象汇聚在她的脑海，她的眼睑有些疲惫。这种美，是由内向外，在肉体、积垢、一个又一个小细胞之上，用奇怪的想法、天马行空的幻想、精巧多样的热情榨取出来的。"

他们静静地听着她，满含敬畏。她突然停下，用自然的声音快乐地说：

"现在我们去看看拉斐尔吧。"

但是他们不可能看不到墙两边面对面的两幅巨大的保罗·委罗内塞。

"这两张还是值得看看的，"她说，"你们的外公对它们评价很高。当然，委罗内塞不算微妙，也谈不上深刻。他没有灵魂。可是，他显然在构图上很有天赋，你们必须要记住，现在已经没有人可以将这么多人物以这样一种和谐又自然的方式组合在一起了。就算没有别的理由，你们也要因为它们的活力，以及委罗内塞绘制这样大幅画作时所必然付出的纯粹的强健体力而欣赏这两幅作品。不过，我觉得这两幅画不仅有这些。它们确实会让你对那时丰富多彩的时代，以及威尼斯贵族达到荣耀顶峰时那种没有宗教信仰的享乐主义精神产生深刻印象。"

"我经常去数《加纳的婚礼》里有多少个人物，"莱斯利·梅森说，"但每次结果都不一样。"

192　　他们四个开始数，可是都不一样。不一会儿，他们漫步到了大画廊。

"现在到了《戴手套的男子》，"梅森夫人说，"不好意思让你们先看了委罗内塞，因为它们确实把提香独特的好很清晰地展现出来。你们还记得我和你们说委罗内塞没有灵魂；好，你们现在看看这幅《戴手套的男子》，灵魂正是提香的所在。"

"他真是个了不起的老家伙，"莱斯利·梅森说，"活到了九十九岁，一场瘟疫才要了他的命。"

梅森夫人微微笑了。

"我会毫不犹豫地说，"她继续道，"这是现存最好的肖像画之一。当然，你不能拿它和塞尚，甚至是马奈的比。"

"我们别忘了带他们看看马奈，弗尼夏。"

"不，我们不会忘的。很快就能看到了。不过我是想说，你们必须要知道这幅画绘制时的时代特色,而且要记住,我并不觉得会有人否认这是幅杰作。当然,仅仅作为一幅画,它已经不用再夸了,但是它有一种特色,一种想象的品质,是非常特别的。你不觉得吗,莱斯利?"

"完全如此。"

"当我还小的时候,我曾几个小时盯着它看。这幅画会让你做梦。就我个人而言,作为肖像画,这幅比委拉斯凯兹的《教皇英诺森十世》更好,就是那张在罗马的,你知道吧,因为这幅更发人联想。委拉斯凯兹是个非常好的画家,我承认,而且他对马奈产生了很大影响,不过我觉得他身上所欠缺的,正是提香所拥有的——灵魂。"

莱斯利看了看表。

"我们不能在这里浪费时间,弗尼夏,"他说,"不然我们就赶不上吃午饭了。"

他们继续走,左看右看墙两边排列的画,不过,没有哪张是梅森夫人觉得值得停留的。

"我们没必要用太多的印象让他们的心灵承受负担,这样只会让他们头昏,"她告诉她的丈夫,"让他们关注真正重要的东西,会好很多。"

"当然。"他回答道。

他们走进万国大厅,不过在门槛处,梅森夫人停了下来。

"我们今天就不看普桑的画了,"她说,"你们一定要来卢浮宫看看,他无疑是个伟大的艺术家。不过,他更多的是属于画家的画家,而不是属于门外汉的,我觉得想要欣赏他的画,你们年纪还太

小。等你们俩都长大一些,我们再来看,好好欣赏一下。我的意思
是,如果想要完全懂得他,你们得世故些才行。我们现在要走近的
是十九世纪的画。不过我觉得我们也不用看德拉克罗瓦。他也是
那种属于画家的画家,我不会指望你们能在画中看到我看到的东
西;你们必须要相信我,他是个非常值得尊敬的画家。他不是色彩
画家,他有非常强烈的浪漫感受。你们当然也不用为巴比桑画派费
心。我年轻的时候,人们很崇拜他们,可是那都是在我们还没了解
印象画派之前的事了,当然,那时候我们还没怎么听说过塞尚和马
蒂斯;他们算不上什么,你们可以放心地忘记他们。我想先带你们
看看马奈的《大宫女》和《奥林匹亚》。这两张画放得很好,面对面,

这样你们可以同时看到这两张,进行比较,做出自己的结论。"

说完这句话,梅森夫人和身边的丈夫走进房间,查理和帕西落
后他们一两步。不过她的眼睛落在米勒的《拾穗者》上,她停了
下来。

"我想让你们先看看这幅。我不是想让你们好好欣赏,而只是
想让你们看一眼,因为这幅画人们一度是很赞赏的。我很惭愧地
说,当我还小的时候,这幅画让我眼眶泛泪。我觉得它是张很美、很
动人的画。不过让我现在来看,我简直不敢去想我曾在画中看到了
什么。这只是表现出一个人的想法会怎样随着年纪增长而变化。"

"还展示了我们年轻时也会犯错。"莱斯利说,笑得很机敏,仿
佛他刚刚才想到这句话。

他们转身离开,不久,弗尼夏就来到了她尤其想让孩子欣赏这
两幅画的最佳位置。她得意洋洋地停下,就像个魔术师从帽子里掏

出一只兔子,叫道:

"到了!"

他们排成一排,驻足了几分钟,梅森夫人面带狂喜地望着这两幅裸体画。然后她转身对着孩子们。

"现在我们走近一点看。"

他们站在《大宫女》面前。

"没用的,弗尼夏,"莱斯利说,"你可以说我是个外行,但我不喜欢这个颜色。身体的粉色就像你之前一直在晚上往脸上抹的面霜的粉色,我让你停你才停。"

"你不用把我们闺房的秘事讲给这些无辜的孩子们听,"弗尼夏有些拘谨又有点调皮地笑着说,"不过我绝对不会说安格尔很擅长运用色彩;尽管如此,我确实觉得蓝色是一种很甜美的色彩,我经常觉得我想要一条那种蓝的裙子。你会觉得那太年轻吗,帕西?"

"不,亲爱的。一点都不。"

"不过这无关紧要。安格尔也许是最伟大的擅长描绘的美术家,至今为止。我不知道有谁能看着这些坚实可爱的线条,还感受不到他面前是一种人类伟大精神的体现。我记得我的父亲和我说过,有一次他和在朱利安①的同学一起来看画,那位同学从来没看过这幅,当他的眼睛落到画上,他被这样优美的线条击中,真的就昏倒了。"

"我觉得更有可能是已经过了有理智的人吃午饭的时间,他因

---

① Julien's,应该是指朱利安拍卖行。

为太饿所以昏倒了。"

"你们的爸爸是不是很讨厌?"梅森夫人笑道,"好吧,我们再看五分钟《奥林匹亚》,莱斯利,我们就可以走了。"

他们走到了马奈的巨作前。

"当你们在看这样一幅杰作时,"梅森夫人说,"你只能闭上嘴好好欣赏。其他的,就像哈姆雷特说的,便是沉默。没有谁,甚至雷诺阿,甚至艾尔·格列柯,都没有画过这样的肉体。看那个右侧的乳房。那是可爱的奇迹。只会让人喘不过气。就连我可怜的父亲,一个受不了现代派的人,都被逼着承认那侧乳房画得是真不错。真不错吗?我问你们。现在我想你们已经看到那个人物边上的黑线。你看到了,查理,是吧?"

查理说看到了。

"你呢,帕西?"

"看到了。"

"哎,我没有,"她胜利地欢呼,"我以前看到过。我知道那线就在那里,但我和你们发誓,我现在看不到了。"

说完后,他们去到一家梅森夫妇发现的小馆子吃午饭,那里从没有英国人去过。这家店和那些外国人去的时髦餐厅一样好,价格减半。里面人还挺满的,但很奇怪,他们右边桌子上是英国人,左边桌子上是美国人。对面坐着两个高个子瑞典人,稍远一点有几个日本人。事实上,除了法语,你几乎可以听到其他所有语种。莱斯利不满地扫视了人群。

"在我看来,弗尼夏,这个地方已经被污染了。"

他们四个人拿到用紫色墨水写的巨大菜单,有些困惑地看着它们。莱斯利快乐地搓搓手。

"我们要用什么来开胃呢?我想既然到了法国,我们就按法国人的方式来吧,你们觉得从蜗牛开始,然后是青蛙,怎么样?"

"别恶心了,爸爸。"帕西道。

"你这么说,只是展现了你的无知,我的孩子。它们可是人间美味。我在菜单上没看到。"他从来都记不得法语里的 grenouille 是青蛙,crapaud 是蟾蜍,还是说反过来;他抬头看了眼站在他身边的领班,用刚毅的英国口音说:"小伙子,你们有蟾蜍吗?①"

领班不想被称作"小伙子",可他庄重地说这不是蟾蜍的季节。

"这么讨厌啊,"莱斯利叫道,"好吧,那蜗牛呢?食用蜗牛有吗?"

"爸爸,你要是吃蜗牛,我会吐的。"

"他只是在和你开玩笑,亲爱的,"梅森夫人说,"我们还是吃个简单的煎蛋卷吧。法国的煎蛋卷总能信得过的。"

"这话没错,"莱斯利说,"在法国,不管你去哪儿,煎蛋卷都很好吃。很好。小伙子,给我们四个人来份煎蛋卷②。"

然后为了两个小孩,他们点了英式烤牛肉。小朋友们吃完后又来了个香草冰淇淋,他们的父母吃了卡门贝干酪。他们在英国也常吃,但他们却一致表示,在法国吃的口味有点不一样。最后,他们来了份菊苣咖啡,当梅森夫人津津有味地嗅着咖啡时,她说:

---

① 原文为法语,带口音。
② 原文为法语。

"你得到了法国，才知道咖啡究竟是什么味道。"

查理和这间著名美术馆相识已久，又从母亲那儿获取了有用信息，现在莉迪亚就在他身边，他带着她走进方形沙龙，身上的自信就像一个优秀的网球选手踏进了赛场。他想赶紧带莉迪亚看他最爱的画作，准备好和她解释画中准确来说有哪些值得赞赏的地方。不过，这个房间重新布置过了，他还蛮惊讶的，他本来肯定要先带她看的蒙娜丽莎并不在里面。他们只在里面待了十分钟。当查理和父母来的时候，他们在这间房要停留一个小时之久，就算那样，他的母亲说，他们也没能把这里的宝贝都看个透。不过《戴手套的男子》还在原来的位置，他慢慢地带她走上前。他们看了一会儿。

"很惊人，是不是？"他说，充满爱意地捏了捏她的胳膊。

"是的，还行。和你有什么关系？"

查理突然转头看她。以前从来没人就画问过他这样的问题。

"你这话是什么意思？这是世上的伟大画作之一。提香，你知道吧。"

"我敢说是的。可是，这幅画和你有什么关系呢？"

查理不大知道要怎么回答。

"这个嘛，这是幅非常棒的画，画得很漂亮。当然了，它并没有在讲述一个故事，如果你是这个意思。"

"不，我不是这个意思。"她笑了。

"我真不觉得这画和我有什么关系。"

"那你干吗还费心看呢？"

莉迪亚继续走，查理跟着他。她冷漠地扫视着其他的画。查理被她说的话搞得很困惑,正拼命想她心里到底装了什么。她颇觉好笑地看着他笑了。

"来呀,"她说,"我来带你看几张。"

她挽住他的手,他们继续往前走。突然,他看到了蒙娜丽莎。

"她在这儿,"他叫道,"我必须要停下来好好看看。我来卢浮宫都要来看这幅。"

"为什么呢?"

"废话,这是莱奥纳多最有名的画了。是世界上最重要的画之一。"

"对你而言很重要?"

查理开始觉得她有些让人生气了;他不明白她想说什么;不过他是个好脾气的青年,他也不准备发火。

"一幅画哪怕对我而言不那么重要,也可以是一幅重要的画。"

"但只有你说了算。就你而言,一幅画唯一的意义就是它对于你的意义。"

"这样看画实在有些自负。"

"这幅画对你而言真的有什么意义吗?"

"当然有了,它说了很多东西,但我觉得不可能有佩特说得好。不幸的是,我没有我母亲的记忆力。她可以整段地背诵出佩特的话。"

可是即便在他回答的时候,他都觉得自己的回答非常蹩脚。他开始有点感觉到莉迪亚是什么意思了,接着一种不安的感觉向他袭来,那就是关于艺术的某些东西,还从来没有人跟他说过。不过,他很幸运,还记得他的母亲是怎么评价马奈的《奥林匹亚》的。

"事实上,我觉得画就没有什么好说的。你喜欢就是喜欢,不喜欢就是不喜欢。"

"那么你真的喜欢那幅画吗?"她问话的语气颇有点质询的意思。

"非常。"

"为什么?"

他想了一会儿。

"哎,你看,我基本从出生起就知道这幅画了。"

"这也是你为什么喜欢你的朋友西蒙,对吧?"她笑了。

他觉得这样的反击有些不公正。

"好吧。你带我看看你喜欢的画吧。"

地位转换。现在不是如他所料,由他来带路,给每一幅画增添点有趣的信息,用产生共情的方式,让她来关注他一直以来喜欢的大师杰作;而是由她来带领他。很好。他已经准备好把自己交付给她,看看她到底想说什么。

"当然,"他自言自语道,"她是俄国人。人们总要多担待点。"

他们脚步沉重地走过了好多幅画作,从这间房走到那一间,因为莉迪亚有点找不到路;不过最终,她让他在一张小画面前停下,如果你不是在专门找它,很容易错过它。

"夏尔丹,"他说,"是的,我以前看到过这张。"

"可是你看过吗?"

"哦,是啊。夏尔丹在他的画派绝不算画得差的。我的母亲觉得他很不错。我自己一直是更喜欢他的静物画。"

"它对你来说仅此而已？你伤透了我的心。"

"仅此而已？"查理镇定地叫道，"一个面包和一壶红酒？当然，画得很好。"

"是的,你说得没错;画得很好;用怜悯与爱画成的。这不仅仅是一个面包和一壶红酒;这是生命的面包,基督的血液,不会舍不得发给那些饥饿又饥渴、渴望着它们的人们,只能由牧师在固定场合分发给大家。它是如此谦卑,如此自然,如此友好;这是属于穷人的面包和红酒,他们只渴求这些,只希望和睦生活,有工作,可以自由享用他们的简单食物。这是被鄙视的和被拒绝的人在呼唤。它告诉你无论人类犯了多少罪,他们本性还是善良的。那个面包和那壶红酒象征了温顺卑微的人的喜悦与哀愁。它们渴望你的仁慈、渴望你的爱;它们告诉你他们和你是一样的骨血。它们告诉你人生短暂艰难,坟墓寒冷孤单。这不仅仅是一个面包和一壶红酒;这是生活在大地上人类命运的神秘,是他们对一点点友情与一点点爱的渴望,是他们即使连那些都得不到,还依旧怀有的顺从谦卑。"

莉迪亚的声音在颤抖,现在,泪水从她眼眶中滚落。她不耐烦地把眼泪抹去。

"这不是很美妙吗？就这么简单的物品,那个有趣的、亲爱的老人用他那画家的精巧感受力,被心中的善意感动,将它们变成了这么美丽的画,让你的心都为之而碎。这就好像,也许是无意识地,他并不知道自己在做什么,可是他想告诉你,只要你有足够的爱,只要你有足够的同情,你就可以用痛苦、伤心、残忍,用这个世界上所有的邪恶,创造出美。"

她沉默了,很长时间,她就站在那里看着那幅小画。查理也在看,但是感到困惑。这是一张非常好的画;他以前只是随意瞥过几眼,他很高兴莉迪亚可以让他注意到这张画;挺奇怪的,这幅画还挺动人;但当然了,他绝对不会从那幅画里看到莉迪亚看到的一切。这女人真奇怪,也太不稳定了!她居然在一间美术馆大哭,真是有些丢人;他们是会搞得你很难堪,这些俄国人;不过谁能想到区区一幅画就能把人感动成这样?他记得他的母亲提到过,他外公一个同学朋友第一次看到《大宫女》的时候晕倒了;可那是在遥远的十九世纪,那时候的人很浪漫,情感丰富。莉迪亚转头看着他,嘴上是阳光的笑容。看到她这么快就从泪水转为笑容,他有些仓皇。

"我们现在走吗?"她说。

"可是你不想再看看别的画了吗?"

"为什么?我已经看了一张。我感觉很快乐,很安宁。我再看一张又能怎么样呢?"

"哦,好的。"

这样参观美术馆,可真奇怪。毕竟,他们还没看华托,也没看弗拉戈纳尔。他的母亲肯定会问他有没有看《舟发西苔岛》。有人告诉她,他们清理过了,她想知道出来的颜色怎么样。

他们买了点东西,然后在河对岸码头上的一间餐厅吃了午饭,莉迪亚和往常一样胃口很好。她喜欢他们所置身的人群,也喜欢路上喧嚣而过的交通。她心情很好。就好像她刚刚承受的猛烈情感爆发荡涤了她的灵魂,她说起细碎的小事也很活泼快乐的样子。不过,查理满腹心思。他觉得想要抛弃影响了自己的不安,并不很容易。她并不很经常发现他的情绪,不过,他烦乱的心思清晰地展现在他的脸上,最后她不得不感到吃惊。

"你为什么都不说话?"她问他,脸上是善意而同情的微笑。

"我在思考。你看,我一辈子都对艺术很感兴趣。我的父母都很有艺术细胞,我的意思是,有人可能都会觉得他们挺高雅的,他们也一直在意要让我的妹妹和我懂得如何真正地欣赏艺术;我觉得我们是有鉴赏力的。可是想到我吃过的那么多苦,拥有的那么多优势,在艺术上我知道的却真的还没有你多,我有些不安。"

"可是我对艺术一无所知呀。"她笑了。

"可是你好像真的对它感受很强烈,而我觉得,艺术真的就关乎感觉这件事。不是说我不喜欢画。画会给我很大的刺激。"

"你不要担心。你看画和我的方式不一样太正常了。你年轻健康,快乐富有。你不笨。画对于你而言就是和其他娱乐方式一样的一种娱乐罢了。它能给你带来温暖的感觉,也会让你心满意足。在美术馆走一走,悠闲的一个小时很愉快地就过去了。你还想要什么呢?可是你看,我一直很穷,经常挨饿,有时还非常孤单。对我而言,食物、酒水、陪伴,都是很奢侈的东西。我工作的时候,老板骂得我心烦意乱的时候,我就会在午饭时间偷溜出去,到卢浮宫待着,这样她责骂我的话就什么都不是了。而当我的母亲去世,我什么人都没有的时候,这让我感到安慰。罗伯特审判前在监狱里,而我又怀着孕的那漫长的几个月,要不是我能去那里,我觉得我可能会发疯自杀的。那里没人认识我,没人盯着我,我可以单独和朋友待着。

那就是休息,是安宁。它给我勇气。帮助我的并不是那些伟大的知名的大师之作,而是那些更小、更害羞、没人在意的画,我感觉我看看它们,它们会很高兴的。我感觉没有什么事情是多么大不了的,因为一切都过去了。耐心!耐心!我在那里就学会了这个。而且我觉得尽管这个世界有那么多恐惧、神秘、残忍,但有些东西可以帮助你去承受,那些东西更伟大,比所有负面都更重要,那就是人类的灵魂和他们创造出的美。我今天上午给你看的那幅小画竟然对我意义这么大,是不是真的很奇怪?"

为了好好利用这美好的天气,他们沿着繁忙的圣米歇尔大道而行,等他们到了尽头,就转入了卢森堡公园。他们坐下来,偶尔聊聊天,悠闲地看着保姆推着婴儿车,啊,她们终于不再戴着上一代的长缎带了。身穿黑色的老妇人迈着严肃的步子看着小朋友。年纪大的绅士,厚围巾裹到了鼻子,若有所思地走来走去。他们带着友好的心,看着长腿男孩女孩跑来跑去玩着游戏,当一对年轻学生走过他们身边,他们就在想,两人在说些什么,讨论这么热烈。这里不像个公园,而像个左岸人士的私家花园,场景有一种动人的亲密感。不过,即将西下的太阳洒下了寒光,又让这里带上一种特别的忧郁氛围,因为和大城市的喧嚣中间,只隔了一排铁栅栏,这个花园有一种独特的不真实感,你有一种感觉,那些走在砾石小径上的老人,那些尖叫着让这里生机勃勃、吵吵闹闹的小孩,是鬼魂在散着幽灵步,玩着幽灵游戏,仿佛他们到了黄昏就会消失,就像香烟的烟气般,消失在即将到来的黑暗中。天变得很冷了,查理和莉迪亚,这对沉默友好的伴侣,走回酒店了。

　　他们进房间的时候,莉迪亚从她的行李箱里拿出薄薄一叠钢琴乐谱。

　　"我把罗伯特之前弹过的一些东西拿来了。我弹得太差了,我们在阿历克西家里没有钢琴。你觉得你可以弹吗?"

　　查理看了乐谱,是俄国音乐,有些曲子他很熟悉。

　　"应该能。"他说。

　　"楼下有台钢琴,现在会客厅没人。我们下去吧。"

　　这架钢琴需要好好调调。是立式钢琴。琴键因为时间久了都泛了黄,由于很少有人弹,音键都有些僵硬。琴凳很长,莉迪亚坐在了查理身边。他把自己熟悉的斯克里亚宾的一首曲子放在架子上,为了试音弹了几段响亮和弦后,开始弹奏。莉迪亚看着乐谱,帮他翻页。查理把伦敦最好的大师请来当过师父,他练琴也很努力。他在学校演奏会演奏过,之后在剑桥也是,所以他有了信心。他的弹奏轻快、怡人。他喜欢弹琴。

　　"好了。"一曲结束,他说。

　　他对自己并没有不满意。他知道他是按照作曲家的想法在弹,而且弹奏的时候,是那种干净、整齐的直白方式,这也是他喜爱弹钢琴的原因所在。

　　"再弹点别的吧。"莉迪亚说。

　　她选了一首。这是一个查理从未听过的作曲家为民俗音乐和民俗舞蹈编写的钢琴曲。当他看到封面上用坚定、大胆的字迹写着罗伯特·贝尔热的名字时,他吃了一惊。莉迪亚静静地盯着封面,然后翻了页。他看着他即将要弹奏的乐曲,在想莉迪亚此刻在想什么。她肯定像现在坐在他身边一样,坐在过罗伯特的身边。为什么她要折磨自己呢,让他弹奏那些乐曲,肯定会唤起她对自己曾有过的短暂幸福,以及那之后悲惨命运的痛苦回忆吧?

"好了,开始吧。"

他一上来就弹得很好,音乐也不难。他觉得自己不可谓不出色地完成了他的任务。敲完最后一个音,他等待着称赞他的话。

"你弹得很好,"莉迪亚说,"可是哪里有俄罗斯的味道?"

"你这么说,是什么意思?"他问,颇有些受到冒犯。

"你弹起来,就好像这首曲子讲的是周六下午的伦敦,人们穿着最好的衣服在空旷的大广场散步,希望已经到了喝茶的时间。不过,这首曲子讲的完全不是这个。这是首非常、非常老的关于农民的乐曲,那些农民哀叹自己生命的短暂与艰苦,这首曲子是关于广阔的金色麦田和丰收季节的收割劳作的,是关于大片的山毛榉林和工人们对和平与富足掌管土地的那个年代的怀旧,是关于狂野的舞蹈,因为那舞蹈可以让他们暂时忘记自己的命运。"

"好吧,你弹得更好。"

"我不会弹。"她回答道,不过她把他往边上挤了挤,坐在了他的位子上。

他在听。她弹得很糟,可是尽管如此,却从音乐里弹出了他未曾看到的东西。她想尽办法,尽管也付出了代价,将其中的汹涌情感、忧郁苦涩弹奏出来了;而且她在跳舞的节奏中加入一种野性活力,让人血脉偾张。可是,查理有些生气。

"我必须得承认,我不是很明白,为什么像你这样弹错音,把脚一直踩在强音踏板上，就能弹出俄国风味了。"她弹完后，他刻薄地说。

她噗地笑出了声，双手环抱着他的脖子，亲吻了他的脸颊。

"你真是个小可爱。"她叫道。

"你能这么说，太好了。"他冷冰冰地说，挣脱开。

"我冒犯到你了吗？"

"完全没有。"

她摇摇头，温柔地看着她笑。

"你弹得非常好，你的技巧很完美，不过你觉得这样你就可以弹俄国音乐，是不行的；你没法弹。给我弹一点舒曼吧。我觉得你肯定可以弹。"

"不，我不想再弹了。"

"如果你生我的气了，你干吗不揍我？"

查理忍不住笑了。

"你个小笨蛋。我从来没想过要打你。而且，我也没有生气。"

"你这么魁梧、强壮、帅气，我都忘了你还只是个年轻的小男孩，"她叹了口气，"而且你对生活是这样毫无准备。有时，我看着你，会感到很痛心。"

"不要变得这么俄罗斯，太情绪化了。"

"对我好一点，给我弹一点舒曼吧。"

如果莉迪亚愿意，她说的话可以很有说服力。查理冷漠一笑，回到了他的座位上。舒曼实际上是他最喜爱的作曲家，他很多曲子都熟记于心。他给她弹奏了一个小时，他每次想停下，她都让他继

续弹。收银台的年轻女子好奇是谁在弹琴,跑来偷看。等她回到柜台,她悄声对看门人说,脸上是调皮的、意味深长的笑容:

"那对小情侣快活着呢。"

当查理终于弹完,莉迪亚因为满足轻轻叹了一口气。

"我知道这才是适合你的音乐。它和你一样,这么健康、舒适、充满生气。那里面有清新的空气,有阳光,有松树的怡人气息。听这样的音乐,对我来说很好,能和你在一起,对我也很好。你的母亲肯定非常爱你。"

"哦,别说了。"

"你为什么对我这么好? 我很无趣,又无聊,还惹人生气。你甚至都不大喜欢我,是不是?"

查理考虑了一会儿。

"嗯,我不大喜欢你,和你说实话的话。"

她笑了。

"那你干吗浪费时间和我在一起? 你为什么不把我赶到大马路上去?"

"我不知道。"

"我来告诉你好吗? 善良。只是纯粹的、简单的、傻乎乎的善良。"

"去你的。"

他们在拉丁区找了个地方吃晚餐。查理并非没有注意到,莉迪亚对他这个人没有兴趣。她接受他,就像你在船上碰到一个人,被迫和他产生一定程度的亲密关系,可是你并不在意他从哪里来,是怎样的一个人;当他上了船,他就这样从虚空中出现,等船到港,你和他分开后,他又将回到虚空中去。查理很正派,不会因此赌气,因为他不得不意识到,她自己的苦楚与困惑太大了,肯定已经占用了她所有的注意力;现在她让他说说自己,他一点也不惊讶。他告诉她自己喜欢什么样的艺术,还说他想当艺术家,想了很久了,她也赞成他最后相信了常识,选择了生意人有保障的生活。他从来没见她这么快乐,这么通人情。她对英国国内的了解只是从狄更斯、萨克雷和 H. G. 威尔斯处得来的,她很想听他说说在贝斯沃特那些富裕、肃静的房子里,人们是怎么生活的,她对它们的了解都是从外部听来的。她问到了他的家,他的家庭。这些话题他总是愿意聊的。他提到父母的时候有一种假装的讽刺,莉迪亚看得很明白,他这样,只是为了隐藏他对他们的爱与尊敬。他自己没有意识到,但是他描绘了一张充满爱的幸福家庭的图景,那张画非常美好,里面的人生活小康,不会装模作样,自得其乐,与世界也达成和解,不会害怕有任何事情会影响到他们的安全。他所描述的生活既不乏优雅,又不失尊严;这样的生活是健康的、正常的,而且因为那些精神上的兴趣,也不完全是物质的;过着这样生活的人是简单的、诚实的,既非野心勃勃,也不心怀嫉妒,按照自己认为的准则,准备好完成对国家、对邻居的职责;而且他们既不会给别人造成伤害,也没有恶意。如果莉迪亚知道他们的好心、他们的善意、他们并非讨人厌的自负有多少是来源于生养他们的国家那长期有序的繁荣;如果她意识到,就像孩子们在海滩上堆沙堡,他们可能随时会被一阵上涨的潮水带走,她也没有让自己的表情透露分毫。

"你们英国人好幸运呀。"她说。

不过,查理对他的话给她带来的印象感到一丝惊讶。在他的述说中,他第一次站在旁观者的视角看着自己。直到现在,他就像一个演员念着自己的台词,却从来没坐在前排看过这场戏,只是隐约知道这部戏讲了什么,他以前扮演自己的角色时,从来没有问过自己这一切有何意义。如果说让他感到不安,就有点过了,他只是有些微微的困惑,因为他发现,虽然他们所有人,他的父亲、他的母亲、他的妹妹、他自己,从早忙到晚,这样每天的时间好像都不够让他们完成自己想做的事;可是当你一年过去再回看他们的生活,你会不舒服地发现,他们,他们没有一个人,真的做了什么。这就像那种喜剧,里面的布景很好,服装很漂亮,对话很极致,演技也很强,所以你度过了一个愉快的夜晚,可是一周以后,你却什么都不记得了。

他们吃完晚饭后,叫了一辆出租车到河对岸的一家电影院。这是一部马克斯兄弟①的电影,他们在那些精湛小丑的浮夸幽默面前笑得前仰后合;不过他们不仅是在笑格劳乔②的俏皮话,笑哈勃好笑的困境,他们也在笑彼此的笑。电影在午夜结束,可是查理太兴奋了,不想静静上床,他问莉迪亚愿不愿意和他去个可以跳舞的地方。

"你想去哪里?"莉迪亚问,"蒙马特吗?"

"随便你想去哪儿,只要是个快乐的地方。"然后,想起他父母

---

① Marx Brothers,美国早期喜剧演员,有四兄弟。
② 指马克斯兄弟中的 Groucho Marx,后文的"哈勃"则是指 Harpo Marx。

来巴黎一直想要可是很少办得到的事情:"英国人不是很多的地方。"

莉迪亚朝他有些淘气地笑笑,这种笑容他在她嘴角只见过一两次。这让他感到惊讶,但同时在他看来又有点可爱。他之所以惊讶,是因为这和他所认识的她的性格搭配起来有些奇怪;可是他又觉得那笑容有些可爱,是因为这表示,虽然她的过去充满悲剧,可是她的身体里还是有快乐的气质,还有一丝讨喜的、捉弄人的恶意。

"我带你去个地方。不会特别欢乐,但是应该蛮有趣的。那里有个俄国女人唱歌。"

他们开了好久的车,当他们停下来,查理发现他们在码头上。巴黎圣母院的双子塔在结霜的有星光的夜晚轮廓清晰。他们沿着一条黑暗的街走了几步,然后穿过一扇窄门;他们走下一段台阶,查理很惊讶地发现自己来到了一个四面石墙的大地窖;从石墙里伸出来的大木桌子,大到可以坐下十到十二个人;桌子四周还放着木制的板凳。里面空气炙热,弥漫着灰色烟雾,让人难以呼吸。除了桌子占去了的空地上,一群人挤在一起,和着忧伤小调起舞。一个穿着衬衫的邋遢服务生给他们找到两个位子,帮他们下了单。这里那里坐着的人们好奇地看着他们,彼此窃窃私语;确实,查理一身剪裁精良的英式蓝哔叽,莉迪亚一身黑色丝绸和那顶插着羽毛的时髦帽子,和这里其他人形成鲜明对比。这里的男人没人有衣领,没人打领带,戴着便帽跳舞,香烟屁股叼在唇间。这里的女人没人戴帽子,妆化得很夸张。

"他们看起来有点粗野。"查理说。

"是的。他们大多数都坐过牢，没坐过的也快了。如果发生争执，他们就开始扔玻璃杯、掏出刀，你就靠墙站，不要动。"

"我觉得他们不大喜欢看到我们这副模样，"查理说，"我们好像吸引了他们不少的注意力。"

"他们觉得我们是观光客，这总是会让他们产生警惕。可是会没事的。我认识老板。"

当服务生给他们端来他们点的两杯啤酒，莉迪亚让他把他们的老板喊来。不一会儿，他来了，一个大块头，像个胖牧师的光秃秃的样子，他很快认出了莉迪亚。他瞪了查理一眼，狡猾又怀疑的神色，可是当莉迪亚介绍查理是她的朋友，老板就热情地和他握手，说见到他很高兴。他坐下来，低声和莉迪亚聊了几分钟。查理发现他们的邻桌都看在眼里，还看到一个男人朝另一个眨眨眼。他们看到一切正常显然都很满意。跳舞结束，他们这桌的其他人回来了。他们朝陌生人投来充满敌意的目光，可是老板解释说，他们是朋友，这时，其中一个男的，看起来很吓人，脸上还有一道剃刀伤疤，执意要请他们喝杯红酒。很快，他们就都快乐地交谈起来。他们明显很想让这个年轻的英国人有宾至如归的感觉，坐在他身旁的一个男人和他解释说，虽然他们样子看起来有点粗鲁，但他们都是好人，心地善良。他有点喝醉了。查理不再像刚来时那样不安，开始享受时光。

不久后，萨克斯手起身，把自己的椅子往前移。莉迪亚提到的俄国歌手手拿吉他走上前，坐了下来。掌声响起。

"这是马里什卡小姐，"查理喝醉了的朋友说，"没有人和她一样。她是某个人民委员①的情妇,斯大林把他毙了,如果她没能逃离俄罗斯,他也会毙了她。"

桌上另一边的女人听到了他说的话。

"你在和人家说什么鬼话,卢卢,"她叫道,"马里什卡小姐是革命前一个大公②的情妇,所有人都知道,她有的珠宝价值百万,不过被布尔什维克人没收了。她乔装成农民逃跑了。"

马里什卡小姐是个四十岁的女人,憔悴,脸色抑郁,面容瘦削,似个男子,皮肤呈棕色,眼睛特别大,闪烁着光芒,上面的黑色浓眉弯弯的。她嗓音粗哑,用最大音量唱了一首粗野、毫无愉悦感的歌,尽管查理听不懂俄语歌词,但是一股冰冷的感觉沿着他的脊柱而下。掌声雷动。接着,她唱了一首法语的感伤民谣,是一个女孩为第二日一早就将被行刑的爱人所吟唱的哀叹,这首歌让听众都发狂了。现在,她的另一首俄语歌暂时唱完了,这次歌曲活泼,脸上也没了悲剧表情;现在是一种野蛮、冷酷的快乐神色,而她的嗓音,深沉粗嘎,带上了一种活泼的感觉;你热血沸腾,只能觉得兴奋,不过同时你又被打动了,因为在那酒神般的欢乐之下是无用泪水的荒凉。查理看了眼莉迪亚,发现她正嘲弄地瞥向他。他善意地笑了。那严酷的女人从音乐中唱出了查理知道自己无法理解的某种东西。一曲终了,掌声再次响起,可是马里什卡小姐就好像没有听到似的,没有做出任何知道了的表示,就从椅子上站起来,走到莉迪亚这里来。两个女人开始用俄语交谈。莉迪亚转向查理。

---

① 1946 年前苏联政府部长的称呼。
② 沙皇俄国作为沙皇子孙的封爵。

"如果你愿意请客,她想喝一杯香槟。"

"当然。"

他示意让服务生过来,点了一瓶;接着,看到桌上还坐着六个人,他更改了自己的点单。

"来两瓶,再来几个杯子。也许这里的先生女士会同意我请他们也喝一杯。"

人们低语,礼貌地表示可以。酒来了,查理倒满几杯,沿着桌子传下去。大家一起祝酒,碰杯。

"善意的理解万岁。"

"致盟友。"①

214

他们都很友好快乐。查理心情很好,可他来是想跳舞的,当交响乐队再次响起,他拉着莉迪亚站起来。舞池迅速站满了人,他看到很多人好奇的目光都落在她身上;他猜想,也许她是谁这点已经随着人群散播开;这使她成为那群野蛮人和他们的女人关注的焦点,这颇使查理难堪,不过莉迪亚似乎并没有注意到别人在看着她。

不一会儿,老板碰了碰她的肩膀。

"我有话要跟你说。"他低声道。

莉迪亚从查理的臂膀里松开,和那胖老板走到一边,听他有什么话要说。查理可以看得出她受到了惊吓。他显然是要指什么人给她看,因为查理看到她伸长了脖子;不过因为中间有很多人在跳舞,她什么也没看见,过了一会儿,她跟着老板来到狭长地窖的另一

---

① 两句祝酒词为法语。

头。她似乎已经把查理给忘了。他有些恼火，回到自己那桌。两对
情侣正怡然自得地坐在那儿喝着他的香槟，他们热情地和他打招
呼。他们现在都很熟了，他们问他和他的小朋友怎么了。他告诉他
们发生了什么。有个男人个子不高，长得粗壮，脸色泛红，胡子惊
人。他的衬衫领口开着，可以看出胸毛浓厚，而因为这里热到让人
窒息，他把外套脱掉了，衬衫袖口也捋了上去，他的胳膊露出了繁复
的文身图样。他身旁的女孩可能要比他小二十岁。她一头黑发油
亮亮的，中分，脖颈处扎了个小发髻，脸上涂的粉底惨白，猩红色嘴
唇，眼睫毛也上得很厚。那男子用胳膊肘碰碰她。

"既然这样，你为什么不和这位英国绅士跳个舞？你喝了他的
香槟酒，不是吗？"

"我不介意的。"她说。

她贴着他的身子跳。她身上香水很浓，可是再浓也掩盖不
了她晚餐吃了很多大蒜为佐料的菜肴的事实。她朝查理魅惑
地笑。

"他肯定因为罪恶都腐烂了，这个漂亮的小小英国绅士。"她格
格笑，柔软的身体微微蠕动，身上那件黑色天鹅绒长裙落了灰。

"你为什么这么说？"他笑了。

"和贝尔热的夫人在一起，如果不是罪恶，又是什么？"

"她是我的妹妹。"查理快活地说。

她觉得这个笑话太好笑了，所以当乐队结束演奏，他们回到桌
边时，她又把这个笑话和回来的人说了一遍。他们都觉得很有趣，
那个胸毛厚重的粗壮男人拍了一下他的背。

"小丑,可以啊!"①

查理被当作喜剧演员,并没有不高兴。成功的感觉挺好。他发现作为一个臭名远扬的谋杀犯妻子的情人,他在这儿倒是成了个人物了。他们要他下次再来。

"但下次要一个人来哦。"刚刚和他跳舞的女孩说。

"我们会给你找个姑娘。你和俄国人混在一起做什么?这个国家的佳酿,才是你想要的。"

查理又点了一瓶香槟。他一点没喝醉,但是他很开心。他在带着报复性的眼光看待生活。莉迪亚回来的时候,他在和新朋友们聊天大笑,就好像已经认识了一辈子。他和她跳了下一支舞。他发现,她没能跟上他的步伐,他摇动了一下她的身体。

"你走神了。"

她笑了。

"不好意思,我累了,我们走吧。"

"发生什么事让你难过了吗?"

"没有。现在很晚了,这里热死了。"

和新朋友们热情握手之后,他们离开了,坐上一辆出租车。莉迪亚疲惫地瘫在座位上。他很高兴,充满柔情,他握住她的一只手。他们一路都静静坐着。

他们上床睡觉了,几分钟后,查理就听到了莉迪亚均匀的呼吸,知道她睡着了。不过,他太激动了,睡不着。晚上让他很开心,他非

---

① 原文为法语。

常清醒。他回想了一会儿，因为想到回去可以怎么讲述这个了不得的故事，笑出了声。他打开灯看书。可是，这时的他无法将注意力集中在布莱克的诗上。乱糟糟的想法在他的心上飞过。他关了灯，不久就陷入了浅睡，打起盹，可很快就醒了。他欲望喷薄。他听到了旁边那张床上睡着的女人在安静地呼吸，一种奇特的感受挠动他的心。除了在赛雷尔的第一个晚上，他对莉迪亚的感觉除了同情就是友善。作为女人，她一点都吸引不到他。和她在一起几天后，他甚至都不觉得她漂亮；他不喜欢她的方脸，她的高颧骨，还有两个苍白的眼珠平平地待在眼眶里；有时候，确实，他觉得她的长相平淡无奇。然而，因为她选择的生活——因为那多么古怪、异常的原因——她给他一种吓死人的崇高感，简直令他窒息。而且她对性交的冷漠也让人心寒。对于那些用钱买她身上快乐的男人，她既鄙视又厌恶。她热烈地爱着罗伯特，让她周身带上一股疏离感，仿佛拒绝所有人类情感，这也就杀死了别人对她的欲望。可是，除了这一切，查理也不觉得他很喜欢她这个人本身；无论他对她做什么，她都当作理所当然；是可以说她什么都不求，可是如果她表现出，不是说感激，哪怕是微微知道他在尽自己所能对她好，也会得体些。查理有种不安的恐惧，她在糊弄他；如果西蒙说的是真的，她真的在妓院赚钱，就为了能帮罗伯特逃跑，那么她就真的是个阴险的骗子了；一想到她在他背后嘲笑他的愚蠢，他的脸就唰地一下红了。不，他不仰慕她，而且越想她，他就越觉得自己并不喜欢她。然而，在那时，他因为渴望她而喘不过气，他感觉自己都要窒息了。他这次看她和每天看她的感觉不一样，这次她不像个平淡无奇的星期日学校的老师，而是让他想起他第一次看到她穿着宽松的土耳其裤子，蓝色头巾上点缀着小星星，脸颊上涂了腮红，上了黑色睫毛膏；他想起了她纤细的腰肢，她清亮、柔软、蜜糖色的肌肤，还有她那小而坚挺的乳房和上面玫瑰色的乳头。他辗转反侧。他的欲望已经难以控制，变成了痛苦。毕竟，这不公平；他很年轻、强壮、正常；为什么他不能在机会降临的时候，玩乐一把呢？她来就是为了这件事，她自己也这么说。她觉得他是头肮脏的猪，又有什么关系呢？他对她挺好了，他也值得收获一些回报。她安静呼吸的微弱声音莫名地让他感到刺激，让他的呼吸变急促了。他想到当他把嘴贴上她的唇时那柔软的触感，想到了当他两手握住她的乳房是什么感觉；他想着拥抱住她柔软身体的感觉，他的两条长腿压在她的腿上的感觉。他打开灯，觉得这样也许会让她醒来，下了床。他附身看她。她躺着睡，两手交叠在胸前，就像坟墓上的石头雕像；眼泪从她闭着的眼眶流下，她的嘴因为悲伤扭曲变形。她在睡眠中哭泣。她看起来像个孩子，躺在那儿，脸上是孩子那种无助的悲哀，因为孩子不知道痛苦就像其他事情一样，终将过去。查理倒吸一口气。那个睡着的女人的不幸让人不忍直视，他所有的激情，所有的欲望，都被袭上心头的怜惜熄灭了。她白天很快乐，容易交谈，是个很好的伴侣，他本来真的以为，她自由了，至少暂时远离痛苦，因为他知道，在她的内心深处，痛苦一直隐藏在那里；可是睡着了之后，痛苦又回来了，他太清楚了，是怎样的不开心的梦在困扰着她。他深深地叹了一口气。

可是，他比以往都更无睡意，他无法忍受要再次上床睡觉。他把百叶窗放下来，这样光线就不会打扰到莉迪亚。他走到桌边，填满雪茄,点燃了它。他把窗户上厚重的窗帘拉开,坐下来望着庭院。一片漆黑,只有一扇亮着的窗,感觉有些阴森。他在想,那个房间的人是不是病了,还是说只是和他一样失眠了,所以在思考人生的困惑。又或许某个男人带了个女人回来,他们的欲望平息后,正安然地躺在彼此的臂弯里。查理抽着烟。他感觉无聊又沉闷。他没有在特别思考什么问题。最后,他回到床上,睡着了。

九

查理被来送早间咖啡的女仆吵醒了。他一时间忘记了昨晚发生的事。

"哦,我睡得太沉了。"他说着揉了揉眼睛。

"不好意思,可是现在已经十点半了,我十一点半有个约。"

"没事。这是我在巴黎的最后一天,就这么睡过去也太浪费了。"

女仆用一个托盘端上来两份早餐,莉迪亚告诉她端给查理。她穿上一条睡裙,坐在他的床尾,靠在脚边。她倒了一杯咖啡,把一个面包卷切成两半,帮他涂上黄油。

"我一直看着你睡觉,"她说,"真好看;你睡觉的时候像个小动物,或者说小孩子,睡得那么沉,那么安静,看着你就能让人平静。"

然后,他想起来了。

"我担心你睡得不大好。"

"哦,我睡得挺好的。睡得很熟。我累坏了,你知道的。我对你最感激的地方也包括这个,我这几天晚上休息得很好。我老是做梦,可是到这里了之后,我一次都没做过梦。我睡得很安宁。我本以为我再也不可能睡得这么好了。"

他知道那晚她做梦了,他知道她梦到了什么。她已经忘了。他忍住没去看她。想到一段生动、如同撕裂般的生活可以在人陷入无意识后开启,这生活如此逼真,竟然能让人流下眼泪,痛苦地歪曲嘴唇,而等梦中人醒来后,却什么都不记得,这让他感到很残忍,可怕,还有些神秘的刺激感。一个让人不适的想法浮现在他的心上。他无法道明,可是如果他可以,他也许会问自己:

"我们究竟是谁?我们对自己了解多少?而我们的另一种生活,它就比现在这个更不真实吗?"

这一切都很奇怪和复杂。就好像没有什么像表面看起来的那么简单;就好像我们以为我们最熟悉的人,身上还携带着他们自己都不了解的秘密。查理突然感到,人类的神秘是无止境的。事实是,你对任何人都一无所知。

"你是什么约会?"他问,倒不是他真的想知道,而是为了能说些什么。

莉迪亚回答前先点上了一根烟。

"马塞尔,昨晚我们去的那家店的胖老板,给我介绍了那边的两个人,我和他们约了今天早上在调色盘咖啡馆见面。昨晚那么多人,没法谈话。"

"哦!"

他很懂礼貌,不会去问他们是谁。

"马塞尔和卡宴①、圣罗兰②有联系。他经常能得到新闻。这就是我会去那边的原因。他们上周在圣纳泽尔③着陆了。"

————————————

① 法属圭亚那首府。
② 监狱名。
③ 法国西部港市。

"谁？那两个人？他们是逃犯？"

"不是。他们服完刑了。他们的路费是救世军付的。他们认识罗伯特。"她犹豫了片刻。"如果你愿意的话，你可以和我一起去。他们没有钱。如果你能给他们一点，他们会很感激的。"

"好的。行，我想去。"

"他们感觉是很体面的人。其中一个现在看起来还不足三十岁。马塞尔告诉我他是个厨师，他是因为杀了他工作的餐厅厨房里的另一个人被判流放的。我不知道另一个犯了什么事。你快去洗个澡吧。"她走到梳妆台前，看了看镜子里的自己。"奇怪，我的眼睛怎么肿了。你看到我会觉得我哭过了，但你知道我没哭，是吧？"

"可能是昨晚烟雾缭绕害的。是啊！那里烟太大了。"

"我打电话让下面给我送点冰块来。我们出去待五分钟就会好了。"

他们到调色盘咖啡馆的时候，里面没有人。晚来吃早饭的人也已经喝过咖啡走了，现在来喝午饭前的开胃酒还太早。他们坐在角落的窗边，这样他们能看到外面的街道。他们等了好几分钟。

"他们来了。"莉迪亚说。

查理看向外面，看到两个人走过。他们往里扫视，犹豫了片刻，继续走了，然后回来了；莉迪亚朝他们笑了笑，可是他们没有注意到她；他们还是站着，在街上左右看，然后迟疑地看着咖啡馆。就好像他们拿不定主意，不知道要不要进来。他们的举止柔弱，偷偷摸摸的。他们和对方说了几句话，两人中较年轻的那位焦急地忙着回头看一眼。另一个似乎突然逼迫自己下定决心，朝门口走来。他的朋友很快跟上。他们进来的时候，莉迪亚朝他们挥手微笑。他们还是没注意到。他们悄悄地环顾四周，就好像是要确保自身的安全，接着，第一个人眼神看向别处，另一个盯着地面，走上前来。莉迪亚和他们握了手，并介绍了查理。他们显然是以为她会一个人来的，他的出现让他们慌张。他们怀疑地看了他一眼。莉迪亚解释说，他是英国人，是她朋友，来巴黎玩几天。查理的嘴巴挤出一个笑容，想尽量表现得友好些，并伸出了自己的手；他们轮流和他握了手，手上没什么力气。他们好像没什么要说的。莉迪亚请他们坐下，问他们想要什么。

"一杯咖啡。"

"要来点吃的吗？"

年纪稍长的朝另一个微微一笑。

"来块蛋糕吧，如果有的话。这小孩儿爱吃甜食，在那边，我们来的那个地方，没有这类东西。"

说话的男子比中等身高稍矮一些。他可能有四十岁。另一个比他高两三英寸，可能年轻个十岁。两人都非常瘦。两人都衬衫领带，穿着厚西装，一个是灰白色格子纹，另一个是墨绿色，两套西装的剪裁都不好，穿在身上松松垮垮的。他们穿着这衣服都不大自在。年纪大的那个，虽然不高，但强壮，身板结实；他蜡黄色的脸上没有血色，满是皱纹。他有一种坚定的气质。另一个的脸也是蜡黄色，没有血色，可是他的皮肤在骨骼上尤为紧致，光滑没有皱纹；他看起来病得很严重。他们俩还有一个共同的特征；他们两个的眼睛都超乎寻常地大，而当他们的眼睛看向你时，好像并没有在看你，而是看向更远处，眼神狂乱，仿佛他们正盯着看的那个东西让他们充满恐惧。这让人很不舒服。一开始，他们很害羞，尽管查理给他们递烟表示友好，他也害羞，莉迪亚则找不到话说，看着他们就很满足了，他们就这么坐着，不说话。不过，她看着他们的眼神是那么温柔与关切，这样沉默也不显得尴尬了。服务生给他们端来咖啡和一碟蛋糕。年长的玩弄着其中一块，另一个贪婪地吃掉了，他吃的时候，时不时看向他的朋友，眼神里是惊讶与愉悦，让人看了有些感动。

"我们自己出来到巴黎，做的第一件事就是去甜点铺子，这个小孩儿吃了六根巧克力手指泡芙，一根接一根。不过，是他自己付的钱。"

"是的，"另一个严肃地说，"我们出来走到街上时，我就不舒服了。你瞧，我的胃受不了。但是很值得。"

"你们在那儿吃得很糟糕吗？"

年纪稍长的耸了耸肩膀。

"一年三百六十五天都是牛肉。过了一段时间后，大家就感觉不到了。然后，如果你表现好，就能吃到点奶酪和红酒。最好还是乖乖听话。当然了，服完刑，获得自由之后更惨。你在监狱里还有人管你食宿，当你自由了之后，就要自己谋生了。"

"我的朋友不了解，"莉迪亚说，"和他解释一下。他们在英国的体制不一样。"

"是这样的。你被判入狱，要服刑，比如八年、十年、十五年或二十年，等你服完刑，你就刑满释放①了。你必须要在殖民地再待被判年数相同的时间。找工作很难。刑满释放的人名声不好，人们不会雇佣他们的。你是可以拿到一块地耕种，可是并不是所有人都能做到。在监狱里待了这么多年，听看守的话，一半时间什么都不做，你的动力都没了；然后，还有疟疾和钩虫病；你的力气也没了。大多数人只是等轮船靠岸，帮着卸货赚点钱。对于刑满释放的人，没什么好做的，除了在市场睡觉，有机会喝点劣质朗姆酒，还有挨饿。我很幸运。你看，我是个电工，还是个好电工；我和其他人一样，手艺好，所以他们需要我。我过得不是很惨。"

"你被判了几年？"莉迪亚问。

"只判了八年。"

"你干什么了？"

他微微耸了耸肩，朝莉迪亚不以为然地笑了笑。

"年轻时候的蠢事。一个年轻人，交了坏朋友，喝太多，有一天，发生了一件事，他就要一辈子赎罪。我出去的时候二十四岁，现在四十岁了。我最好的时候都在那个地狱里度过。"

"他之前原本可以脱逃的，"另一个说，"但他不愿意。"

"你的意思是他本来可以逃走吗？"莉迪亚说。

查理快速地扫视了她一眼，想发现些什么，可是她的脸上什么也没有。

"逃走？不是，那太傻了。当然，你总可以试着逃跑，可是成功

---

① 原文为法语。

的太少。你可以去哪儿呢？<u>丛林里</u>？发热，野兽，饥饿，当地人会为了奖励抓你。很多人尝试过。你看，那单调的生活，那食物、那命令、眼前的其他犯人，都让他们厌烦，他们觉得怎么样都比这样好，可是他们没能挺住；他们不是死于疾病或饥饿，就是被抓回来，或者放弃自己了；然后就是两年的单独监禁，或是更久，要想不崩溃，那你真得非常强壮。以前荷兰人建铁路的时候还容易些，你可以到河对岸，他们会让你干活，可是现在，铁路修好了，他们不再需要劳力了。他们抓住你，把你送回来。可是就算那样也有风险。曾经有个海关官员，他答应把你送到河对岸，只要你给他一笔钱，他有特定的价目，你和他约好晚上在丛林里见面，等你按照约定出现，他一枪打死你，掏空你的口袋。他们说，他在被抓住前干掉了三十多个人。有些人从海上逃了。五六个人抱成团，让刑满释放的人给他们买一艘破船。旅途很艰辛，没有指南针，什么都没有，你永远不知道什么时候会有暴风雨；就算能逃到哪里，更多的也是运气，而不是良好的管理。而且他们能去哪儿呢？委内瑞拉不会再要他们了，就算他们在那儿着陆，也会被抓进监狱，送回来。如果他们在特立尼达岛①着陆，当地政府会留他们一个月，给他们储存好粮食，如果他们的船不适合航海的话，甚至会给他们一艘船，然后就送他们上路，到大海上漂泊，没有别的地方可以去。不，逃跑太傻了。"

"可是人们还是逃，"莉迪亚说，"那个医生，名字是什么的来着？他们说他在南美行医，生活得不错。"

---

① 拉丁美洲岛国特立尼达和多巴哥的主岛。

"是的,如果你有钱,你有时候是可以逃走,但不能是在岛上,在卡宴或圣罗兰可以。你可以让纵帆船的巴西船长在海上接你,如果他为人诚实,就会让你在海岸的某个地方下来,你就还算安全。如果他不诚实,他就会拿了你的钱,把你扔到船外面去。可是他现在要一万两千法郎,也就是说还要翻倍,因为帮你把钱弄进来的刑满释放的人要拿一半的抽成。然后你又不能身无分文地在巴西着陆。至少要有三万法郎,谁有那么多钱?"

莉迪亚问了个问题,查理再次用探寻的目光看向她。

"可你又怎么知道那个刑满释放的人会把送给他的钱交出去?"她说。

"是不能保证。有时候就不会啊,可是他就会背上中刀,他知道上面的人是不会在意一个该死的刑满释放的家伙有天早上被发现已经死亡的。"

"你的朋友说你本来可以早些脱逃的,可是你没有。那是什么意思?"

那小个子男人没所谓地耸了耸肩。

"我让自己有利用价值。指挥官是个体面的家伙,他知道我是个好工人,为人诚实。他们很快就发现,他们需要找人干活的时候,可以让我一个人待在一个房子里,我什么都不会碰。当我还要再做两年刑满释放人员的时候,他得到批准,可以把我送回法国。"他朝他的朋友感人一笑。"不过我不想离开这小淘气。我知道如果没有我照顾他,他会闯祸的。"

"是的,"另一个人说,"我欠了他好多。"

"他来的时候还是个孩子。他睡我隔壁床。白天他演得不错，晚上就会哭着要妈妈。我为他难过。我不知道是怎么回事，我喜欢他；他迷失在那群男人中间，可怜的小家伙，我必须得照顾他。有些人会对他使坏，一个阿尔及利亚人老是烦他，不过我制服了他，那之后，他们就不来招惹这小孩了。"

"你是怎么办到的？"

小个子男人开心又调皮地笑了，看起来突然年轻了十岁。

"哎，你要知道，在那种生活里，一个人知道怎么用刀才能得到别人的尊敬。我把他肚子切开了。"

查理倒吸了一口气。这个男人说得如此自然，让人很难相信自己的耳朵。

"你看，人被关在宿舍里，从早上九点到下午五点，看守不会进来。和你说实话吧，他们的生命就值这么多。如果有天早上，人们发现一个人的腹部有个洞，官方不会问任何问题，所以就不会听到谎言。所以你看吧，我感觉自己对这个男孩有责任。我必须把所有东西都教给他。我脑子好使，很快就发现在那里，你如果想让自己好过点，唯一能做的就是听话，不要惹事。统治地球的不是正义，而是权力，那些政府的人大权在握；这些日子，也许我们也能拥有，我们这些工人阶级，然后我们就能把属于我们的一点从资产阶级那儿拿回来，可是在那之前，我们得听话。我教他的就是这个，我还教了他我的手艺，现在，他是个和我一样出色的电工。"

"现在唯一要做的就是找工作，"另一个人说，"一起工作。"

"我们一起经历了太多，我们现在不能分开。你瞧，我只有他了。我没有母亲,没有妻子,没有孩子。我以前有,可我的母亲去世了,我出事的时候,失去了我的妻子孩子。女人都是婊子。如果生命里没有一点爱,人太难活下去了。"

"而我呢,我有谁?相依为命,我们两个人。"

将这两人不幸的人联系在一起的友谊中,有一种很感人的东西。这让查理产生了兴奋的感觉,颇令他尴尬;他想告诉他们,他觉得这很勇敢,也很美,不过他知道他是不可能让自己说出这么不寻常的话的。可是莉迪亚不像他这么害羞。

"我觉得在有机会逃离的情况下,不会有很多人愿意为了一个朋友,在那个地狱里多待长达两年的时间。"

那个男人笑了。

"你看,在那边,时间和钱正好相反;在那边,一点点钱就不得了了,可大把大把的时间并不算什么。六苏①人们都当个宝贝藏起来,两年的时间根本不值一提。"

莉迪亚深深地叹了口气。她在想什么显而易见。

"贝尔热在那儿时间不算长,是吧?"

"十五年。"

沉默。你可以看出,莉迪亚在努力控制她的情绪,不过当她开口说话时,她的声音有些破音了。

"你看到他了吗?"

"看到了。我和他说过话。我们一起在医院的。我去医院把阑

---

① 旧时法国辅币名,20 苏 = 1 法郎。

尾摘掉,我不想回法国,在这儿有麻烦。他在修路,从圣罗兰到卡
宴,不幸得了疟疾。"

"我不知道。我收到过他的一封信,可是他什么都没说。"

"在那边,每个人迟早都会得疟疾的。这种事不值得大惊小怪。
他能这么早得,算是幸运。负责的医疗官员喜欢他,他受过教育,贝
尔热,那里这样的人不多。他们打算等他康复后,申请把他转到医
院服务。他在那儿会没事的。"

"马塞尔昨晚跟我说,他让你给我带了个口信。"

"是的,他给了我一个地址,"他从口袋里掏出一捆纸,递给莉
迪亚一小张纸片,上面写了点东西,"如果你能寄点钱,就寄到这里。
可是你要记得,他只能拿到你寄给他的一半。"

莉迪亚拿起那小片纸,看了一眼,放到了包里。

"还有什么吗?"

"嗯。他说你不要担心。他说那里没有想象的那么糟,他在适
应环境,会没事的。这倒没说错,你知道吧。他不是个笨蛋。他不
会犯错。他是个会尽最大可能利用恶劣环境的人。你等着看吧,他
会快快活活的。"

"他怎么可能快活?"

"人有多能适应,这点还真的挺有意思。他还挺会开玩笑的,是
不是? 他有时候说话逗得我们直笑。他这样看到事情好玩那一面
的人很少见,这样总没错。"

莉迪亚脸色非常苍白。她沉默地低下头。年长的男人转头看
向自己的朋友。

"我和你说的,他是怎么讲医院那个划破自己该死喉咙的家
伙的?"

"哦,我记得。是说什么的来着?我完全不记得了,但我记得他
让我笑疯了。"

好长时间没有人说话。似乎没有什么别的好说的了。莉迪亚
心事重重;两个男人瘫软在椅子上,眼神空洞,就像蒙帕纳斯大道上
卖的机械娃娃,转啊摇啊,一圈一圈,然后突然停下。莉迪亚叹了
口气。

"我感觉差不多了,"她说,"谢谢你们来。我祝福你们找到想
要的工作。"

"救世军在想办法帮助我们。我觉得会找到点什么的。"

查理把钱包从口袋里掏出来。

"我感觉你们手头不是很宽裕。我想帮助你们在找到工作前渡
过难关。"

"那太好了,"那个男人开心地笑了,"救世军也就负责我们
食宿。"

查理递给他们五百法郎。

"把钱给孩子管吧。他有身为庄稼汉的存钱天赋,他不得不花
钱的时候就像在滴血,五百法郎在他那里,会比在任何女人手里用
的时间还要久。"

他们走出咖啡厅,他们四个人握了手。他们在一起的这一个小
时里,两个男人已经不再羞涩,不过,等他们又到了大街上,羞涩再
次席卷了他们。他们好像在往回缩,仿佛渴望让自己尽量不那么显

眼,还偷偷摸摸地左看右看,好像怕有人会突然袭击他们。他们并肩走了,低着头,再次快速扫视身后,便悄悄躲进了最近的角落。

"我想可能只是出自我的偏见,"查理说,"但我必须得说,和那两个人在一起我感觉不大舒服。"

莉迪亚没有回答。他们沉默地沿着大道走着;午饭也沉默地吃了。莉迪亚陷入沉思,她在想什么,他可以猜到,他也感觉得到,他这边任何努力聊闲天的尝试都会是冒犯的。另外,他自己也有事情要想。刚刚和那两个囚犯的对话,还有莉迪亚提的问题,又让西蒙在他心里种下的怀疑重生了,那怀疑一直藏在他的意识深处,尽管他试着不去想它,可这怀疑,就像一间关了很久的房间发出的霉味,开窗也不大能散掉。这令他担忧,倒不是说他介意自己被耍弄了,而是他不愿去想莉迪亚是个骗子,是个伪君子。

"我准备去找西蒙,"他们吃完午饭时,他说,"我来主要是来见他的,可我都没怎么看到他。我至少应该去跟他道个别。"

"是的,我觉得你应该去。"

他还想把剪报和西蒙借给他的文章还给他。他口袋里正装着。

"如果你想和你的俄国朋友们共度下午,我可以开车先把你送过去。"

"不用了,我会回酒店。"

"我可能要到很晚才回去。你知道的,西蒙一说起话来会怎么样。你一个人不会无聊吗?"

"我不习惯说这么多话,"她笑了,"不会的,我不会无聊的。我能独自一个人待着的时间不多。一个人坐在房间,知道没人能进

232

来……怎么了,我觉得没什么能比这样更奢侈了。"

他们分开了,查理走到西蒙家。他知道在这个时候,他很有可能发现他在家。西蒙在他按了铃之后打开门。他穿着睡衣睡袍。

"好呀!我就在想你可能会晃过来。我今天早上不用出门,就还没管衣服!"

他没有刮脸,看起来也还没洗漱。他的长直发乱糟糟的。在北窗透进来的微弱光线里,他那焦躁、生气的眼睛在瘦削苍白的脸上如煤炭般漆黑,眼睛下面还有黑眼圈。

"坐吧,"他继续道,"我今天火烧得旺,房间暖和。"

是的,但还是和以前一样愁苦,毫无生气,没人打扫。

"你和那小情人还热乎吗?"

"我刚还和莉迪亚在一起。"

"你明天就回伦敦了,是不是?别让她伤你太多。你没理由帮她把那腐朽的老公从牢子里捞出来。"

查理从口袋里掏出剪报。

"从你的文章看,我判断你对他还是有一定的同情的。"

"同情,没有。我对他感兴趣,纯粹因为他是个彻头彻尾冷血无情的无赖。我羡慕他的勇气。在其他情况下,他可能还是个有用之才。在革命中,像他那样什么都做得出来,有勇气没良心的,是无价之宝。"

"我并不觉得他会是很可靠的有用之才。"

"丹东不是说过,在革命中,是那些社会渣滓,那些恶棍和囚犯,浮上水面?这很自然。有些事要他们来做,等把他们用完了,就可以丢掉了。"

"你好像已经摸得门儿清了,老伙计。"查理开心地咧嘴笑了。

西蒙不耐烦地耸耸骨瘦如柴的肩膀。

"我学过法国大革命和巴黎公社。俄国人也学过,从他们那儿学到不少,不过我们现在有优势,可以从后续发生的事件里学到教训。他们在匈牙利搞得一团乱,可是他们在俄国就做得不错,在意大利和德国也还不赖。如果我们脑子清楚的话,应该是可以效仿他们的成功,同时规避他们的错误的。贝拉·库恩①之所以失败,是因为人们挨饿了。工人阶级的崛起让革命变得稍微简单了些,不过工人阶级也要填饱肚子。要有组织来确保交通方式跟得上,食物供给充足。这恰巧也是为什么权力,工人阶级想通过革命争取的权力,总是从他们手中逃走,落到一小群聪明的领导人手里。人民没能力管理自己。工人阶级是奴隶,奴隶需要主人。"

"你现在不会再说自己是个好的民主人士了吧。"查理说着,蓝色的眼睛里亮闪闪的。

西蒙不耐烦地无视了这句嘲讽的评价。

"民主是空话。这就是个无法实现的理想,供宣传者悬挂在大众眼前,就像你在驴子面前挂一根胡萝卜一样。十九世纪的那些口号,自由、平等、博爱,纯粹是废话。自由?人民群众不需要自由,等有了自由,他们也不知道拿自由怎么办。他们的职责和他们的快乐就来自服务他人;这样,他们就能获得安全感,这是他们最需要的。

---

① Béla Kun(1886—1939),匈牙利共产党领袖,后死于苏联狱中。

很久之前，我们就知道唯一有价值的自由就是去做正确的事的自由，而正确与否是权力大的说了算。正确这个想法是由大众观点所引起的，由法律所规定，然而大众观点是那些有权之人按他们的想法办事的结果，而法律所能做的唯一制裁来自背后的势力。博爱？你说的博爱是什么意思？"

查理考虑了一下这个问题。

"好吧，我不知道。我想应该是一种感觉，我们都是一个大家庭的成员，人生在世，时光短促，最好能让彼此都过得好。"

"还有吗？"

"嗯，只是人生艰难，如果我们对彼此友善、举止得体，那么可能会让每个人都好过一些。人类有太多缺点，不过也有很多好的地方。你对一个人越了解，就越能发现他身上的优点。也就是说，如果你能给他们一个机会，他们也会愿意和解。"

"废话，我亲爱的小朋友，废话。你是个多愁善感的笨蛋。首先，并不是说你和一个人越熟悉，他就越好：他们不会。这就是为什么人们认识就好，不用做朋友。因为泛泛之交只会和你展现他最好的一面，他很周到，有礼貌，将缺点藏在社交习俗的面具之下；可是你和他变亲密之后，他就会把面具扔掉，你和他太过熟悉，他都懒得装了；然后你就发现原来这个人这么恶劣，本性这么猥琐，人格如此软弱，心灵那样堕落，如果你没有意识到他本来就是这样，你会被吓坏的，可是你要是去诅咒他，也是很蠢的，就好像你诅咒狼，因为它贪婪地掠夺，你诅咒眼镜蛇，因为它袭击人类。因为人类的本质就是利己主义。利己主义既是力量，也是软肋。哦，在报业这行待了两年,我太了解人这种动物了。虚荣,琐碎,阴险,贪婪,两面派,卑鄙下流,他们会背叛彼此,甚至都不是为了自己,而只是出自纯粹的恶意。他们可以低级地玩任何把戏,只要能把对手干掉;为了得到一个职位或许可,他们什么耻辱都愿意受着;而且不只是政客;还有律师、医生、商人、艺术家、文人。他们对成名的渴望啊;他们会对一个寂寂无名的记者极尽阿谀奉承之能事,就为了能得到个好评。有钱人为了他们并不需要的几英镑,在任何粗鄙的伎俩面前都不会犹豫。诚实,政治诚实,商业诚实——他们最在意的是,他们能捞到什么;唯一能令他们克制的是恐惧。因为他们怯懦。还有他们发表的那些声明,从他们口中滑落的夸张鬼话,他们骗自己的无耻谎言。

哦,相信我,要是你像我一样,从剑桥毕业后就从事这样的工作,就不可能对人性还有任何幻想。人类是邪恶的。懦弱之辈,虚伪至极。我厌恶他们。"

查理低下头。他有些不好意思说他想说的话。听起来有点傻。

"你不会可怜他们吗?"

"可怜?可怜是属于女人的。可怜是乞丐向你乞求的,因为他没有胆量、勤奋和头脑去过上体面的生活。可怜是失败者渴望的奉承,这样他们就能保有自尊。可怜是富有的人向潦倒的人进行的廉价勒索,这样那些人就能更清醒地享受自己所拥有的财富。"

西蒙气鼓鼓地把睡袍裹在瘦削的身体上。查理发现这件是他的旧睡袍,他本来要扔掉的,但是西蒙问他能不能留着;他还笑呢,说可以给他一件新的,可是西蒙说,这样就足够好了,执意就要这件。查理有些不自在地想,他是不是很讨厌这件微不足道的礼物。

西蒙继续说：

"平等？平等是搅乱人类智力的最大蠢话之一。就好像人类是平等的，可以平等一样！他们谈论机会的平等。如果说人类无法从中获利，需要它又有什么用？人类生而不平等；个性不同，生命力不同，大脑不同；机会平等也无法补偿这些。大多数人都无比愚蠢。容易受骗，浅薄，没用，为什么他们就要和那些有品德、有智慧、勤奋且有魄力的人享有同等机会？正是这种天然的不平等将民主釜底抽薪。要是让上百万个空脑袋来管理国家，该是个多愚蠢的闹剧啊！首先，他们不知道什么对他们好，其次，他们没有能力得到他们需要的善良。民主归根结底是什么呢？由狡猾自私的政客创造出来的有说服力的口号。民主政体是由词语管理的，演说家很少有脑子，就算有，也没时间用，因为他所有的精力都用在诱骗傻瓜给他投票了，因为他就建立在这些票数上。民主已经试了一百年：理论上，一直很荒唐，现在我们知道，实际操作上，也是大失败。"

"可是，你还是会——如果可以的话——申请进入议会。你真是太不诚实了，我可怜的西蒙。"

"像在英国这样老派的国家，对自己现有的体制相当保护，除非进入这个体制，你是没办法积攒足够的力量去执行自己的计划的。我敢说，只有众议院大政党内的要员才有可能在国内得到支持，在身边召集起一群有能力的追随者，去发动一场政变。而既然叛变只能利用群众的力量，那么就一定要进工党。就算时机成熟，可以革命了，但当权阶级还是剩余足够的特权，值得他们去从劣势中争取到最好的结果。"

"你心中的时机是什么？战败和经济危机？"

"完全正确。就算到那个时候，当权阶级还是只会受到一点点影响。他们缩减用车，或者关掉乡间小屋，这样就会增加失业率，对他们自己而言倒并没有太大的不便。不过，人们会挨饿。然后，当你告诉他们，他们除了锁链已经一无所有的时候，他们会听你的，然后当你把其他人的财富当作诱饵在他们面前晃悠，那些贪婪、嫉妒——之前他们一直压抑着，因为他们没法满足——就都会被释放出来。用自由和平等当口号，你就可以带领他们去攻击。过去二十五年的历史证明，他们肯定会胜利。有权阶级被他们的财富削弱了力量，他们太过人性化，太过多愁善感，他们既没有欲望也没有勇气去保卫自己；他们的意见不一，当他们唯一的机会是立刻采取无情的行动，他们又把时间浪费在互相指责上。可是暴民，也就是革命领袖的工具，并不是理智的产物，而是本能，他们对催眠性的建议很服从，你可以用口号让他们疯狂；它是一个实体，所以对整个群体的失落、死亡，是无感的；它不知道同情，也不仁慈。它庆贺毁灭，因为在毁灭中，它能感受到自己的力量。"

"我想你不会否认这就意味着要杀死上万个手无缚鸡之力的人，摧毁用几百年时间建立起来的体制。"

"革命中总归会有毁灭，也势必会有杀戮。恩格斯很多年前就说过，当权阶级必须要尽自己所能采用所有方式抵制镇压的行为。这是场誓死方休的战斗。民主太看重人命了，这是荒唐的。道德层面，人是没有价值的，镇压人不算什么损失。就生物学而言，人无足轻重；杀掉一个人和拍死一只苍蝇相比，没理由会让你受到更多惊吓。"

"我开始懂你为什么对罗伯特·贝尔热感兴趣了。"

"我对他感兴趣,是因为他杀人不是为了什么肮脏的动机,不是为了钱,也不是因为嫉妒,而是为了证明自己,确定自己的力量。"

"当然,共产主义可不可行还有待证明。"

"共产主义?谁说共产主义了?每个人都知道共产主义是什么。共产主义就是你用来鼓动工人阶级群起反抗的,就像你用自由和平等的口号激励他们胆子放大一点。历史自始至终都存在剥削者和被剥削者。以后也会一直如此。而且这是正确的,因为大多数人生来容易顺从;他们不适合管控自己,为了他们好,还是需要主人的。"

"这样说还真是有点惊人。"

"这不是我说的,老伙计,"西蒙讽刺地回答,"是柏拉图说的,不过从他说了这句话开始,世界历史已经充分证明他说得没错。我们活着的时候见识到的革命都是什么结果?人们没有失去主人,他们只是换了主人。"

"那么人们都被骗了?"

"当然。怎么不是呢?他们是笨蛋,他们活该被骗。又有什么关系呢?他们有实质性的收获。他们就不用再被迫为自己思考了;他们按别人说的做,只要顺从,他们就可以获得一直渴望得到的安全感。我们这个时代的独裁者犯了错,我们可以从他们的错误中学习。他们忘了马基雅维利的名言,你只要让人们的私人生活是自由的,就可以在政治上奴役他们。我可以尽量给他们个人自由,让他们产生自由的幻觉,只要不妨害国家安定。我会在人类这种动物的癖好允许范围内把工业尽量社会化,这样就让他们产生平等的幻觉。而既然他们是同一枷锁下的兄弟,他们甚至可以产生博爱的幻觉。你要记住,独裁者可以为了人民的利益做各种各样的事,这些事民主是办不到的,因为民主要考虑各种既得利益、各种嫉妒、各种个人的雄心壮志,所以独裁者在减轻大众苦痛上,有着无与伦比的机会。我前几天在这里参加了一个很棒的大会,一条条横幅上都写着'和平、劳动、福祉'。还有比这更自然的宣言了吗?可是在那儿,一百年民主过后,人们还在发表这样的宣言。独裁者大笔一挥就能满足他们。"

"可是你自己承认了,人民只是更换主人;他们还是要被剥削;你凭什么觉得他们就会接受呢?"

"因为他们他妈的必须得接受。在现在这个条件下,独裁者有飞机可以扔炸弹,有武装汽车可以发射机关枪,任何叛乱都能镇压。当权阶级也可以做到,没有革命能成功,可是事实证明,他们没胆这么做;他们杀了一百个人,甚至杀了一千个人,可是他们就怕了,他们想要妥协,他们提出要让步,可是现在让步和妥协为时已晚,他们就被扫地出门。可是人们会接受他们的主人的,因为他们知道主人比他们更好,更聪明。"

"为什么就更好,更聪明了?"

"因为主人更强大。因为他大权在握,他说是对的,那**就是**对的,他说是好的,那**就是**好的。"

"这就和字母表一样简单,可是比字母表更没有说服力。"查理有些轻浮地说。

西蒙生气地沉下脸。

"如果建立在这上面的不只是你的饭碗，还有你的生命，你就会觉得很有说服力了。"

"那么由谁，我想请问，来选择主人呢？"

"没有谁。他是时局不可避免的产物。"

"这话挺意味深长的，是不是？"

"他能走到巅峰，是因为他本能就会领导人。他有拥有权力的欲望。他有胆识，有兴趣，有能力，勤奋，能量十足。他什么都不怕，因为对他而言，危险是生命的乐趣所在。"

"没人敢否认你的自我感觉很良好，西蒙。"查理笑了。

"你为什么这么说？"

"好吧，我想，你应该觉得自己拥有你刚刚列举的那些品质吧。"

"你怎么会这么想？我对自己的了解和其他人对自己的了解一样。我知道自己的能力，我也知道自己的缺陷。作为独裁者，必须自带神秘吸引力，这样才能激发追随者产生宗教般的狂热。他必须要充满魅力，这样人们会觉得为他献出生命是自己的荣幸。在他身上，他们得感觉到他们能活得更伟大。我身上就没有这一点。我更多的是排斥别人，而不是吸引他们。我能让人家害怕我，但我无法让他们都爱我。你还记得林肯说过什么：'你可以一直欺骗某些人，也可以有时把所有人都骗了，但你不可能一直欺骗所有人。'可是，独裁者就必须要做到这一点；他必须要一直骗倒所有人，他只有一种方法可以做到,那就是他也要欺骗自己。没有独裁者头脑清醒,逻辑清晰;他有动力、有力量、有吸引力、有魅力,可是如果你仔细去分析他说的话,你会发现他智力一般;他能行动,是因为他靠直觉行动,可是一旦当他开始思考,他的脑子就乱了。我脑子太好,魅力太少,没法当独裁者。另外,依靠工人阶级力量选出来的独裁者最好也是工人阶级的一员。这样工人阶级就更容易认同他,从而更甘愿顺从他,奉献自己。革命的技术已经完善过了。只要时机合适,一群坚决的人是挺容易篡权的;难就难在稳住权力。俄国革命以最清晰的方式展示,意大利和德国革命稍逊一筹,只有一种方式可以办到。恐吓。工人阶级成为一国首脑后,被暴露在各种诱惑面前,只

有个性非常强烈的人才有可能抵抗。面对谄媚而不变得自负,不习惯的奢侈生活也没有削弱其意志力,那这个人几乎可以说是个超人了。工人阶级的人自然是多愁善感的;他心地善良,容易陷入同情;等他得到他想要的,他就会放松,随事情自己发展;他原谅敌人,一转头,别人就给他一刀,是会让他吃惊的。他的身边需要一个人,从出身、教育、训练和人格上,都对伟大这个陷阱无感,也对成功那种使人衰弱的影响具有免疫力。"

西蒙有一段时间一直在房间里来来回回地走,可现在他突然在他朋友面前停下。他脸色苍白,胡子没刮,头发乱蓬蓬的,睡袍裹在虚弱的四肢上,样子挺怪诞的。可是在不远的过去,其他和他一样苍白、一样瘦弱、一样不修边幅的年轻人,穿着破破烂烂的西装或是学生衬衫,也在他们脏兮兮的房间里走来走去,谈论着看起来无法实现的梦;然而,时间和机遇很奇怪地让他们梦想成真,而通过用鲜

血战斗而得到权力后，他们手上就掌握着上百万人的生命。

"你听说过捷尔任斯基吗？"

查理惊恐地看了他一眼。这是莉迪亚提到过的名字。

"是啊，很神奇，我听说过。"

"他是个绅士。他的家庭自十七世纪以来是波兰地主。他是个受过良好教养、饱读诗书的人。列宁和老近卫军发动了革命，可是没有捷尔任斯基的话，一年内就会被摧毁。他发现，若要维持，就只能靠恐吓。他申请的职位是掌管警力，同时组织了契卡。他让契卡成为镇压工具，运行起来准确得像一台完美机器。他从不让爱或恨干涉他的职责。他非常勤奋。他可以整夜自己去研究嫌疑人，他们都说他对人心的洞见之深刻，没有人可以对他隐瞒任何秘密。他创立了人质体系，是这场革命发现的维持秩序最有效的方法之一。他亲手签署了数百张，不，数千张死刑执行令。他生活如斯巴达式精简。他的力量这么大，他自己什么都不需要。他唯一的目标是为革命服务。而他也把自己变成俄国最有权力的人。人们赞赏崇拜的是列宁，可是统治他们的是捷尔任斯基。"

"所以说，如果英国发动革命，你希望扮演的就是他的角色？"

"我觉得自己很适合。"

查理朝他发出孩子般善意的笑容。

"也许我此时此地把你勒死，就是在帮祖国做贡献了。我是可以这么做的，你知道吧。"

"我敢说是的。但是你会害怕后果。"

"我觉得我不会被发现。没人看到我进来了。只有莉迪亚知道我是要来见你,她不会出卖我的。"

"我想说的不是那些后果。我是在想你的良心。你没这胆,查理,老伙计。你太软弱了。"

"我敢说你是对的。"

查理一时间没有说话。

"你说捷尔任斯基自己什么都不要,"然后,他说,"但是你渴望权力。"

"只是一个手段。"

"为了什么?"

西蒙一步不动地盯着他,眼睛里闪现一束光,在查理看来几乎是疯狂的。

"为了完善我自己。满足我的创造本能。去发挥自然赋予我的能力。"

查理无话可说。他看了看表,起身了。

"我现在必须得走了。"

"我不想再见到你了,查理。"

"嗯,你不会见到了。我明天就走了。"

"我说的是,永不再相见。"

查理被吓到了。他看着西蒙的眼睛。那双眼睛深邃,严酷。

"哦?为什么?"

"我和你结束了。"

"永远?"

"直到永远。"

"你不会觉得有点可惜吗？我对你而言不算是损友吧，西蒙。"

西蒙沉默了一会儿，时间并没有长过让一颗过熟的水果从树上掉到地面。

"你是我唯一的朋友。"

他有点破音，他的痛苦太过明显，查理有些被触动了，伸出双臂，不由自主地走向前。

"哦，西蒙，你为什么要让自己这么不开心？"

一丝愤怒的火焰在西蒙饱受折磨的眼睛里燃烧起来，他攥紧拳头，朝着查理的下巴使出最大的力气打了一拳。这一拳太过意外，他被打得直晃，接着，他的脚在没铺地板的地上一滑，头朝地跌下去；他立刻站起来，愤怒到极点，跳上前去对他一顿痛打，以前被挑战到忍耐极限时，他经常这么打他。西蒙几乎站着不动，双手背在身后，仿佛准备好且愿意接受即将到来的惩罚，并不打算自卫，而脸上的表情是那么痛苦，是如此震惊，导致查理的愤怒也消解了。他停下来。他的下巴很疼，可是他心情颇好地格格笑了。

"你是个混蛋，西蒙，"他说，"你差点伤了我。"

"上帝，出去。回到那烂婊子身边。我受够你了。滚，滚！"

"好的，好伙计，我就回去。但我想把七号那天为你买的生日小礼物送给你。"

他从口袋里掏出一块表，是那种皮革表面的，你拉出两端，就能打开，打开就可以上发条。

"上面有个环，这样你就可以挂在钥匙扣上。"

他把表放在桌上。西蒙不想看。查理的眼睛闪烁着好笑的光，

瞄了他一眼。他等着他开口说些什么,不过他没有说话。查理走到
门口,打开门走出去了。

现在是晚上,但蒙帕纳斯大道上灯火通明。新年即将到来,空
气中尽是节日的气氛。街上人头攒动,咖啡馆里挤得满满的。每个
人悠然自得。可是查理有些沮丧。他有一种羞耻感,就好像有个人
去参加个派对,想好好享受一番的,可是因为愚蠢,因为缺了个心
眼,离开的时候发现自己给别人留下了坏印象。回到酒店那脏兮兮
的房间倒是种抚慰。莉迪亚坐在炉火边缝衣服,空气中是她抽了很
多烟过后的烟味。这幅场景有种让人舒服的温馨感觉,像家一样,
让人想起维亚尔的室内画,有一种亲密、舒适的魅力,但是是由郁特
里罗绘成的,所以同时又有一丝感人的邋遢。莉迪亚用她安静、友
好的笑容迎接他。

"你的朋友西蒙怎么样了?"

"疯了疯了。"

点燃烟斗后,他坐在炉火前的地板上,背靠着她的椅子背。离
她近一些,让他感到舒适。他很高兴她没有说话。他因西蒙和他说
的那些可怕的事情感到困扰。他无法将那瘦削的人物形象从脑海
中抹除,苍白的脸,两天没刮的又短又硬的胡子,营养不良,工作过
度,穿着他的旧睡袍来来回回地走,带着冷血无情的恶意讲述自己
天马行空的观点。但突然打断这形象的,说真的,是对那个小男孩
的回忆,黑色的大眼睛,仿佛渴望着爱又排斥爱,那个小男孩,在圣
诞假期和他一起去马戏团,受到不习惯的款待会兴奋地发狂,和他
一起去乡野骑自行车或散很长时间的步,有时候是那么活泼、讨人

喜欢,和他在一起聊天、欢笑、恶作剧、干傻事,是那么让人快乐。这样的一个小男孩竟然会变成那样的年轻人,真让人难以置信,而且也太令人心碎,他差点就哭了。

"我在想西蒙最后会怎么样?"他喃喃自语。

他没有意识到自己说出了声,他听到她回答的时候还以为她看透了他的想法:

"我不知道英国人会怎么样。如果他是俄国人,我会说他不是变成危险的煽动者,就是会自杀。"

查理格格笑了。

"好吧,我们英国人非常擅长将野生燕麦做成营养丰富的一餐。他也很有可能最后成为《泰晤士报》的编辑。"

他起身,坐在扶手椅里,这是房间里唯一还算比较舒适的位子。他若有所思地看着莉迪亚忙着穿针引线。他有些话想和她说,可是一想到这他就紧张,不过,他第二天就要走了,这可能是他最后的机会。西蒙在他坦诚的心里撒下的怀疑的种子久久地折磨着他。如果她一直以来都在捉弄他,他想快点知道;那么等他和她分别,他就可以耸耸肩,问心无愧地忘了她。他决定在此时此地把事情做个了断,然而他不好意思直截了当地说出自己心里的提议,他就采用了迂回战术。

"我和你说过我舅婆的故事吗?"

"没有。"

"她是我曾祖父最大的孩子。她是个脸色阴暗的老处女,蜡黄的脸上尽是皱纹,我从没在人脸上看到过像她那么多的皱纹。她个子很小，又瘦，嘴唇紧咬，看东西的眼光从来都是辛辣地否决。我小的时候，她吓唬过我。她特别羡慕亚历山德拉王后，直到生命终了，还一直留着王后的发型，只不过她戴的是假发。她总是穿黑色，非常长的裙子，束腰，紧身胸衣的领子竖到了耳边。脖子上戴着沉重的金链子，挂着个大的金色十字架，手腕上戴金手镯。她非常温文尔雅，都有些骇人。她还是住在老希尔伯特·梅森开始发迹时为他自己建造的宏伟的旧房子里，房子里她什么都没变过。去那边就像迈回一八七〇年代。她几年前才去世，高寿，留给我五百英镑。"

"那很好。"

"我本来是想随便花掉的，但我的父亲劝我存下来。他说，等我结婚想装修房子的时候，有这笔小小的储备金会非常感激的。可我看我这几年都没有结婚的可能性，我也不是真的需要这笔钱。你想让我给你两百英镑吗？"

莉迪亚一直做着手上的活儿，听这个故事的时候也都很温和，尽管也只是出于礼貌而已，因为这个故事和她并没有什么关系；可是现在，她把针插在缝补的材料上，抬起头。

"为什么要给我？"

"我想你可能会有用。"

"我不明白。我做了什么，会让你觉得我需要两百英镑？"

查理迟疑了。她正用那双蓝色的大眼睛盯着他，虽然那眼睛有些平，可似乎她非常专注，正想办法看到他的灵魂深处。他把头转开。

"你可以好好帮帮罗伯特。"

她的嘴角闪过一丝微微的笑容。她明白了。

"你的朋友西蒙是不是跟你说,我在赛雷尔是为了挣到足够的钱去帮罗伯特逃跑?"

"你为什么会这么想?"

她略有些鄙夷地笑了。

"你太天真了,我可怜的朋友。他们都是这么想的。你觉得我会费心思让他们明白过来,你觉得我和他们说实话,他们能理解吗?我不需要你的钱;拿到那钱我也没有用。"她的嗓音很温柔。"你能这么提议,真好。你是个可爱的人,可是就是个小孩子。你知道你刚刚的提议是犯法的,可能很容易就让你去坐牢?"

"哦,好吧。"

"你不相信我前两天和你说的话吗?"

"我开始觉得要相信这世上的任何事太难了。毕竟,我对你而言什么都不是,如果你不想告诉我实话,也确实没必要跟我说。还有早上的那两个人,他们给了你要寄钱去的地址。我得出这个结论你应该不会觉得惊讶的。"

"如果我能给罗伯特寄钱,让他给自己买点香烟或者一点吃的,我会挺开心的。可是我跟你说的是实话。我不想让他逃跑。他犯了罪,他就必须受罚。"

"我无法忍受让你再回到那个可怕的地方。我现在对你也有了一些了解;想到这么多人里,你要过那种生活,真是太难受了。"

"可是我和你说了;我必须赎罪;我必须为他做他没有办法自己做的事。"

"可是那太疯狂了。太病态了。没有道理。如果你信一个残忍的神,那神有报复心,会想要你来受罪,好吧,作为部分弥补罗伯特所犯下错事的补偿,我也许会理解,尽管我还是会觉得这种做法太夸张,显然是错误的。但是你又跟我说你不信上帝。"

"你无法和情感理论的。当然,这不符合常理,可是理智与这个毫无关系。我不相信基督教的神,不相信他献出自己的儿子就为了拯救人类。那是个谜。但倘若它没有表达出人类心灵深处的某种直觉,又怎么会冒出这种说法呢?我不知道我相信什么,因为这是属于直觉范畴的,你怎么能用语言来形容直觉呢?我有一种直觉,统治我们——人类、动物和事物——的力量,是一股黑暗而残忍的力量,每件事都有代价,那股力量的规则是以眼还眼、以牙还牙,而且尽管我们可能要遭受苦难,我们也必须承受,因为这股力量就是我们自身。"

查理有些丧气地挥了挥手。他感觉自己像是在跟一个语言不通的人说话。

"你还要在赛雷尔做多久?"

"我不知道。要等到我把分内的事做完。直到我从骨子里感觉到罗伯特不仅已经出狱获得自由,而且也免去了自身的罪恶。我曾经帮人给信封写地址。有几百封,你感觉你永远也写不完,你无止境地用潦草的字迹写啊写,很长时间,就好像怎么做都还有那么多,然后,突然间,你再也没想到,你已经写到了最后一封。这种感觉太奇妙了。"

"然后呢,你就去找罗伯特,和他团聚?"

250

"如果他还需要我的话。"

"他当然会需要你。"查理说。

她用一种无限忧伤的神情看了他一眼。

"我不知道。"

"你怎么能怀疑呢？他爱你。毕竟，你想一想，你的爱对他而言意味了什么。"

"你听到那些人今天是怎么说的了。他很快乐，他有舒服的事情做，他在尽可能好好生活。他肯定会的。他就是这样的人。他爱我，没错，我知道，可是我也知道他无法爱得长久。就算什么都没发生，我也不可能一直拥有他。我一直都很清楚这一点。等到该我离开的时间到了，除了他曾经给予我的爱，我还能希望会剩下什么呢？"

"可是，如果你这么想，又怎么会做现在在做的这件事呢？"

"很蠢，是不是？他残忍自私，没良心又邪恶。我不在乎。我不尊敬他，我也不信任他，但我爱他；我用我的身体，我的思想，我的感觉，我的一切，来爱他。"她的语调变得有些戏谑的成分。"既然我都和你这么说了，你肯定也发现我是个名声很坏的女人，挺不值得你关心或同情的。"

查理思考了片刻。

"好吧，我不介意告诉你，你的行为我不大能理解。可是，尽管他现在在承受这么多地狱般的生活，我恐怕可能更不愿变成你，而不是他。"

"为什么？"

"好吧,和你说实话,因为我无法想象有什么能比你用全部灵魂去爱一个你明知道不值得的人,更让人心碎。"

莉迪亚若有所思同时颇为惊讶地看了他一眼,可是没有回答。

十

查理的火车中午出发。他有些惊讶的是,莉迪亚说她想来给他送行。他们早饭吃得比较晚,打包了各自的行李。下楼结账前,查理数了下钱。还剩下了足够的钱。

"你可以帮我个忙吗?"他问。

"什么忙?"

"我能给你一点钱,以防万一吗?"

"我不需要你的钱,"她笑了,"如果你愿意,你可以给我一千法郎,我交给伊芙吉尼亚。对她而言,这将有如天赐。"

"好的。"

他们先开车到水塔路,她住的地方,然后她把行李留在看门人那里。然后,两人开车去了巴黎北站。莉迪亚和他沿着站台走了一段,他买了好几份英语报纸。他在普尔曼车厢找到自己的位置。莉迪亚和他一道进来了,四处张望。

"你知道吗,这是我这辈子第一次进头等车厢。"她说。

这让查理吓了一跳。他突然意识到她的生活不仅完全没有富人的奢侈,连小康的舒适都无福消受。他想到她一直以来、将来也将一直身处的悲惨生活境地,就感到一阵强烈的不适与痛苦。

"哦,好吧,在英国我一般坐三等车厢,"他抱歉地说,"不过我父亲说,在欧洲大陆,人们旅行的时候还是得有个绅士的样子。"

"能给当地人留下个好印象。"

查理笑了,脸也红了。

"你真是有特别的本事,总让我感觉自己是个笨蛋。"

他们在站台上来回走动,和其他人一样,在这种场合得要找点话说,可是并不能找到什么值得说的话题。查理在想,她的心里会不会一闪而过,觉得很有可能他们这辈子都不会再相见了。一想到才五天时间,他俩就形影不离了,可是一小时后,他俩就好像从没遇见过,这种感觉还挺奇妙的。不过火车就要开了。他伸出手和她道别。她将双臂交叉在胸前,这个样子的她总是让他觉得莫名动人;她在睡着的时候哭泣,两手也是这样交叠;她抬起头看着他。令他惊讶的是,她哭了。他双手环抱住她,第一次亲吻了她的唇。她挣脱开,转身,匆忙沿着站台离去。查理走进车厢。他感觉尤为困惑。不过一顿丰盛的午餐,半瓶普通的夏布利酒,多少也帮他恢复了平静;接着,他点燃雪茄,开始看《泰晤士报》。这让他感到安心。报纸印刷所用材料这实在的纤维触感中,有某种稳定的东西在查理看来似乎非常英伦。他看着有照片的报纸。他生来适应力强。他们到加来的时候,他就已经兴高采烈了。一上船,他就要了一小杯苏格兰威士忌,心满意足地看着大不列颠自古以来统治的海浪。看到多佛尔的白色悬崖令人振奋。当他踏上顽强的英国土地,他如释重负地叹了口气。他感觉好像已经离开了好多年。听到英国搬运工的声音是种嘉奖,英国海关官员用威胁的语气粗鲁对你,就好像你是个被定了罪的犯人,查理看到这个也笑了。再过两小时,他就到家了。他父亲一直都是这么说的：

"相比离开英国，只有一件事更好，那就是回到英国。"

他在巴黎期间发生的事已经显得有些晦暗了。那就像是一场噩梦，当你突然惊醒时，变得心烦意乱，可是随着时间流逝，它渐渐从你的回忆中淡去，这样过了一段时间，你就只会记得你做了个不好的梦。他在想，会不会有人来接他；在站台看到一张友好的面孔是挺不错的事。当他在维多利亚站下了普尔曼列车时，他几乎第一个看到的就是他的母亲。她用双手搂住他的脖子，亲吻他，就好像他走了几个月。

"我和你爸爸说，是他来送你的，那么就该我来接你。帕西也想来，可是我不让她来。我想一个人霸占你几分钟。"

哦，被这样安全的爱包围的感觉真好啊！

"你真是个老笨蛋，妈咪。晚上这么冷，站台风又大，你这样会冻感冒的，可能还会没命，这样冒险太傻了。"

他们手挽着手，开开心心地走到车旁。他们开到波切斯特街。莱斯利·梅森听到前门开了，出来走到门厅，接着是帕西从楼梯上飞奔下来，冲到查理的怀里。

"到我书房喝点小酒吧。有威士忌。你肯定冷死了。"

查理从大衣口袋掏出两瓶香水，送给他的母亲和帕西。是莉迪亚选的。

"我偷运回来的。"他得意地说。

"现在这两位女士会和妓院一样臭了。"莱斯利·梅森喜笑颜开地说。

"我从夏尔凡给你买了一条领带，爹地。"

"招摇吗？"

"非常。"

"很好。"

他们对彼此都很满意，所以都笑开了花。莱斯利·梅森倒了威士忌，坚持让他的妻子也喝一点，免得感冒了。

"你有什么冒险经历吗？"帕西问。

"没有。"

"骗子。"

"好吧，你等会儿得全部告诉我们，"梅森夫人说，"你现在最好去赶紧洗个舒服的热水澡，换衣服准备吃晚饭。"

"都准备好了，"帕西道，"我放了半瓶浴盐。"

他们这样招待他，就好像他刚从北极回来，一路的艰难险阻难以想象。这让他的心暖化了。

"再次回到家是不是感觉很好？"他的母亲问，眼睛里尽是温柔的爱意。

"相当好。"

可是当莱斯利衣服穿了一半，走到夫人房间和正在梳妆打扮的她聊天时，她转过身看着他，脸色颇有些焦虑。

"他看起来脸色太苍白了，有点吓人。"她说。

"有点没精打采。我也发现了。"

"他的脸太憔悴了。他一下普尔曼列车，就吓到我了，可是到了这里我才看清楚。他苍白得和鬼一样。"

"一两天就会好的。我猜他是玩狠了。看他的样子,我猜他是为不少漂亮姑娘过上体面的后半辈子出了不少力。"

梅森夫人坐在梳妆台前,穿着一件带白边的中式夹克,正小心地画着眉,不过,现在,笔还在手里,她突然转过身。

"你**这**是什么意思,莱斯利?你不是想说你感觉他有了很多可怕的外国女人吧。"

"别说了,弗尼夏。你以为他去巴黎干吗去了?"

"去看画展,看西蒙,好吧,去找法国人。他就是个小男孩。"

"别傻了,弗尼夏。他二十三岁了。你不会以为他还是处男吧,嗯?"

"我觉得男人确实很恶心。"

她的嗓音破了,而莱斯利,看到她真的有些伤心,体贴地把手搭在她的肩膀上。

"亲爱的,你不会希望你唯一的儿子那方面不行吧,你现在想这样吗?"

梅森夫人不知道自己是该哭还是笑。

"我觉得我并不想这样。"她格格笑了。

半小时后,当查理穿着第二好的小礼服,和身着天鹅绒外套的父亲,一身淡紫色茶会丝绸礼服的母亲,以及穿着玫瑰色雪纺、少女般的帕西一起坐在奇彭代尔桌前,有一种特别的满足感。乔治王朝风格的银器,带罩蜡烛,梅森夫人在佛罗伦萨买的蕾丝小垫子,雕花玻璃——都很漂亮,但最重要的是,都很熟悉。墙上的画,每一幅都有各自的条灯照耀,值得被赞颂;而两个侍女,身着整洁的棕色制服,也平添了一丝美好。你有一种安全感,外面的世界遥远得让人舒心。美味简单的食物是为了满足健康胃口,而不至于让人发胖。壁炉里,电子火焰模拟了燃烧木柴,效果令人非常满意。莱斯利·梅森看了看菜单。

"我看出来了,为了回头浪子,我们杀了长胖的小牛犊。"他说,调皮地看了夫人一眼。

"你在巴黎吃了什么好吃的了吗?"梅森夫人问。

"还行。我没去什么别致的餐厅,你知道吧。我们都是在拉丁区的小地方吃饭的。"

"哦。我们是谁?"

查理犹豫了片刻,脸红了。

"我和西蒙吃的,你知道的。"

这是事实。他的回答完美地掩盖了事实,但并没有真的说了谎。梅森夫人知道她丈夫给她的眼神意味深长,不过她没有理他;她继续用满是温柔爱意的眼神盯着自己的儿子看,他太单纯了,绝对不会猜疑他们正探寻他的灵魂深处,想发现他可能在那里隐藏的无论是什么的秘密。

"你去画展了吗?"她亲切地问。

"我去了卢浮宫。我挺爱夏尔丹的。"

"是吗?"莱斯利·梅森说,"我不能说他曾经非常吸引我。我总觉得他是偏无聊的。"他的眼睛里闪烁着突然袭来的打趣意味。"就你知我知门柱知,相比夏尔丹,我更喜欢夏尔凡。至少他很现代。"

"你爸爸真的无可救药，"梅森夫人宠溺地笑着，"夏尔丹这个艺术家非常勤恳，是十八世纪次要的大师，但当然，他算不上伟大。"

然而，事实上，相比听他说，他们更急着告诉他他们都做了什么。威尔弗雷德表兄家的派对太闹腾了，他们回来的时候都累死了，回来那天晚上一吃过晚饭他们就都立刻上床睡觉了。这表示他们玩得非常开心。

"帕西被求婚了。"莱斯利·梅森说。

"很刺激，是不是?"帕西叫道，"不幸的是，那可怜的男孩才十六岁，所以我告诉他，虽然我是个坏女人，但我不至于低贱到去摇篮里捞个婴儿出来，然后我给了他眉毛一个圣洁的吻，告诉他我会做他的姐姐。"

帕西继续叨叨个不停。查理笑着听她说，梅森夫人借此机会仔细地观察他。他长得真的很好看，他的苍白适合他。想到巴黎那些女人该多么爱他，让她的心里隐约产生一种奇怪的感觉；她猜想他去了那种可怕的地方；他该多么成功，这么年轻、新鲜、有魅力，相比她们之前那些肥胖、秃头、野蛮的老男人！她在想，他是被什么样的女孩吸引了，她太希望她年轻又漂亮，他们都说，男人都会被和母亲一样类型的女孩吸引。她很确定，他会是个迷人的爱人；她情不自禁地为他骄傲；毕竟，他是她的儿子，是她怀胎生下了他。亲爱的；他看起来这么苍白，这么疲累。梅森夫人有些奇怪想法，这些想法她无论如何都不会让任何人知道；她很伤心，有点嫉妒，没错，嫉妒那些和他上床的女人，不过同时又感到骄傲，哦，太骄傲了，因为他强壮、英俊、充满男子气概。

莱斯利打断了帕西的胡话和她自己的想法。

"我们要把最大的秘密告诉他吗,弗尼夏?"

"当然。"

"可是小心,查理,你要保守秘密。威尔弗雷德表兄做到了。有一个前印度总督,党内想给他确保一个席位,威尔弗雷德就放弃了自己的位子,作为嘉奖,他将获得贵族头衔。你觉得怎么样?"

"太好了。"

"当然,他装作好像完全不在意,可是他其实非常骄傲。而且你知道吧,这对我们都好。我的意思是,家里有个贵族,是很提升威望的事。好吧,是能给人一定地位的。而你一想我们最初是怎么开始的……"

"够了,莱斯利,"梅森夫人说,瞥了一眼用人,"我们不用再细说了。"而当她们离开房间后,她立刻补充道:"你的父亲有瘾一样,要跟所有人讲他的过去。我真心觉得现在该让那些过去的事情过去了。和我们自己阶级的人在一起也不是很坏,他们觉得能有一个曾经是园丁的祖父,有个曾经是厨娘的祖母,还蛮时髦的,可是没有必要告诉下人。这样只会让他们觉得我们并不比他们强。"

"我并不为此感到羞愧。毕竟,英国最伟大的家庭都是像我们这样从卑微处发家的。而我们在不到一个世纪里就赚得盆满钵满。"

梅森夫人和帕西从桌前站起来,查理和父亲留下来喝一杯波尔多葡萄酒。莱斯利·梅森告诉他关于威尔弗雷德表兄该得到怎样的头衔他们是如何讨论的。要想找到一个不属于别人同时和自己有某种联系、听起来又不错的名字没有你想象的那么简单。

"我想我们还是找女士们吧,"他讲完这个话题后说,"我想你母亲在我们睡觉前会想先赢上两局的。"

可是当他们来到门口,正准备出去时,他把手放在儿子的肩膀上。

"你看起来有点没精打采,老伙计。我想你在巴黎玩得很嗨吧。好吧,你还年轻,这很正常。"他突然觉得有些尴尬。"不管怎么说,这和我无关,而且我觉得有些事情,父子之间不用搞得太清楚。不过在最好的守规矩的家庭,也会出现意外,好吧,我想说的是,如果你发现自己有什么不对劲,就赶紧去看医生。老希纳瑞带你来到这个世界,你不用在他面前害羞。他就是谨慎的代名词,他很快就能把你治好;钱会结清,不会问任何问题。我只想和你说这些;现在我们去找你可怜的母亲吧。"

查理明白他父亲说的话是什么意思后,脸唰地一下变得通红。他觉得自己应该说些什么,可是又想不出来应该说什么。

等他们来到客厅,帕西正在弹一首肖邦的华尔兹,她弹完后,他的母亲让查理也弹些什么。

"我想你离开后就没弹过琴吧?"

"有一天下午我在酒店的钢琴上弹了一会儿,可是那架钢琴很烂。"

他坐下来,又弹了一次莉迪亚觉得他弹得特别不好的斯克里亚宾,当他开始弹,他突然回想起她带他去的那个弥漫着烟雾的闷热地窖,想到那个俄国女人,瘦削,皮肤像吉卜赛人,眼睛巨大,放纵地用悲剧情绪唱着那些原始带有野性的歌。通过他弹奏的音符,他好像听到了她粗哑、尖利却又非常动人的嗓音。莱斯利·梅森的耳朵很敏感。

"你弹的方式和以前不一样。"查理从钢琴前站起时,他说。

"我没觉得。是吗?"

"是的,感觉很不一样。现在里面有一种战栗,还挺动人的。"

"我比较喜欢原来的弹法,查理。刚刚弹得有些病态。"梅森夫人说。

他们坐下打桥牌。

"这就和以前一样,"莱斯利说,"你走了之后,我们都怀念我们的家庭桥牌了。"

莱斯利·梅森有个理论,一个人玩桥牌的方式体现了他的性格,而由于他认为自己精力充沛、慷慨大方、性格又随和,他就一直争叫,草率加倍。他觉得飞牌不是英国人的打法。另一方面,梅森夫人是严格按照卡伯特森的规则来,费劲地加好所有的点,才敢叫牌。她从不冒险。帕西是这一家人里唯一因为某种怪异天性而有点牌感的。她是个大胆、机智的选手,好像凭直觉就知道每个人手上是什么牌。她对父母打法的鄙夷不加任何掩饰。她统领牌桌。这场牌打得和以往很多个夜晚一样。莱斯利,争叫之后,被他女儿加倍,再加倍,最后成功地叫下一千四百;梅森夫人一手的花牌,不愿意听她搭档一直让她打满贯;查理心不在焉。

"你为什么不给我一个方块,你个笨蛋?"帕西叫道。

"为什么我要给你一个方块?"

"你没看到我先打了一个九,然后打了一个六?"

"没,我没看到。"

"老天,我是活该一辈子跟个不知道黑桃 A 的拖后腿的人打牌。"

"就差一墩而已。"

"一墩?一墩?一墩差好多好不好。"

没有人把帕西的怒气放在心上。他们只是在笑,而她,对他们不再抱有期望,也跟着笑了。莱斯利仔细地把分数加起来,记在账目表里。他们一百分算一便士,但装作打的是一英镑,因为这看起来更好,而且更刺激。有时,莱斯利在账目表里会赊上一千五百英镑,然后会装作很严肃的样子说,如果再这样下去,他就要放弃开车,坐公交车去办公室了。

时钟敲了十二点,他们和彼此道了声晚安。查理回到他温暖舒适的房间,开始脱衣服,不过突然,他感觉非常累,瘫在了扶手椅里。他想睡觉前再抽一根雪茄。刚刚过去的这晚和之前无数个夜晚一样过去了,可都没有这天来得惬意亲密;一切都那么迷人地熟悉,每个细节都完全如他所愿;实际上没有可能更稳定、更实在了;然而,他完全不知道为什么自己一直为一个隐约的想法而苦恼,那就是这一切不过是虚假的幻象。就像一场大人玩来逗小孩子开心的有趣的室内游戏。而他以为自己已经从中快乐地清醒过来的那个噩梦——这个时候,莉迪亚,染色的眼皮,画好的乳头,身穿蓝色土耳其式长裤,戴着蓝色头巾,应该在赛雷尔跳舞,或者正赤身裸体地躺在她憎恶的男人怀里,满心羞耻可能也残忍地享受着耻辱刺激;这

个时候,西蒙完成了办公室的工作,应该正在左岸的空荡街道来回
走动,在他那病态的饱受折磨的心里反复掂量他那些可怕的计谋;
在这个时候,阿历克西和伊芙吉尼亚,查理从没见过,但是通过莉迪
亚,他好像已经很了解他们了,如果在街上遇到他们,他觉得自己肯
定能认出他们来;阿历克西喝醉了,应该在伤感地流泪,拼命骂自己
那堕落的儿子,而伊芙吉尼亚,缝补着,为了活下来,缝补着,这时该
在为人生苦痛而轻声哭泣;在这个时候,那两个被放了的犯人,瞪着
大眼睛,就好像因为看到了什么而满目惊恐,应该正一人一杯啤酒,
坐在烟雾缭绕的昏暗地窖,隐身在人群中,他们终于可以从总是担
心有人看着他们的恐惧中得到片刻的安全感;而在这个时候,罗伯
特·贝尔热,在南美那遥远的海岸,穿着粉白条的囚服,剃光了的头
上戴着难看的草帽,被派出医院干个跑腿的活儿,正望向无边的大
海,心中掂量着逃跑的机会,怀着宽容的柔情思念一会儿莉迪
亚——他以为自己已经从中快乐地清醒过来的那个噩梦,竟是如此
可怕地真实存在着,让所有一切都变得虚幻。这太荒谬了,这丧失
了理智,可是那些,那所有的一切似乎都有一股力量,一种黑暗的意
义,让他和那三个人,他的父亲,他的母亲,他的妹妹,这些离他的心
如此近的人,还有那鬼使神差就让他安然生活于其中、体面却也单
调的更大的环境,显得并不比一场皮影戏更重要。帕西问他在巴黎
有没有什么奇遇,他诚实地说没有。他确实没有做什么;他的父亲
以为他玩得非常糟,担心他感染上了性病,而他甚至连一个女人都
没睡过;他只发生了一件事,这样一想是有些奇怪,他那时还不大知
道他该怎么办:他的世界塌陷了。

W. Somerset Maugham
CHRISTMAS HOLIDAY

图书在版编目(CIP)数据

圣诞假日/(英)毛姆(W. Somerset Maugham)著；
赵奕译. 一上海：上海译文出版社,2022.10
（毛姆文集）
书名原文：Christmas Holiday
ISBN 978 - 7 - 5327 - 8927 - 6

Ⅰ.①圣…　Ⅱ.①毛…　②赵…　Ⅲ.①长篇小说一英
国一现代　Ⅳ.①I561.45

中国版本图书馆 CIP 数据核字（2022）第 141151 号

圣诞假日
〔英〕毛　姆/著　赵　奕/译
责任编辑/顾　真　装帧设计/张志全工作室

上海译文出版社有限公司出版、发行
网址：www. yiwen. com. cn
201101　上海市闵行区号景路 159 弄 B 座
浙江新华数码印务有限公司印刷

开本 850×1168　1/32　印张 8.25　插页 7　字数 131,000
2022 年 10 月第 1 版　2022 年 10 月第 1 次印刷
印数：0,001—6,000 册

ISBN 978 - 7 - 5327 - 8927 - 6/I·5529
定价：52.00 元